제8회 엘릭시르 미스터리 대상 수상작품집

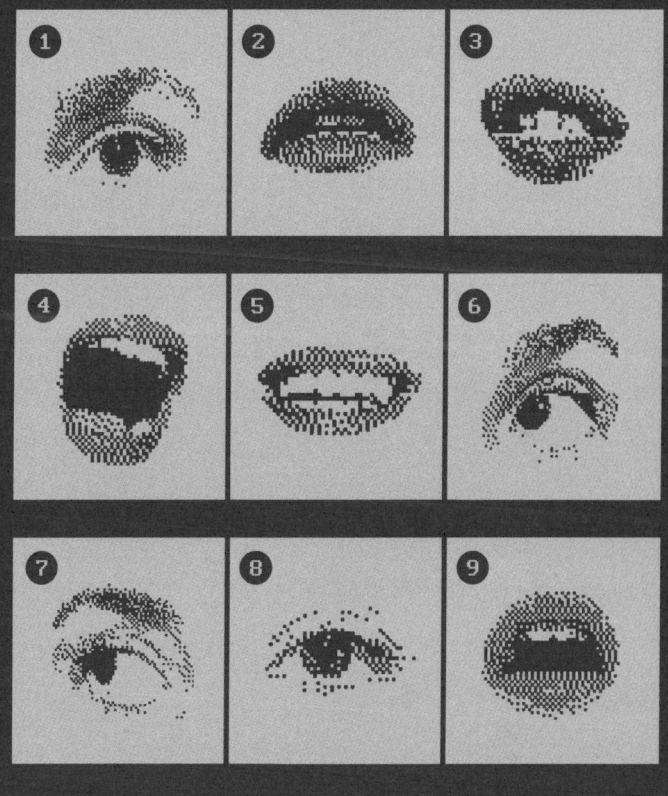

제 8 회 엘 릭 시 르 미 스 터 리 대 상 수 상 작 품 집

고수고수 ○ 강연서 ○ 교묘 ○ 김지윤 ○ 송수예

엘릭시르

차례

대상

고수고수 **거짓말쟁이의 고리** _007
작가노트 _112

강연서 **탈태** _115
작가노트 _167

교묘 **승은만은 원치 않소** _171
작가노트 _229

김지윤 **설원해담** _233
작가노트 _277

송수예 **조선 영아 발목 절단 사건** _281
작가노트 _377

심사평 _381

고수고수
거짓말쟁이의 고리

고수고수

특수설정 미스터리와 클로즈드 서클을 매우 좋아한다. 『추리소설 속 피해자가 되어버렸다』(황금가지 펴냄, 2023)를 썼다.

1

시신이 발견되었다.

최악의 상황이었다. 피하고 싶었지만 일이 내 마음대로 흘러가지 않았다. 나는 속마음을 애써 감추며 주변 사람들을 살펴보았다.

애초에 시신은 일상적으로 접할 수 있는 게 아니다. 살해당한 시신이라면 더욱 그렇다. 모두 말도 못 할 정도로 충격을 받았다는 걸 한눈에 알 수 있었다.

하지만 그들이 받은 충격은 내가 품게 된 불안과 두려움에 비한다면 어린애 장난이나 다름없는 수준이리라.

지금은 모두의 머릿속이 텅 비어 뭘 해야 할지 모르고 우두커니 서 있지만, 누구든 금세 떠올리게 될 것이 뻔했다. 우리 가운데 누가 살인자인지 자백하게 만들 확실한 방법이 있다는 사실을 말이다.

살인자인 내가 가장 맞닥뜨리고 싶지 않은 상황이었다.

2

"이 드넓은 우주에 우리밖에 없다면 그것은 엄청난 공간의 낭비다."

어느 저명한 천문학자가 한 말이라고 한다. 우주의 크기 및 항성과 행성의 수를 생각해볼 때 외계 생명체가 존재할 가능성이 매우 높다는 의미라고 들었는데, 나는 흔히들 말하는 '과알못'이라 그런 말을 한 사람이 실제로 존재하는지조차 잘 몰랐다.

하지만 이 주장이 사실인지 아닌지 따지는 것에는 이제 아무런 의미가 없게 되었다. 이 년 전, 외계 생명체의 존재가 덜컥 증명되어버렸기 때문이다.

가장 똑똑하다는 과학자도, 가장 영험하다는 예언가도 전혀 예측하지 못했다. 이 년 전 4월 1일, 하필이면 만우절에 전지구의 상공이 접시 모양의 괴비행물체로 새카맣게 뒤덮였다.

공중에 둥둥 떠 있는 비행접시로 인해 인류는 대혼란에 빠졌다. 지구에 직접 찾아올 정도라면, 더구나 지구의 어느 방위 시스템도 눈치채지 못한 사이에 상공을 뒤덮을 정도의 존재라면 현재 지구의 과학으로 맞서는 것은 무리였다.

하지만 그들이 지구에 머문 시간은 이삼 분도 채 되지 않았다. 처음 나타났을 때와 마찬가지로 순식간에 사라져버렸다. 사람들이 창 너머를 손가락질하며 "어, 저거 뭐야?" 하는 사이에 눈앞에서 연기처럼 사라진 것이다.

사람들은 한동안 어리둥절해했다. 집단 환각 증세가 아닌가 하는 말도 나왔다. 만우절 거짓말이니 음모론이니 하는 이야기가 시끄럽게 돌기도 했다.

하지만 촬영 영상이 멀쩡하게 남아 있었고, 비행접시가 상공에 떠 있을 때 발 빠르게 생방송을 속보로 내보낸 방송국도 있었다. 목격한 사람들이 돌이켜봐도 꿈이나 환각이라고 하기에는 너무나도 생생한 경험이었다. 사람들은 외계인이 지구를 '방문'했다는 사실을 믿지 않을 수 없었다.

각국 정부와 과학 단체에서도 성명을 발표했다. 높으신 분들, 똑똑한 양반들이 외계인의 존재를 공식적으로 인정했다. 대부분의 사람들이 목격한 일이니 숨길 수 없었을 터다.

충격이 대충 가라앉자, 이번에는 불안이 고개를 쳐들었다.

그들은 왜 지구에 왔는가? 지구에 잠시 머문 동안 무엇을 했는가? 앞으로 어쩔 작정인가?

각국 정부에서는 과학자들을 앞세워 조사를 시작했다. 외계인이 머문 시간은 극히 짧았고, 무슨 목적으로 지구에 왔는지 알 수 없었기 때문에 빠른 시일 안에 뭔가를 알아내는 것은 어려워 보였다. 실제로 한 가지를 제외하고는 현재까지 제대로 알아낸 것이 없다.

그런데 그 '한 가지'가 좀 특이했다.

비행접시가 사라지고 얼마 지나지 않아, 곳곳에서 흐릿한 형광색으로 빛나는 고리 모양의 구역이 발견됐다.

한두 군데가 아니었다. 그야말로 여기저기 무더기로 발견 소식이 들려왔다. 작게는 한 아름 정도 되는 것부터, 크게는 백 명 남짓한 사람들이 강강술래를 하기 위해 늘어선 것만큼 커다란 것까지 있었다.

정부에서는 그 구역으로 과학자를 급파했다. 어떤 위험이 도사리고 있는지 알 수 없었기 때문에 주변에 바리케이드를 치고 출입도 통제했다. 사막이나 깊은 산중, 무인도 같은 곳에 생긴 구역은 별문제가 없었지만, 고속도로 한가운데나 강남의 고급 아파트 거실에 생긴 경우도 있었기 때문에 이런 조치를 두고 항의하는 사람도 제법 있었다. 하지만 안전이 우선이라 공권력을 투입해서라도 반발을 틀어막았다. 딱히 피해를 입지 않은 제삼자들은 당연한 조치라며 정부의 결정에 찬성했다.

과학자들은 밤을 새워가며 여러 가지 실험과 조사를 했다. 현재 지구 과학의 한계인지는 모르겠으나 결론부터 말하자면 아무런 위험도 감지되지 않았다. 우려한 것처럼 위험한 방사능을 뿜어내지도 않았고, 인터넷 괴담 사이트에 올라온 글처럼 주변에 있던 사람들이 괴물이나 슈퍼맨으로 변하지도 않았다. 안전만으로 따지자면 각자의 집에 있을 침대만큼이나 아무 문제가 없었다.

단, 그렇다고 평범한 장소인 것도 아니었다.

이런 퍼즐 문제를 본 적이 있을 것이다. 진실 마을과 거짓 마을이 있다. 진실 마을 사람은 반드시 진실만 말하고, 거짓 마을 사람은 반드시 거짓만 말한다. 한 사람이 '우리 둘은 모두 거짓말쟁이고 이 마을은 진실 마을이다'라고 하자 옆 사람이 '그 말은 진실이다'라고 말했다. 이 마을은 진실 마을인가?

그런데 진실만을, 혹은 거짓만을 말하는 마을이라는 점에서 우스꽝스럽게 느껴지던 이 퍼즐 문제의 배경이 고리 안에서는 현실이 되었다.

실험을 하던 과학자들은 이 구역에 들어가면 반드시 진실만을 말하게 된다는 사실을 깨닫고 경악했다. 거짓을 말하려고 아무리 애를 써도 입이 제멋대로 움직여 진실을 말했다.

뇌과학자들과 심리학자들이 주축이 되어 어떤 메커니즘으로 이런 일이 일어나는지 알아내려고 애썼지만 소용없었다. 다만 진실만을 말하게 된다는 것만큼은 확실했기 때문에 사람들이 이런 구역을 '진실의 고리'라고 부르게 되었을 뿐이다.

안전하다는 것은 확인되었기에 이 구역의 출입금지는 해제되었다. 대신 과학자들의 연구는 계속되었다. 몇몇 언론에서는 진실의 고리의 신기한 능력에 초점을 맞춰 '범죄 용의자들을 대상으로 하는 천연 거짓말 탐지기' 같은 실용적인 용도로 활용해야 한다는 주장도 펼쳤지만(실제로 그런 법을 발 빠르게 시행중인 나라도 있었다), 우리나라에서는 인권 문제 및 여러 가지 법률상 절차를 고려해 아직은 연구용으로만 활용하는 상황이었다(이에 대해 진실이 드러나면 가장 곤란한 것이 정치인들이기 때문에 허가하지 않는다는 가설이 가장 많은 지지를 받고 있었다).

연구용으로 활용 가치가 있다고 알려지자, 본인 소유의 땅에 진실의 고리가 생긴 사람들은 쾌재를 불렀다. 거액을 요구하며 정부와 흥정을 벌이려고 시도한 이들도 있었다. 하지만 진실의 고리는 발에 챌 정도로 흔히 볼 수 있는 건 아니지만 연구를 하기에는 충분하고도 남을 정도로 여기저기에 생긴 탓에 별 재미는 못 보았다. 아파트 거실에 진실의 고리가 생긴 어느 부부는 집을 나라에 비싸게 팔지도 못했을뿐더러, 각자 바람을 피운다는 사실만 들통나는 바람에 이혼했다는 웃지 못할 사연이 뉴스로 뜨기도 했다.

연구용과 재테크 수단 다음으로 사람들이 떠올린 것은 관광지로의 활용이었다. 진실의 고리는 은은한 형광색으로 빛을 냈기 때문에 신비한 아름다움이 느껴졌고, 그 덕에 인스타그램 사진 촬영 장소로 각광을 받게 되었다. 해외에서는 이미 유명 관광지가 된 곳도 여러 군데 있었다.

하지만 우리나라에서는 기본적으로 진실의 고리를 연구용으로 지정했고, 사유지에 생긴 것에는 개발 및 사용에 제약을 걸어두었다. 거칠게 설명하자면 '자기 땅에 생긴 진실의 고리에서 친구들과 진실게임 하는 정도는 눈감아주겠지만, 여기에 테마파크를 세워서 돈 받고 관광객을 입장시키는 건 허용 못 한다'는 것이었다. 외계인에 대한 연구가 한창 진행중이므로 안전을 위한 조치라고 미리 못을 박아두니, 땅주인들은 항의의 목소리도 쉽게 내지 못했다.

지금 우리가 있는 곳은 그렇게 사유지에 생긴, 그리고 연구 장소로 지정되지 않은 진실의 고리 가운데 하나였다.

3

신주환은 요즈음 잘나가는 주식 유튜버로, 증시 동향과 투자 팁을 초보자도 알기 쉽게 설명해주는 것으로 정평이 나 있었다. 어쩌면 헬스 강사 뺨치게 잘 가꾼 몸에 연예인도 울고 갈 잘생긴 얼굴 덕을 더 봤는지도 모른다. 그러다 운좋게 한 예능 프로그램에 잠깐 등장할 기회를 얻었고, 주식을 모르는 사람들 사이에서도 제법 얼굴이 알려지게 되었다.

물 들어올 때 노 저으라는 말도 있듯이, 신주환은 이 상황을 재빨리 이용했다. 책을 한 권 냈고, 출간 기념 사인회를 열기로 한 것이다. 여기까지는 별로 놀라울 것도 없었다.

그런데 그 사인회 장소가 특이했다.

"진실의 고리에서, 여러분의 질문에 오직 진실만으로 답해드립니다!"

신주환은 예전에 자신의 유튜브 채널에서, 고향에 있는 가족 소유 땅에 진실의 고리가 하나 생겼다는 이야기를 한 적이 있었다. 책 출간 기념으로 다른 것과 차별화가 될 만한 이벤트를 떠올리다가 이걸 활용해보자는 생각을 한 모양이었다. 주식과 진실한 답변이 도대체 무슨 상관이 있겠느냐마는, 진실의 고리가 사람들의 흥미를 끄는 곳인 만큼 이벤트 장소로 손색이 없었다.

사인회에 참석할 수 있는 사람은 일곱 명. 책을 구매하고 영수증을 사진으로 찍거나 인터넷 서점의 구매 내역을 캡처하여 출판사에 메일로 보내면 그중에서 뽑는다고 했다.

신주환은 아이돌 스타만큼 인기가 높진 않았지만 사람들에게 이름과 얼굴이 알려져 있었고, 이벤트도 그 정도면 참신했기 때문에 제법 경쟁률이 높았다. SNS에 자랑하기 딱 좋은 이벤트 아닌가.

그래서 나도 큰 기대는 하지 않았다. 처음부터 이벤트를 노리고 책을 산 것도 아니었다. 최근 미국 주식에 관심이 생겨서 신주환의 유튜브 채널을 챙겨 보고 있었고, 이렇게 쉽고 재미있게 설명하는 사람이 쓴 책이라면 괜찮겠다 싶어서 구입했다. 그러면서 어차피 본전이니, 하면서 재미삼아 응모했는데 덜컥 당첨이 되어버렸다.

추첨 이벤트 같은 건 주최 측의 지인이나 그 지인의 지인을 뽑아주겠거니 생각해왔는데, 아무 관계도 없는 내가 당첨된 걸 보니 공정한 추첨이었던 모양이다. 그리고 얼마 뒤 신주환의 유튜브 채널과 연계된 인터넷 카페에 올라온 댓글을 보고 나는 공정한 추첨임을 재확신했다.

'진실의 고리 이벤트 당첨 인증. 백날 해봤자 어차피 될놈될이라니까.'

당첨자에게 온 문자 메시지 사진과 함께 이런 댓글을 올린 사람은 '모난돌'이라는 닉네임의, 카페 내에서 이른바 '악플러'로 유명한 회원 중 하나였다.

카페에서 금지하는 욕설은 쓰지 않아 딱히 강퇴를 당하거나 댓글 금지 등의 제재를 받지는 않았지만, 다른 사람의 글에 말꼬리를 잡아 살살 놀리는 식의 글을 써서 읽는 사람 기분 잡치게 하는 데 발군의 실력을 가진 놈이었다. 나는 카페 활동을 그리 열심히 하지도 않고 게시글이나 가끔 훑어볼 뿐 직접 글을 올리지는 않아서 이놈과 얽힐 일이 없는데도 댓글 하나로 하루종일 기분 나쁘게 만들 정도이니 이것도 재주라면 재주였다.

사실 따지고 보면 책 구매 인증을 할 때 인터넷 카페의 닉네임 같은 걸 쓰지 않았으니 공정한 추첨이든 아니든 간에 악플러를 일부러 솎아낼 수는 없었을 터였다. 그래도 하고많은 회원들 가운데 하필 이놈이 당첨되었으니 신주환 본인도 출판사 관계자도 뒷목을 잡지 않았을까 싶었다. 이미 당첨된 걸 멋대로 취소할 수도 없는 노릇일 테고.

인터넷상에서만 큰소리치는 것이 악플러의 속성이니, 인증 글에서는 기세등등해도 실제로 얼굴을 비쳐야 하는 자리에서는 기가 푹 죽을 수도 있다. 그 낯짝을 직접 보고 싶기도 하고, 꼴도 보기 싫기도 했다. 이놈과 함께 이벤트에 참가하게 된다고 생각하니 좀 찜찜한 건 사실이었다.

이벤트 일정이나 유의 사항은 출판사 담당자가 메일과 문자로 보내주었다. 대강 훑어보니, 당일 오전에 신주환의 본가가 있는 강원도 ○○군 버스터미널에서 집결하여 준비된 차를 타고 진실의 고리가 있는 장소로 이동하는 계획이었다. 터미널까지는 대중교통을 이용하든 자가용을 이용하든 상관없었다.

진실의 고리에 도착하면 주최 측에서 준비한 도시락을 점심으로 먹고, 몇 가지 이벤트 시간을 가진 후 오후 4시경에 다시 터미널로 돌아오는 일정이다. 준비물은 따로 없었지만 '산길을 걸어야 하니 복장과 신발은 편한 것으로'라는 내용에 강조 표시가 되어 있었다.

출판사에서 주최하는 이벤트 따위에는 참여한 일이 없어서 다른 곳에서도 이런 식으로 진행하는지 알 수 없었다. 다소 어설프고 불편한 감이 있었지만, 아무래도 지방의 흔하지 않은 장소에서 열리는 이벤트다보니 어쩔 수 없을 터였다.

이벤트 당일 나는 너무 늦지도, 너무 이르지도 않게 ○○군 버스터미널에 도착했다. 서울에서 내려올 때만 해도 햇빛이 강한 맑은 날씨였는데 도착해서 보니 먹구름이 제법 끼었다. 덥지 않아 차라리 잘된 일일지도 모른다는 생각이 들었다.

터미널 근처 주차장에 차를 세웠다. 대합실은 협소했다. 전형적인 시골 분위기가 느껴졌다. 공기에는 기름 냄새와 음식물 냄새가 뒤섞여 있었고 지나다니는 사람들 대부분은 노인 아니면 이주 노동자들이었다. 이들은 지역민이 아닌 사람들을 단박에 구별할 수 있다는 듯한 표정으로 처음에는 내 얼굴을, 곧이어 내 옷차림을 위아래로 훑었다. 나 외에도 몇몇 사람이 똑같은 꼴을 당하고 있는 것을 보니 무례라기보다 통과의례 같아서 기분 나쁘다는 생각조차 들지 않았다.

대합실 양쪽에 의자가 다섯 개씩 네 줄로 놓여 있었는데, 매표소 오른쪽에 있는 의자 맨 앞줄에 삼십대 초반으로 보이는 남자 하나가 파일을 손에 든 채 당황한 표정으로 주변을 둘러보고 있었다. 그 근처에 젊은 사람들이 몇몇 서 있었는데, 이 시골 터미널에 전혀 녹아들지 않는 모습으로 보아 내가 오늘 만나기로 한 일행이 분명했다.

"백전출판사……?"

"아, 맞습니다! 어서 오세요!"

파일을 든 남자의 얼굴이 활짝 펴졌다. 이 사람이 출판사 관계자겠지. 곧바로 내 등뒤에서 "주환쌤 책 맞죠?" 하는 소리가 들렸다. 긴 머리의 젊은 여자 한 사람이 숨을 몰아쉬며 다가오는 중이었다.

"그러니까, 하나, 둘, 셋…… 안 오신 분? 손 들어보실래요?"

출판사 관계자가 사람들을 둘러보며 말했다. 이걸 농담이라고 하는 건가. 나뿐만 아니라 다들 황당하다고 생각했는지 아무도 웃지 않았다. 남자는 민망한 듯 헛기침을 하고는 파일에서 종이를 꺼내 넘기며 말했다.

"일곱 분이니 다 오신 것 맞겠죠. 그래도 일단 출석 체크를 하고……"

"여기서 이름을 부른다고요?"

머리를 짧게 자른 여자가 황당하다는 표정으로 주변을 둘러보며 말했다. 건너편 의자에 앉은 노인과 외국인들이 구경거리 났다는 듯 우리를 보고 있었다.

"다 모인 거 맞으니 그냥 가죠?"

"여기 계속 있기 좀 그런데요."

"아, 그럴까요?"

남자는 종이를 파일에 다시 넣더니 사람들을 향해 고개를 꾸벅 숙여 보였다.

"저는 백전출판사의 김진형이라고 합니다. 여러분께 연락드린 분은 저희 팀장님인 백승우 팀장님인데 어제 갑자기 상을 당하셔서 부득이하게 불참하게 되었습니다. 이 점 양해 부탁드립니다. 하지만 저 혼자라도 불편함 없이 오늘 일정을 진행하도록 하겠습니다."

"주환쌤은요?"

"이제 진실의 고리로 이동합니까?"

"걸어서 가요? 여기서 가까워요?"

사람들이 우르르 질문을 쏟아내려고 하자 김진형은 파일을 가슴 앞에서 흔들며 민망하게 웃어 보였다.

"신주환 선생님은 밖에서 기다리고 계십니다. 모임 장소까지는 신주환 선생님 차와 제 차로 나누어서 타고 갈 거고요."

"난 주환쌤 차 타야지!"

"나도!"

여자 두 명이 까르르 웃으며 말했다. 참가자 일곱 명 가운데 여자는 이 둘뿐이었다. 올 때 각각 왔던 것으로 보아 일행은 아닌 것 같은데, 그 잠깐 사이에 친해진 모양이었다. 놀라울 정도의 친화력이다.

"자, 그럼 이동하기 전에……"

김진형이 의자에 올려두었던 가방에서 뭔가를 한 뭉치 꺼냈다. 사람들의 이름을 출력해서 미리 끼워둔 목걸이형 이름표였다.

"이거 먼저 목에 거세요! 이따가 이걸로 이벤트를 해야 하니까……"

"네에?"

모두들 어처구니없다는 표정을 지었다.

"여기서 사람들 다 보는데 가슴 앞에 이름 써붙이고 있으라고요?"

"뭐야, 난 싫은데. 완전 촌스러워."

사람들은 순순히 김진형의 말에 따르려 하지 않았지만, 그래도 일단 자기 이름표는 챙겼다. 나도 '정진우'라는 내 이름이 적힌 이름표를 집어 뒷주머니에 대충 쑤셔넣었다. 여자들은 들고 온 가방에 이름표를 넣었고, 남자들은 나처럼 뒷주머니나 재킷 주머니에 넣었다.

딱 하나, 보란 듯이 이름표를 목에 건 사람이 있었다. 청바지에 하얀 티셔츠를 입고 그 위에 체크무늬 남방을 걸친 이십대 후반의 남자였다. 바지도 남방도 가뜩이나 구깃구깃한데 머리도 덥수룩한 편이어서 어쩐지 답답해 보이는 인상이었다. 거기에 하얀색 이름표가 달린 파란색 끈 목걸이를 길게 늘어뜨린 꼴이 더욱 우스꽝스럽게 보였다.

이름표에 적힌 것은 '탁민택', 제법 흔하지 않은 이름이었다.

"자, 가죠."

탁민택은 남들이 자신을 어떻게 보든 별 신경도 쓰지 않는지 앞장서서 걸었다. 그렇게 서너 걸음 걷는가 싶더니 우리 쪽을 돌아보며 말했다.

"그런데 어디로 가야 하죠?"

너무 자신 있게 앞장서 걸어가기에 당연히 길을 아는 줄 알았다. 아무 생각 없이 따라가려던 사람들 사이에 실소가 터졌다.

"자자, 절 따라오세요."

김진형이 재빨리 앞으로 나가 상황을 정리했다. 김진형이 우리를 데려간 곳은 내가 차를 세워놓은 터미널 근처 주차장이었다. 신주환이 자기 차 앞에서 우리를 기다리고 있었다. 여자들이 환성을 질렀고, 남자들 중 몇몇은 휴대폰으로 사진을 찍기에 바빴다.

"여기는 번잡스러우니 일단 목적지로 빨리 갑시다."

여자 둘과 사십대로 보이는 남자 하나가 재빨리 신주환의 차에 올라탔다. 김진형이 가지고 온 차는 9인승 카니발이었다.

나는 내 차를 가지고 가고 싶었지만 김진형이 "거기 자리가 워낙 좁아서……" 하고 대놓고 안 좋아하는 기색을 보였기 때문에 어쩔 수 없이 카니발에 올랐다.

"어, 비 오네요?"

차에 오르면서 탁민택이 얼빠진 목소리로 하늘을 보며 말했다. 터미널에 도착했을 때 먹구름이 좀 끼어 있었던 하늘은 아예 짙은 회색으로 뒤덮였다. 차창에도 툭툭 빗물이 부딪치는 것이 보였다.

"일기예보에는 흐리기만 할 거라고 나왔는데 말이죠. 제가 어제 여기 날씨 알아봤거든요. 많이 쏟아지면 곤란할 텐데요. 진실의 고리가 야외에 있는 거 맞죠? 우산은 아무도 준비 안 한 것 같던데 비가 억수로 쏟아지면 맞으면서 서 있을 수는 없잖아요. 그렇다고 기껏 여기까지 왔는데 진실의 고리에 들어가보지도 않고 돌아갈 수도 없고요."

"아, 예."

처음 보는 사람 상대로 잘도 말하는구나 싶었는데, 탁민택은 기회다 싶었는지 그야말로 물을 쏟는 것처럼 빠르게 주워섬기기 시작했다.

"그러고 보면 일기예보를 너무 맹신해서는 안 되는 거였어요. 하긴, 칠 년 연속 기상청 야유회에 비가 왔다는 우스갯소리도 있잖아요. 물론 그건 그냥 웃으라고 하는 소리지만 실제로 두 번인가는 기상청 체육대회 때 비가 왔대요. 그리고 기상청에서 기념품으로 제작한 우산에도 '우리도 날씨 맞히기 힘들어요'라고 새겨놨다고 하잖아요. 하긴 인간이 자연을 이길 수는 없는 노릇이죠. 이만큼이라도 예보를 할 수 있다는 게 대단한 것 아닙니까? 그래도 한 달 전에 알아본 것도 아니고 겨우 어제 일기예보인데 이렇게 틀리면 좀 곤란하죠. 빗발이 좀더 굵어진 것 같은데요? 이거 빨리 그쳐야 할 텐데. 아, 혹시 차를 탄 채로 진실의 고리에 들어갈 수는 없을까? 우리가 가는 진실의 고리 크기가 꽤 크다고 들었는데. 그런데 차 안에서도 그 효과가 나려나? 하긴, 그 정도는 과학자들도 다 실험해봤겠죠. 진실의 고리에 들어가면 혀가 뻣뻣한 느낌이라고 하는데 치과에서 마취할 때 같은 느낌일지……"

"아, 좀! 조용히 좀 갑시다!"

뒷자리에 앉은 오십대 남자가 벌컥 짜증을 내어 탁민택의 말을 막았다. 신나게 떠들던 탁민택은 뻘쭘해져서 입을 딱 다물었다. 나로서는 대신 악역을 맡아준 남자가 고마웠지만 그런 티는 내지 않았다. 그 옆에 앉아 있던 하얀 얼굴의 잘생긴 남자가 억지로 미소를 짓는 것이 보였다. 김진형 역시 끼어들지 않고 운전에만 집중했다. 차 안은 민망한 분위기로 가득찼다.

나는 뒷자리 남자를 슬쩍 돌아보았다. 세상의 불만을 모두 긁어모은 것처럼 잔뜩 찌푸린 표정이었다. 꾹 다문 입술 아래로 굵은 주름이 패어 있어서 가만히 있어도 화를 내는 것처럼 보였다.

어쩌면 이놈이 '모난돌'일지도, 하고 나는 속으로 중얼거렸다. 상상하던 것보다는 조금 덜 야비해 보였지만 오늘 모인 사람들 가운데에서 모난돌의 이미지에 가장 가까운 사람이었다.

하지만 제까짓 게 뭘 어쩌겠나. 악플러가 용을 써봤자 온라인상에서나 힘을 발휘할 수 있는 거지. 현실에서는 찌그러져 있는 편이 신상에 이로울 터였다.

길 양편으로 논과 밭이 이어졌다. 가끔 편의점이나 식당, 주유소가 나오기도 했고 폐가도 종종 보였다. 왜가리인지 황새인지, 나로서는 이름 모를 새가 논 한가운데 서서 부리를 땅에 처박고 있는 것도 보였다.

"시골이네요."

얼굴이 하얀 남자가 조심스럽게 한마디했다.

얼마나 달렸을까. 김진형은 차를 옆으로 이어진 좁은 골목으로 몰았다. 드문드문 축사가 보였다. 좁은 길로 돌고 도는가 싶더니 어느새 양편에 제법 경사진 산비탈이 나타났다. 무성한 나뭇가지가 차창을 스쳤다. 포장된 길도 끝나서 차가 덜컹거리기 시작했다.

"도착하면 자세히 설명드리겠지만……"

김진형이 운전을 하며 말했다.

"신주환 선생님 댁 진실의 고리는 여기 우람산 중턱에 있습니다. 차로 가다가 중간에 내려서 조금 걸어야 해요. 길이 없는 건 아닌데 산길이라 다니기 좀 불편합니다."

차가 다시 덜컥 흔들렸다. 돌다리 하나를 막 건너가는 중이었다. 졸졸 흐르는 개천의 물은 더러웠다.

"그래도 잠깐 쉴 만한 곳은 있어요. 신주환 선생님 당숙 어른이 사시던 집이죠. 산 중턱에 혼자 집 짓고 사셨대요. 〈나는 자연인이다〉에도 나왔다던데."

"그래요? 그럼 그분께 신세 지는 겁니까?"

내가 묻자 김진형이 앞을 향한 자세 그대로 고개를 저었다.

"아니오. 그 어른은 두세 달 전엔가 아드님 집으로 내려갔대요. 암이라고 하더라고요. 그래서 친척들이 이 집 관리를 대신해주고 있대요. 진실의 고리는 진작 발견되기는 했는데 산속이라 사람들이 많이 오지는 않고요. 아랫마을 사람들이 어쩌다 들어오기도 하는 것 같은데 어쨌든 사유지거든요. 집은 불법으로 지은 것 같기는 하지만요. 하여간 신주환 선생님 집안에서는 친척이 사는 거라 다들 별 얘기 안 하고 그냥 살게 됐던 것 같기도 하고. 면사무소에서도 별말 없이 넘어갔던 모양이에요. 시골이잖아요."

시골이 뭐 어쨌다는 것인지 의도를 도무지 파악할 수 없는 말이었다. 시골은 법을 잘 지키지 않는다는 것인지, 아니면 살고 있는 사람에게 야박하게 굴지 않는다는 것인지. 그보다는 '자세한 건 나로서도 아는 바가 없다'라는 뜻에 더 가까울지도 모른다. 한나절 방문하면 그만인 내 입장에서도 딱히 깊이 파고들 생각은 없었다. 다른 사람들도 더 묻지 않았다. 모두들 신주환의 자연인 친척 따위에게 관심이 있어서 여기에 온 건 아니었으니까. 탁민택만이 뭐라고 끼어들고 싶은 눈치였지만 뒷자리 남자 때문인지 그대로 입을 다물었다.

산길이다보니 차는 속력을 내지 못했다. 산비탈을 빙빙 돌아 느릿느릿 올라가는 동안 빗발이 조금 거세졌다. 다리가 하나 더 나왔다. 아까 지나온 개천보다는 너비가 넓은, 계곡이라 부를 수 있는 곳에 세워져 있었다. 그나마 여기는 상류여서 그런지 물이 깨끗했다.

"이벤트 진행은 집안에서 해야겠네요. 근데 진실의 고리는 야외에 있는데."

김진형이 난감한 목소리로 혼잣말처럼 중얼거렸다. 내가 다시 물었다.

"그 집에서 멉니까?"

"아니요, 바로 옆이에요. 그러니까, 면적이 이 차 세 대가 들어갈 정도인데, 바로 옆이라 가는 건 어렵지 않지만 지붕이 없으니까요. 여자분들도 있는데 비 쫄딱 맞으면서 서 있으라고 하기 그렇잖아요."

"뭐, 곧 그치겠죠."

얼굴이 하얀 남자가 말했다. 남자 말대로, 그사이 빗발이 조금 약해진 것 같기도 했다. 정확히는 약해졌다 거세졌다 오락가락하는 중이었지만. 그렇게 얼마나 달렸을까, 김진형은 차를 세우더니 모두 내리라고 했다.

"도착한 겁니까?"

"아니요, 그게……"

짐을 챙기느라 김진형은 제대로 대답을 하지 못했다. 신주환의 차도 옆에 세워져 있었고, 차에서 내린 사람들은 손이나 가방으로 비를 막으며 날씨에 대한 불평을 늘어놓는 중이었다.

"진실의 고리는 어디 있어요?"

머리가 짧은 여자가 주변을 둘러보며 물었다. 아이스박스와 비닐봉지를 챙겨 든 김진형이 앞으로 나서며 대답했다.

"산길로 조금 더 올라가야 합니다. 저쪽 길로……"

"네? 비 오는데 산을 올라간다고요?"

어처구니없다는 반응이 좀 있었지만 김진형은 어깨만 으쓱했을 뿐이었다.

"산길을 걸어야 하니 간편한 복장에 운동화 신고 오시라고 말씀드렸는데요. 여기부터는 길도 좁고, 차로 올라가기 어려워서 어쩔 수 없어요. 저희도 비가 이렇게 올 줄 몰랐고…… 조금만 가면 됩니다."

이 말과 함께 김진형이 앞장서서 씩씩하게 걸었다. 얼굴이 하얀 남자가 재빨리 다가가 김진형이 들고 있던 짐 가운데 비닐봉지를 대신 들었다.

사람들로서는 불만을 이야기할 입장이 아니었다. 김진형의 말처럼 궂은 날씨가 주최 측의 탓은 아니었고, 당일에 일정을 바꾸는 것 역시 쉬운 일이 아니었다. 무엇보다 진실의 고리를 보는 게 모두의 목적이 아닌가. 진실의 고리가 산 중턱에 있으니 직접 찾아가는 수밖에 없었다. 설탕으로 만들어진 인간이 아닌 다음에야 이 정도 비를 잠깐 맞는다고 큰일이 생기는 것도 아니고.

더구나 아무리 주최라고는 하지만 무거워 보이는 아이스박스까지 든 김진형이 앞장서서 험한 길을 올라가자 누구 하나 불만을 터뜨릴 엄두를 내지 못했다.

'모난돌도 아무 소리를 안 하네.'

나는 불만 가득한 표정의 남자를 흘끗 돌아보며 속으로 중얼거렸다. 역시 악플러는 키보드 앞 호랑이일 뿐이다.

탁민택이 누구에게든 말을 걸고 싶어하는 눈치였기 때문에 나는 알아서 뒤로 빠졌다. 탁민택은 나 대신 신주환의 차를 타고 왔던 사십대 남자에게 다가갔다. 남자는 휴대폰에 코를 박은 채로 걷고 있었다. 이런 산길에서 앞을 제대로 보지도 않고 걸으면서 비틀거리지 않는 게 용했다.

"어, 그거 얼마 전에 출시된……"

탁민택은 어떻게든 남자와 이야기를 나누어보려는 듯 휴대폰을 화제로 말을 걸었지만, 남자는 휴대폰 밖의 세상에는 아무 관심도 없어 보였다. 머쓱해진 탁민택은 입을 다물고 다른 사람들 뒤를 따랐다.

비에 젖은 풀 때문에 몇 번이나 미끄러졌다. 물을 빨아들여 무거워진 바짓단 때문에 평소보다 걷는 것이 몇 배는 힘들었다. 더구나 바로 옆이라더니 생각보다 오래 걸어야 했다. 눈앞을 가리는 나뭇가지를 신경질적으로 밀어내는데 조금 떨어진 곳에 집이 한 채 서 있는 것이 눈에 들어왔다.

"다 왔다!"

누구랄 것도 없이 환성을 질렀다. 자연인이 살았다는 집은 생각보다 좋아 보였다. 귀신이 나올 것 같은 다 쓰러져가는 폐가를 상상했는데 예상 외로 계속 사람이 살면서 관리한 집 같았다.

함석지붕에 황토와 굵은 나무를 주재료로 한 집이었는데, 겉으로 보기에도 제법 넓었다. 방도 하나 이상인 것 같았고 툇마루와 부엌도 있었다. 반쯤 열린 부엌문 너머로 아궁이와 가마솥이 보여서 제법 운치가 있었다. 본채 뒤에 헛간으로 사용하는 듯한 별채가 얼핏 보였다.

김진형이 툇마루에 아이스박스를 내려놓으며 설명했다.

"집은 미리 치워두었습니다. 걸레질도 다 했어요. 들어가서 쉬셔도 됩니다. 저쪽에 따로 높다랗게 있는 건물이 화장실이에요. 비데 있는 수세식은 아니지만 줄 잡아당기면 물도 나와요. 아래에 있는 퇴비 더미로 오물이 내려가게 만들어놓아서 사용하시기 나쁘지 않을 겁니다. 여기 사시던 어르신이 진짜 기술자라, 사람 살기 편하게 다 만들어놓으셨거든요."

"와."

사람들은 여기저기 둘러보며 환성을 질렀다. 휴대폰을 꺼내 사진을 찍느라 정신없는 사람도 있었다.

"진짜 자연인 집이다."

"여기 전화는 되나?"

"아, 휴대폰 됩니다. 여기 그렇게 깊은 산속 아니에요."

김진형이 웃으며 설명했다.

"진실의 고리는 어디 있어요?"

여자들이 입을 모아 물었다. 나 역시 그게 가장 궁금했다. 김진형이 씩 웃었다.

"일단 여기서 점심부터 드시고 자기소개하고 신주환 선생님 말씀 들은 후에 진실의 고리로 이동하는 일정인데…… 그래도 다들 궁금해하시니 잠깐 구경부터 할까요?"

그러면서 김진형은 허락을 구하듯 신주환을 보았다. 신주환이 자리에서 벌떡 일어나 "제가 안내하겠습니다" 하며 앞으로 나갔다. 다들 어린아이처럼 신이 나서 우르르 그뒤를 따랐다.

"비 그쳐서 다행이네."

신주환의 차를 타고 왔던 사십대 남자가 혼잣말처럼 중얼거렸다. 사실 완전히 그친 것은 아니었지만 안개비 정도로 약해져 있었다. 이 정도라면 야외 활동에 전혀 지장이 없을 것 같았다.

"여깁니다."

집 오른편으로 나와 이삼 분쯤 걸었을까, 신주환이 걸음을 멈추며 한쪽을 가리켰다. 하지만 그가 설명하기 전에 모두들 먼저 알아보았다.

집 주변은 생활하기 편하도록 나무를 베어 공터를 만들어놓았는데, 공터 중간부터 나무가 들어선 산비탈 근처까지 바닥에 희미하게 빛나는 고리가 있는 광경이 눈에 들어왔다. 고리라고는 하지만 정확한 원 모양은 아니었고, 찌그러진 감자나 제대로 그리지 못한 오각형 같은 모양이었다. 김진형이 미리 설명한 대로 우리가 타고 온 카니발 세 대 정도가 들어갈 만한 크기였다.

"진짜 진실의 고리야!"

"예쁘다!"

사람들의 환성이 커졌다.

"아직 날이 밝다보니 빛이 약합니다."

신주환이 싱글벙글 웃으며 말했다.

"밤에는 빛이 더 강해져요. 알록달록 무지갯빛 같은 형광색인데 진짜 예쁩니다."

"아쉽게도 저희 일정상 날이 저물기 전에 여기에서 내려가야 해서 그 모습은 못 보시겠네요."

김진형이 옆에서 덧붙여 말했다.

"들어가봐도 됩니까?"

탁민택이 질문하는 학생처럼 한 손을 들며 물었다. 김진형이 두 손을 내저었다.

"자자, 우리 일정도 있으니까요. 지금 조금 늦었어요. 어차피 이따가 여기에서 진실게임 할 거예요. 그때 실컷 이용하기로 하고요. 다들 시장하지 않으세요? 먼저 점심부터 드세요. 집으로 들어가죠!"

그러면서 김진형은 앞장서서 집으로 향했다. 사람들은 모두 말 잘 듣는 아이들처럼 그뒤를 따랐다. 하긴, 다들 배도 고프고 목도 마를 터였다.

집안으로 들어가니 큰 방이 두 개나 있었다. 가구는 별로 없었지만 제법 아늑하고, 미리 치워놓은 덕분에 깨끗했다.

김진형이 아이스박스와 비닐봉지를 열어 사람들에게 도시락을 나누어주었다. 두툼한 샌드위치가 두 종류, 유부초밥에 과일까지 푸짐하게 구성된 도시락이었다. 각자에게 나눠준 도시락 말고도 전날 미리 가져다두었는지 과자와 초콜릿, 생수, 커피, 탄산음료 같은 것도 넉넉하게 준비되어 있었다.

"일단 먼저 식사를 하시고요, 잠깐 휴식 시간을 갖겠습니다. 음…… 사십 분 후에, 그러니까 1시까지 자유롭게 쉬시다가 여기로 모두 모여주세요. 주변을 산책하셔도 되는데 길 미끄러우니까 너무 멀리 가지 마시고요. 혹시 담배 피우실 분들은 불조심하는 거 잊지 마시고요."

먹을 것을 앞에 두자 사람들의 분위기는 눈에 띄게 화기애애해졌다. 목적지에 도착해서 마음이 편해진 이유도 있을 것이고. 여성 참가자들은 벌써 신주환과 친해져서 서로 농담을 주고받고 있었다.

"빨리 먹고 진실의 고리에서 사진 찍자! 주환쌤, 같이 사진 찍어요!"

모난돌은 김진형에게 말을 거는 중이었다.

"출판사 양반, 책 내려면 어떻게 해야 해?"

"네?"

"아니, 나도 책 내고 싶은 아이템이 몇 개 있는데, 세금 덜 내는 방법이랑……"

나는 구석에 조금 떨어져서 아무와도 말을 섞지 않았다. 낯선 사람들과 이야기하는 것은 어려웠다. 샌드위치를 덥석덥석 베어 먹은 후 일단 밖으로 나갔다. 집에서 조금 떨어진 곳으로 가서 담배를 피워 무니 기분이 훨씬 나아졌다.

잠깐 남는 시간에 진실의 고리를 구경할까 했지만 몇몇 사람들이 그쪽으로 가는 것을 보고 포기했다. 어차피 오늘 일정은 진실의 고리에서 진행될 테니 지금 당장 보지 않아도 된다. 대신 근방을 돌아다니기로 했다.

모이기로 한 시간인 1시가 되기 직전, 나는 슬슬 자연인의 집으로 향했다. 그때 툭, 굵은 빗방울이 어깨에 떨어졌다.

"아, 또 쏟아지네!"

난감함을 느끼기도 전에 후드득후드득, 비가 거세게 쏟아붓기 시작했다. 어찌나 빗발이 굵고 세찬지, 비를 맞은 곳이 작은 조약돌로 맞은 것처럼 아팠다. 이렇게 무섭게 내리는 비는 난생처음 겪었다.

나는 구르듯 집을 향해 뛰었다. 거센 빗발 때문에 앞이 잘 보이지 않았다. 옷이 물에 푹 젖어 걸리적거렸다.

"으아아, 비! 비!"

근방에 있던 사람들이 놀라 외치는 소리가 빗소리 사이로 들렸다. 하지만 비가 너무 무섭게 내리는 통에 다른 사람을 신경 쓸 겨를이 없었다. 땅에 빗물이 흐르고 진흙이 튀어 걸음을 옮기기 힘들었다. 나는 몇 번이나 미끄러지며 간신히 집에 도착했다. 집안에는 김진형 혼자 있었는데 쭉 나가지 않았는지 보송하게 마른 채였다. 나갔던 사람 가운데 내가 가장 먼저 들어온 모양이었다.

조금 있으니 흠뻑 젖은 사람들이 하나둘 집으로 뛰어들어왔다. 모난돌과 신주환이 가장 먼저 왔고, 곧이어 여자 두 사람이 비명을 지르며 도착했다.

다들 '물에 빠진 생쥐'라는 흔해 빠진 표현 그대로 홀딱 젖었다.

안타깝게도 자연인의 집에는 수건 같은 것이 없었기 때문에 다들 툇마루에서 머리며 옷의 물기를 짜는 것이 고작이었다. 김진형이 목을 내밀고 밖을 보며 말했다.

"우아, 진짜 무섭게 쏟아지네요. 말 그대로 게릴라성 폭우네."

모난돌이 비에 젖은 머리를 마구 흔들다가 김진형을 째려보았다.

"혼자 비 안 맞아서 신났네. 날짜를 잡아도 하필 이런 날짜로 잡아가지고서는. 출판사에서 수건도 준비 안 하고 뭐한 거야?"

"죄송합니다."

딱히 출판사의 탓은 아닌 것 같았지만, 김진형은 순순히 사과했다. 그러는 중에도 비는 무섭게 쏟아졌다. 물폭탄이라는 말을 누가 처음 생각해냈는지 몰라도 지금 상황에 정말 잘 어울렸다. 먹구름이 폭발하며 그 잔해가 그대로 쏟아져내리는 느낌이었다.

"다른 분들은요?"

간신히 정신을 차렸는지 신주환이 주변을 둘러보며 말했다.

"세 분이 안 보이는데요?"

그 말에 대답이라도 하는 것처럼, 한 사람이 비를 뚫고 달려오는 것이 보였다. 하얀 얼굴의 남자였다.

"우아, 무슨 비가……!"

"저기, 다른 분들은 못 보셨어요?"

김진형이 얼굴이 하얀 남자에게 물었지만 지금 무슨 상황인지 모르겠다는 표정만 돌아왔을 뿐이었다. 사실 자기 한몸 챙겨서 돌아온 게 용하다 싶을 정도로 무서운 비였다.

"두 분이 늦네요. 저렇게 비가 오는데……"

신주환과 김진형의 얼굴은 눈에 띄게 창백해져 있었다. 비가 많이 내리면 사고가 날 가능성이 농후했고, 진짜 사고라도 난다면 이벤트를 주최한 두 사람의 책임 문제가 커진다.

"애들도 아니고, 나무 밑에서 비 피하고 있나보지."

모난돌이 심드렁하게 말했다. 자기가 안전한 곳에 있으니 다른 사람이야 알 바 없다는 얼굴이었다.

"아니, 이게 나무 밑에서 피할 수 있는 비도 아니고……"

"어, 저기 누구 오네요!"

김진형이 답답한 듯 모난돌에게 따지려 들었으나 비를 뚫고 한 사람이 막 도착했기 때문에 입을 다물었다. 이번에 들어온 사람은 탁민택이었다. 남방을 벗어서 머리를 가리고 있었는데 온몸이 다 젖은 탓에 별 효과는 없었다.

"그럼 한 분만 더 오시면 되네요."

김진형이 초조한 얼굴로 말했다.

"아까 주환쌤 차에 같이 타고 온 아저씨 안 왔어요."

여자 한 사람이 말했다. 김진형이 이맛살을 찌푸렸다.

"아까 그분, 그러니까 성함이……"

"전화해보세요. 여기 전화 되던데요?"

"비가 저래서 어디 받을 정신이 있겠나?"

모난돌이 켈켈 웃었다. 신주환이 도저히 못 참겠는지 한소리했다.

"지금 사람이 안 돌아오고 있는데 웃음이 나옵니까?"

"아니, 비 조금 맞는다고 다 큰 어른이 뭔 일이 있겠어요?"

"그건 모르는 일입니다. 비가 이렇게 무섭게 오고, 여기는 산이니까요."

탁민택이 조용히 끼어들었다. 착 가라앉은 목소리에 어쩐지 불안해진 사람들의 시선이 탁민택 쪽을 향했다.

"산길이고 비도 와서 길이 미끄럽잖아요. 혹시라도 미끄러져서 저 아래로 굴러떨어졌다든가……"

"그럴지도 모르겠네. 출판사 양반, 빨리 전화해봐요."

모난돌이 다소 수그러진 목소리로 재촉했다. 김진형이 난감한 표정으로 파일을 펼쳤다.

"그게…… 누군지 몰라서 확인해봐야 합니다."

"출판사 사람이 왜 그래, 여기 온 사람이 누군지도 몰라요?"

모난돌이 어처구니없다는 표정을 지었지만 김진형은 그저 울상을 지을 뿐이었다.

"전 연락처랑 이름만 받았으니까요. 여기 올 때까지 직접 만나뵌 분은 없고요. 신주환 선생님밖에는 아는 사람이 없어요."

"전 여기 있습니다."

탁민택이 나서며 자기 목에 걸고 있는 이름표를 내밀어 보였다. 그러자 다른 사람들도 각자 자기 이름표를 꺼내 내밀었다.

나도 뒷주머니에서 내 이름표를 꺼냈다. 파일에 있는 인명록과 사람들의 이름표를 재빨리 대조한 김진형이 고개를 끄덕였다.

"김설영 님이 없군요. 그러니까 김설영 님 번호가……"

번호를 찾은 김진형이 전화를 걸었지만 곧바로 끊으며 다시 울상을 지었다.

"전화기가 꺼져 있대요."

"비 때문에 정신없어서 못 받는 거 아닌가?"

"그렇다면 신호음이 울리겠죠. 전화기가 꺼져 있다고 할 리 없어요."

"비 맞아서 고장난 거 아냐?"

"설마요. 비가 좀 심하게 오긴 하지만 그래도……"

"찾으러 나가봐야 하는 거 아니에요?"

머리가 긴 여자가 조심스럽게 의견을 냈지만 모난돌이 냉큼 반대했다.

"저 비를 어떻게 뚫고 나가라는 거요?"

"그래도 다리라도 다쳐서 못 오는 거라면……"

"괜찮다니까. 나무 아래에서 비 피하고 있을 거야. 여기 천지가 나무인데 뭘. 아니면 차에 갔을 수도 있고."

모난돌의 말에 김진형이 어이없다는 표정으로 물었다.

"키도 없이 차에 가서 뭐하려고요?"

다들 빗줄기가 쏟아지는 하늘을 원망스럽게 바라보았다. 그때 탁민택이 쭈뼛거리며 입을 열었다. 그러고 보니 아까부터 볼일이 급한 강아지 같은 표정을 짓고 있더니 간신히 말할 기회를 잡은 모양이다.

"저기, 이거 빨리 말씀드렸어야 했는데……"

"네? 뭘요?"

"계곡물이요."

"네?"

사람들은 영문을 몰라 탁민택의 입만 바라보았다. 탁민택이 난감한 표정으로 말을 이었다.

"아까 비가 막 쏟아질 때 집으로 오다가 갑자기 생각이 나서 차 세워둔 아래쪽으로 내려가봤거든요. 저 밑에 다리 하나 지나왔잖아요? 물이 벌써 거기 위까지 차올랐더라고요. 다리가 안 보일 지경이었어요."

"계곡물이 그만큼이나 불었다고요?"

신주환이 놀라 자리에서 벌떡 일어났다.

"그 다리 아니면 내려갈 길이 없는데!"

나도 깜짝 놀랐다. 아까 다리를 지날 때만 해도 수위가 그리 높지 않았다. 비가 물폭탄 수준으로 한꺼번에 쏟아지기는 했지만 건널 수도 없을 정도로 다리 위까지 물이 차올랐다니, 도무지 믿어지지 않았다.

"원래 계곡물이 그래서 위험한 겁니다. 여름에 물 근처에서

캠핑할 때 주의하라는 말도 그래서 나오는 거고요. 평소에 다슬기 잡던 집 근처 강인데 여름에 인명 피해 나는 게 갑자기 내린 비로 순식간에 물이 불어서 그런 거예요. 지금 저렇게 무섭게 비가 쏟아지고 있으니 계곡물이 삽시간에 불어난 것도 이상한 일이 아니죠."

탁민택이 이렇게 말을 늘어놓자, 모난돌이 따지듯이 말했다.

"아니, 그런 중요한 이야기를 이제야 꺼내면 어떻게 해? 여기 들어오자마자 얘기를 해야 했던 거 아냐!"

"몇 분 빨리 이야기한다고 방법이 생기는 것도 아니잖아요."

탁민택의 말은 어처구니가 없는 동시에 납득이 갔다.

"우리 여기 갇힌 거예요?"

머리가 긴 여자가 울상을 지으며 말했다. 신주환이 여자를 안심시키려는 듯 웃어 보이며 휴대폰을 집어들었다.

"걱정 마세요. 여긴 지대가 높아서 비가 더 온다 해도 침수되지는 않을 겁니다. 그리고 신호도 잡히니까요. 119에 연락하면 구조하러 올 거예요."

"그전에 그 아저씨 먼저 찾아야죠."

머리가 짧은 여자가 우리가 잠깐 잊고 있던 사실을 떠올리게 했다. 그러니까 그 사람 이름이. 그래, 김설영이라고 했다.

'음? 김설영?'

신주환의 주식 카페에서는 온라인상에서 흔히 그렇듯 다들 닉네임을 써서 회원들의 본명을 모른다. 그런데 간혹 자기 본명을 닉네임으로 쓰는 사람들이 있다. 김설영도 그런 경우였다. 아니, 카페에서 활동할 때는 본명인지, 아니면 그냥 평범한 이름처럼 보이게 만든 닉네임인지 알 수 없었는데 본명이라는 것이 지금 확인된 셈이다.

김설영은 그리 눈에 띄는 회원이 아니었다. 활동을 아예 안 하는 것은 아니었지만 게시물은 거의 올리지 않았고, 가끔 댓글이나 다는 수준이었다. 하지만 닉네임이 평범한 이름이었기 때문에 오히려 기억에 남았다. 댓글 몇 개로 판단해볼 때 꽤 예의바른 회원이었다.

그 사람이 김설영이었구나, 속으로 이렇게 생각하고 있는데 탁민택이 외치는 소리가 들렸다.

"비가 좀 잦아드는데요?"

그 말에 사람들이 밖을 보았다. 비가 아예 그친 것은 아니었지만, 확실히 빗발이 많이 가늘어졌다. 저 정도라면 맞으면서 돌아다닐 수 있을 것 같았다.

"그 아저씨 찾아보죠?"

긴 머리의 여자가 조심스럽게 의견을 냈다. 귀찮은 일 싫다고 뒤로 뺄 것 같은 인상이었는데 의외로 궂은 일에 앞장서는구나 싶었다. 오지 않는 사람이 걱정되는지 사람들은 주섬주섬 일어났다. 나도 일어나 밖으로 나갔다. 나로서는 계곡물이 정말로 지나갈 수 없을 정도로 불어났는지 확인해보고 싶은 마음이 더 강했다.

주변을 찾는다고 해봤자 멀리 갈 수 있는 것도 아니었다. 집 뒤쪽과 진실의 고리 너머의 오른쪽은 제법 지대가 높아서 올라가기 힘들었다. 우리는 먼저 집 주변을 살폈고, 올라왔던 길을 슬슬 내려가며 김설영을 찾았다.

"김설영씨!"

"김설영씨, 어디 계세요!"

하지만 아무런 대답도 돌아오지 않았다.

"여전히 전화기가 꺼져 있어요."

김진형이 울 것 같은 얼굴로 휴대폰을 귀에서 떼며 말했다. 아무래도 지금 이 사람이 가장 걱정이 클 터였다.

"차 있는 데까지 가보죠."

신주환의 말에 사람들은 조심조심 비에 젖은 풀을 헤치며 내려갔다. 차는 아까 세워둔 그대로 있었지만 사람의 그림자는 어디에도 보이지 않았다. 다들 말없이 다리가 있던 아래쪽으로 걸음을 옮겼다.

"아, 이런!"

얼마 지나지 않아 사람들의 입에서 절망스러운 탄식이 흘러나왔다. 탁민택의 말은 거짓도 과장도 아니었다. 우리가 지나온 계곡은 너비가 두 배는 됨직하게 불어나 있었다. 다리는 이미 물에 삼켜진 지 오래였고, 흙탕물이 '콰콰콰콰' 하는 요란한 소리와 함께 세차게 흐르고 있었다. 물살이 엄청나게 빨랐다. 보기만 해도 아찔한 광경이었다. 가까이 다가갈 엄두조차 나지 않았다.

"119에 연락해야죠."

신주환이 간신히 정신을 차리고 중얼거렸다.

"선생님, 김설영씨는요?"

"119에서 수색하는 게 우리보다 낫지 않겠어요?"

대놓고 말은 하지 않았지만, 사람들의 머릿속에 김설영이 물에 빠져 멀리 휩쓸려가는 모습이 재생되는 중이라는 것 정도는 짐작할 수 있었다.

"에취!"

누군가가 재채기를 했다. 빗발이 많이 가늘어지기는 했어도, 모두 물에 빠진 생쥐 꼴로 비를 맞고 있는 상태였다.

"일단 집으로 돌아가죠. 이러다가 다들 감기 걸리겠어요. 집에 가서 아궁이에 불 때고 몸부터 좀 말립시다. 가서 119에 구조 요청도 하고요."

신주환의 말에 다들 불안한 마음으로 집으로 향했다. 가는 길에 몇몇 사람이 "김설영씨!" 하고 외쳤지만 대답은 돌아오지 않았다. 집에 도착하자마자 사람들은 부엌으로 몰려갔다. 농촌 관련 프로그램에서 본 것과 같은 그을린 아궁이가 있었다.

"라이터 있으신 분? 진형씨, 불쏘시개로 쓸 종이 있죠?"
신주환이 물었다. 김진형이 고개를 끄덕였다.

"이벤트용으로 쓰려고 종이를 좀 가져왔습니다. 선생님, 그런데 나무가 있어야죠? 밖에 있는 나무는 다 젖었는데요."

"집 뒤쪽 헛간에 땔감이 좀 있어요. 당숙이 쓰시던 거……"

"제가 가져오겠습니다."

"제가 갈게요."

내가 자원했으나 동시에 얼굴이 하얀 남자도 손을 들었다. 순간적으로 둘 다 뻘쭘해서 멈칫했다가 함께 헛간으로 향했다. 내 머릿속에서는 여러 가지 생각이 도는 중이었다. 일이 생각지도 못한 방향으로 흐르고 있었다. 이러다가는 내가 우려하던 상황에 맞닥뜨리게 될지도 몰랐다.

헛간 문은 닫혀 있었다. 나는 힘을 주어 문을 열고 안으로 들어갔다. 얼굴이 하얀 남자가 내 뒤를 바로 따라 들어왔다.

"으, 으아아악!"

"우아악!"

헛간에 들어서자마자, 나와 얼굴이 하얀 남자는 누가 먼저랄 것도 없이 목이 터져라 비명을 질렀다.

"무슨 일이에요?"

"뭐야? 왜 그래?"

비명에 놀란 사람들이 헛간으로 우르르 달려왔다. 그리고 곧

이어 모두들 비명을 지르거나 그 자리에 얼어붙어 서 있거나, 다리가 풀려 그 자리에 주저앉는 등 각자의 방식으로 경악했다.

헛간 안쪽 쌓여 있는 나뭇단 아래, 뒷머리가 완전히 박살난 김설영이 등을 위로 한 채 쓰러져 있었다.

4

"주, 주, 죽은 거예요? 저 아저씨?"

머리가 짧은 여자가 울먹이는 목소리로 말했다. 이 말에 넋을 놓고 있던 사람들이 조금씩 정신을 차렸다. 탁민택이 성큼성큼 다가가 김설영의 손목을 덥석 잡았다. 맥을 짚어보는 것 같았다. 그러더니 자신의 얼굴을 피투성이인 김설영의 얼굴 가까이에 댔다.

비위가 여간 좋은 놈이 아니다 싶었다. 시체를 직접 처리한 나도 죽은 자의 얼굴에 내 얼굴을 가까이하고 싶지 않았는데 말이다.

"이미 숨이 끊어졌어요."

탁민택이 침통하게 말했다.

"김설영인가 하는 사람 맞아요?"

이번에는 모난돌이 물었다. 좀 어이없는 질문이기는 했다. 지금 이 상황에서 김설영 말고 누구겠는가. 그만큼 정신이 나가 있다고 봐야겠지.

"김설영씨 맞습니다. 얼굴이 확실해요. 옷차림도 그렇고요."

탁민택이 몸을 일으키며 말했다. 시신의 얼굴이 바닥을 향하고 있어서 다른 사람들에게는 잘 보이지 않았지만 탁민택의 말대로 옷만 보고도 알 수 있는 사실이었다.

"왜, 왜 여기서……"

신주환이 새하얗게 질린 얼굴로 부들부들 떨며 말했다. 다리가 풀렸는지 바닥에 주저앉은 채였다.

"발이라도 헛디딘 건가?"

모난돌이 이번에도 멍청한 소리를 했다. 탁민택이 천천히 고개를 저었다.

"김설영씨는 뒷머리가 깨졌는데 얼굴이 아래를 향하고 있습니다. 넘어져서 뒷머리를 바닥에 찧은 것이라면 얼굴이 위쪽을 향했겠죠."

"그럼……"

"누군가 김설영씨의 뒷머리를 돌로 내리친 겁니다."

탁민택이 엄숙하게 말하며 헛간 한쪽 멀찍이 떨어진 곳을 가리켰다. 구석진 자리에 피가 잔뜩 묻은 주먹만한 돌이 떨어져 있었다.

나는 몰래 오른손을 쥐었다 폈다 했다. 놈의 뒷머리를 내리쳤을 때의 감각이 아직도 손에 생생하게 남아 있었다.

놈을 죽이기 직전까지, 나는 내가 살인자가 되리라고는 상상도 하지 못했다. 말 그대로 순식간에 벌어진 일이었다.

하지만 이미 일어난 일이니 어쩔 수 없다. 내가 살인자라는 것이 들통나서는 안 된다. 나는 마음을 굳게 다잡았다. 다들 넋이 나간 것 같으니, 나만 정신 바짝 차리고 있으면 된다.

"살해당한 거라고요?"

사람들이 놀라서 웅성거렸다.

"혹시 위에서 돌이 떨어져서 재수없게 뒷머리에 맞은 거 아닐까?"

모난돌이 말했다. 탁민택의 말을 도무지 믿고 싶지 않은 얼굴이었다. 하지만 탁민택은 무정하게도 고개를 저었다.

"고개를 숙이고 있을 때 위에서 돌이 떨어져서 머리를 쳤다고 할 수도 없어요. 산비탈 아래 서 있었다면 모를까, 여긴 헛간 안이고 보시다시피 돌이 떨어질 공간이 없어요. 혹 위에 돌이 얹어져 있었다 해도, 우연히 떨어진 돌이 사람을 죽일 수 있을 정도로 절묘하게 타이밍을 맞춰 뒷머리를 가격한다는 것도 황당한 일이고요. 무엇보다 이 헛간을 보세요. 흉기랑 나뭇단을 제외하고 돌멩이 하나 없이 깨끗하죠? 살인자는 밖에 있는 돌을 일부러 들고 와서 김설영씨를 내리친 겁니다."

"누, 누가……"

김진형이 몸서리를 치며 중얼거렸다. 그러더니 몸을 휙 돌려 사람들을 매섭게 노려보았다.

"누구야? 누가 그런 거야?"

"진형씨, 진정해요!"

신주환이 놀라서 말렸지만 잔뜩 흥분한 김진형은 입에 거품을 물고 길길이 날뛰기 시작했다. 급기야는 옆에 있던 얼굴이 하얀 남자의 멱살까지 잡고는 소리를 지르기 시작했다.

"너야? 당신이냐고? 아니면 거기 당신이야? 살인자! 누구야! 왜 사람을 죽였어! 왜 여기서……!"

탁민택이 성큼 다가가더니 팔을 크게 휘둘러 김진형의 뺨을 쳤다. 철썩, 요란한 소리가 울렸다. 사람들은 어깨를 움찔했다.

"이럴 때일수록 정신을 똑바로 차려야 합니다."

김진형은 얻어맞은 뺨을 한 손으로 감싸고는 숨을 크게 몰아쉬었다. 간신히 진정한 것 같았다.

"저기, 이제 여기서 나가면 안 돼요? 토할 것 같아요."

짧은 머리의 여자가 울먹이며 말했다. 여자 두 사람은 겁먹은 얼굴로 서로 부둥켜안고 있었다. 시신을 계속 보는 것은 확실히 고역이라, 다들 일단 헛간에서 나와 본채로 돌아갔다. 탁민택이 신주환에게 물었다.

"이불 같은 건 없습니까? 시신을 덮어주는 편이 좋을 것 같아서요."

"이불은 없고 당숙이 입던 낡은 점퍼가 하나 있긴 한데요."

"그거라도 주세요. 그리고 나무도 가져와야죠. 다들 떨고 계시네요."

신주환에게 헌옷을 받아든 탁민택은 헛간으로 향했다. 내 뒤에서 모난돌이 작게 혀를 찼다.

"저거 저놈이 그런 거 아니야? 어떻게 저렇게 아무렇지도 않지?"

하지만 시신이 눈에서 멀어지자 다들 추위를 느끼기 시작했기 때문에 탁민택이 나무를 한아름 안고 오자 모두 고마워했다.

"저기, 그 아저씨 정말로 죽은 거 맞아요?"

여자들이 다시 물었다. 탁민택이 무겁게 고개를 끄덕였다.

"본래 사망 선고는 의사와 한의사, 치과의사만 내릴 수 있습니다. 동공반사를 확인하고 맥박은 뛰는지, 숨은 쉬는지 모두 확인한 뒤에 사망 판정을 하죠. 일단 제가 확인한 바로는 숨도 쉬지 않고 맥도 뛰지 않았어요. 하지만 지금 제 말은 공식적인 사망 선고가 될 수는 없고 나중에 의사가 확인해서 선고를 할 겁니다."

지금 이 상황에 지나치게 쓸데없는 설명이다. 이 녀석, 처음부터 느꼈지만 좀 수다스럽다.

"그런데 이거 김설영씨 물건 맞죠?"

탁민택이 이렇게 말하며 사람들에게 내민 것은 박살난 휴대폰이었다. 제법 관찰력이 있는 사람이나 김설영에게 관심을 가지고 지켜봤을 사람이라면 기억할 최신형 휴대폰의 잔해였다.

"그리고 뒷주머니에 이게 있더라고요."

탁민택이 이번에 내민 것은 목걸이형 이름표였다. '김설영'이라는 이름이 뚜렷하게 인쇄되어 있었다.

"그런데 이것밖에 없었어요."

"아니, 이게 왜? 우리도 다 받은 거잖아."

모난돌이 알 수 없다는 표정으로 물었다. 탁민택이 잠시 생각하더니 대답했다.

"김설영씨의 오른쪽 뒷주머니가 튀어나와 있었거든요. 거기에 이름표가 들어 있었고요. 하지만 이 이름표는 얇은데다가 오늘 받아서 잠깐 넣어둔 거라 이걸 주머니에 쑤셔넣는다고 주머니가 튀어나올 리 없어요. 뒷주머니가 그렇게 튀어나오는 건 평소에 어느 정도 두께가 있는 물건을 항상 넣고 다녀서죠. 이를테면 담배라든가 지갑 같은 거요."

"지갑!"

탁민택이 무슨 의도로 하는 말인지 깨달은 듯 모난돌이 외쳤다. 탁민택은 계속 말을 이었다.

"김설영씨는 가방을 들고 오지 않았어요. 그리고 뒷주머니가 튀어나온 형태로 봐서 지갑을 늘 뒷주머니에 넣었을 거예요. 그런데 지갑은 없었어요. 이 이름표만 들어 있었죠."

"지갑을 빼앗으려고 사람을 죽인 거야!"

모난돌이 질린 표정으로 다른 사람들을 둘러보았다. 다들 동요하는 표정이었지만 딱히 이 말에 대꾸하지 않았다. 그럴 기운이 없는 것 같았다. 나는 바깥을 바라보았다. 비가 다시 억수같이 쏟아지고 있었다.

그러는 사이 신주환은 아궁이에 불을 땠고, 바닥이 조금씩 데워지기 시작했다. 신주환이 방으로 들어오자 김진형이 119에 전화를 걸었다. 폭우 때문에 아홉, 아니 여덟 사람이 산에 갇혔고, 사람이 하나 죽었고…… 이렇게 열심히 떠들다가 정확한 장소를 설명하라는 말을 들었는지 전화기를 신주환에게 넘겼다.

"예, 우람산이요. 거기 자연인 집으로 유명한…… 어딘지 아십니까? 가재계곡 다리 지나서요. 예, 예! 거기요. 예? 아니 지금 사람이 죽었어요! 아니 그러니까…… 아니, 위급한 환자가 있는 건 아닌데요. 예? 아랫배미에 집이 뭐 어째요? 아니 그래도……"

그렇게 한참을 입씨름을 하던 신주환은 전화를 끊더니 사람들에게 절망적인 표정을 지어 보였다.

"지금 이 미친 비 때문에 경찰이고 119고 난리도 아니래요. 일단 계곡물이 너무 불어서 구조대가 오기도 힘들고, 저쪽에 아랫배미라는 마을이 있는데, 거기 지금 뒷산이 무너져서 노인네 둘 사는 집이 완전히 파묻혔대요. 구조대가 다 거기 가 있다고,

여기 상황이 위급한 건 알겠는데 손이 부족해서 자기들도 지금 당장 어떻게 할 수가 없다고…… 일단 상황은 알았으니까 구조대가 최대한 빨리 갈 수 있도록 노력해보겠대요. 가만 보니까 구조대끼리도 정신이 없어서 지금 연락이 잘 안 되는 것 같아요."

"아니, 그래도 구급대원이나 경찰이라면 뭐든 해야 하는 거 아닌가!"

모난돌이 버럭 소리를 질렀다.

"헬기를 띄워서라도 당장 구조대를 보내야지! 여기 갇힌 사람이 몇 명인데! 방송 속보로도 내보내고!"

"아니, 그렇게 쉽게 할 수 있는 일이 아닙니다."

탁민택이 모난돌을 진정시키려고 했지만 모난돌은 더욱 화를 냈다.

"애초에 신 선생이 전화를 잘못했어! 열이 펄펄 끓어서 다 죽어가는 급한 환자가 있다고 해야지! 우리가 지금 얼마나 위급한지 모르니까 경찰이 여유 부리고 있는 거잖아! 다시 전화해서 환자 있다고 해!"

"경찰도 119도 신이 아닙니다. 지금 가장 고생하고 있는 분들이에요. 그리고 우리는 위험하다고 해도 당장 죽을 지경은 아니지 않습니까? 노인분들 사는 집이 흙더미에 묻혔다는데 거기가 더 급하지 않겠어요? 또 계곡에 물이 저렇게 불어서 못 올라오는 걸 어쩌겠어요?"

탁민택이 이렇게 이치를 따져가며 말했지만 사람들은 당장 감정부터 앞섰다. 이번에는 김진형이 끼어들었다.

"그래도, 그래도……! 전 더이상 못 버티겠습니다. 지금 여기에 살인자가 있다는 말 아닙니까!"

이 말에 사람들은 겁먹은 표정으로 서로를 둘러보았다. 다들 잠깐 잊었던 사실을 깨달았다는 얼굴이었다.

"살인을 한 번 한 놈이 두 번이라고 못하겠어요? 전 여기에 더 못 있습니다. 헤엄쳐서라도 내려갈 겁니다. 차 타고 내려가면 물을 건널 수 있을지도 몰라요!"

"아니, 아까 그 계곡물을 보고도 그런 말이 나옵니까?"

탁민택이 어처구니없다는 표정을 지었다.

"그리고 이런 상황에서 혼자 외따로 떨어지면 살인마의 다음 표적이 된다는 게 공포영화의 기본 클리셰인데요. 뭉쳐야 안전하지 혼자 있으면 사망 플래그 세우는 거예요."

이 말은 덧붙이지 않는 편이 더 좋을 뻔했다. 당사자인 김진형뿐만 아니라 주변의 모든 사람들이 질렸다는 표정으로 탁민택을 노려보았다.

"그 살인자가 왜 김설영씨를 죽였겠어요? 오늘 여기서 처음 만났을 텐데! 우린 공정하게 추첨했다고요!"

김진형이 외쳤다.

"범인은 살인광일지도 몰라요! 아무나 걸리면 다 죽이려는 건지도 모른다고요! 다음번엔 나를 노리지 않는다고 어떻게 장담합니까?"

"저기, 영화를 너무 많이 보신 것 같은데……"

탁민택이 이렇게 김진형을 진정시키려고 애썼지만, 방금 전 공포영화의 클리셰니 사망 플래그니 하는 소리를 늘어놓은 장본인이었던 탓에 그리 설득력 있게 들리지 않았다. 사람들은 모두 김진형의 말에 동요하는 기색을 보였다. 무리도 아니었다. 참혹한 시신을 눈앞에서 보았고, 불어난 계곡물 탓에 산 아래로 내려갈 수도 없고, 당장 구조대가 올 수도 없는 상황이다. 이런 때에는 당황해서 제대로 된 사고를 하기 어렵다.

"살인자가…… 우리를 다 죽인다고?"

긴 머리의 여자가 두 팔을 교차해 어깨를 감싸안으며 슬금슬금 뒤로 물러났다. 얼굴이 하얀 남자는 선 채로 부들부들 떨고 있었다. 탁민택이 다급하게 손을 내저으며 사람들을 진정시키려 애썼다.

"아니, 아니! 여러분, 모두 진정해요! 여행 와서 모르는 사람을 전부 죽이는 연쇄살인마는 영화에나 나오는 거라니까요. 생각해보세요. 오늘 우리가 이런 곳에 모일 거라고 미리 알았던 사람 있었어요? 계곡물이 저렇게 불어나서 우리가 달아나지 못할 거라고 미리 안 사람도 없었잖아요. 이건 살인마가 미리 사람 죽일 계획하고 여기 온 게 아니라는 뜻이에요."

"신 선생이라면 알지 않았을까?"

갑작스러운 말에 다들 눈을 둥그렇게 뜨고 고개를 돌렸다. 모난돌이 심각한 얼굴로 자신의 생각을 늘어놓았다.

"여긴 신 선생의 고향이잖아? 그러니 비 오면 물이 이렇게 불어난다는 것도 알지 않았겠어? 그래! 처음부터 김설영인가 그 사람을 일부러 여기 오도록 조작한 거야!"

"무슨 말씀을 하시는 겁니까!"

당연한 일이었지만 신주환은 펄쩍 뛰며 부정했다.

"이 지역이 고향인 건 맞지만 이 산은 잘 몰라요. 오늘 비가 이렇게 무섭게 오리라고는 상상도 못했고요! 그리고 여기 오는 분들 추첨은 출판사에서 했어요!"

"아, 그러고 보니!"

이번에는 머리가 짧은 여자가 뭔가를 깨달았다는 얼굴로 외쳤다.

"저분, 혼자 비 안 맞았잖아요?"

여자가 가리킨 '저분'은 김진형이었다.

"그 아저씨, 헛간에서 죽었잖아요? 아까 가봤을 때 헛간은 비 안 샜어요."

이 말에 기억을 떠올려보았다. 헛간은 지붕도 있고, 문이 닫혀 있었기 때문에 비가 안쪽까지 들이치지 않았다. 땔감을 쌓아놓는 용도의 공간이니 애초부터 비가 새지 않게 해두었을 것이다.

"그러니 살인자도 비를 맞지 않았을 거예요! 헛간에 있다가 방으로 들어갔을 테니까!"

"아, 정말이네!"

사람들은 동요한 기색을 보이며 조금씩 뒤로 물러났다. 김진형이 어처구니없다는 듯 입을 크게 벌렸다.

"아니, 그게 무슨 소리예요! 난 방에서 한 발짝도 나가지 않았다고!"

"그러고 보니 출판사 양반이 추첨했다고 했지? 일부러 그 사람 부른 거 아냐? 여기서 죽이려고?"

"전 김설영씨 여기서 처음 만났어요! 이름도 지금 알았다고요! 그리고 추첨은 우리 팀장님이 했어요! 당장 전화해서 확인해보라고요!"

하지만 이 말에 돌아온 것은 사람들의 차가운 시선뿐이었다.

"호오, 아까 헛간에서는 연기였나? 연극배우 뺨치던데. 아, 그래서 뺨을 맞았군."

모난돌이 과장된 말투로 빈정거리기까지 했다.

"아니요, 여러분. 반드시 김진형씨가 범인이라고 할 수는 없습니다."

갑자기 탁민택이 나섰다.

"범인이라면 일부러 비를 맞고 들어올 수도 있으니까요. 방금 말씀하신 것처럼 의심받을 가능성을 생각하고 말입니다. 그리고 다들 아시겠지만, 비가 워낙 무섭게 퍼부었어요. 여기서 헛간까지 거리가 얼마 안 된다 해도 그 짧은 사이에 홀딱 젖었을 겁니다."

"비가 막 쏟아지기 직전에 죽였는지도 모르잖아. 죽이고 방에 들어오자마자 비가 쏟아졌다든가."

"그럴지도 모르죠. 하지만 몸이 말라 있다는 것만으로는 범인으로 몰 수 없다는 뜻입니다. 그보다 김진형씨."

김진형은 탁민택이 갑자기 자기를 부르자 흠칫 놀라며 "예, 예?" 하고 미덥지 못한 대답을 했다.

"혹시 이 안에 있는 동안 무슨 소리 못 들었습니까? 헛간 쪽에서요."

"그, 글쎄요……"

김진형이 울상을 지었다.

"모르겠어요. 바깥을 전혀 신경 안 썼어요. 전화하고 게임하고 그러느라……"

"어쩔 수 없을 겁니다."

탁민택이 고개를 끄덕여 보였다.

"헛간은 이 본채 건물 뒤편에 있어요. 문이 난 방향 반대쪽이기도 하고요. 헛간 문을 닫으면 안에서 나는 소리가 거의 안 들릴 겁니다. 크게 비명이라도 지르지 않는다면 말이죠."

"그럼 도대체 누구란 말이에요!"

머리가 긴 여자가 빽 소리를 질렀다.

"지금 살인자가 아무렇지도 않은 얼굴로 여기 있다는 말이잖아요! 소름 끼쳐! 어서 경찰에 전화해요! 여기 못 있겠어!"

"설마 여기에서 밤을 보내야 하는 겁니까?"

얼굴이 하얀 남자의 말에 다들 겁에 질린 표정으로 서로를 보았다. 긴 머리의 여자가 다시 소리를 질렀다.

"차 키! 차 키 주세요!"

"아니, 지금 물이 저렇게 불어서 못 내려간다니까요."

탁민택의 말에 여자가 한쪽 눈에 고인 눈물을 닦으며 말했다.

"내려가겠다는 게 아니에요! 살인자랑은 도저히 같이 못 있겠어요. 밤까지 같이 보내라고요? 싫어요, 사양할래요! 차에 가 있을 거예요. 그 안에 있는 게 더 안전할 거고요!"

"이것 봐, 아가씨. 혼자만 얌체같이 거기 숨으려고?"

모난돌이 혀를 차는가 싶더니 갑자기 깨달음을 얻은 듯 말했다.

"아, 차가 두 대지? 그럼 남은 한 대는 내가 찜."

"아니, 두 분 다 말이 되는 소리를……"

"뭐가 말이 안 되는 소리예요? 출판사분 말씀이 맞아요. 한 번 사람 죽인 놈이 두 번 못 죽이겠어요? 나 무서워서 여러분이랑 같이 못 있어요!"

"솔직히 놈인지 년인지 어떻게 알아?"

모난돌이 다시 빈정대자 긴 머리 여자가 따졌다.

"여자가 어떻게 남자를 죽여요? 남자 힘이 훨씬 센데."

"그 양반 돌로 뒷머리 얻어맞았잖아. 여자라도 충분히 가능하다고."

"하여간 나 여기 더이상 못 있어요!"

얼굴이 하얀 남자가 놀라서 여자를 달래려고 했다.

"아니요, 그래도 당장 뭘 어쩌겠습니까? 경찰이 올 수 있는 것도 아니고. 다같이 모여 있으면 안전할 겁니다."

"화장실 갈 때 몰래 다가와서 칼로 찌르면요?"

"설마 그럴 리가……"

"지금 사람이 죽은 건 맞잖아요!"

모두들 얼이 나가서 어처구니없는 소리를 늘어놓고 있었다. 나는 슬며시 불안해졌다. 아직까지 제정신을 유지하고 있는 것은 나밖에 없는지도 모른다. 하지만 곧 누군가가 한 가지 사실을 떠올리지 않을까.

"여러분, 왜 여기서 입씨름을 벌이고 있는 겁니까?"

탁민택이 사람들 앞으로 나서며 말했다.

"누가 살인자인지 몰라서 불안하다면 누군지 알아내기만 하면 될 것 아닙니까."

"그게 누군지 모르니까 이러는 거지!"

모난돌의 말에 타민택은 씩 웃어 보였다.

"지금 바로 옆에 정확도 백 퍼센트의 거짓말 탐지기가 있다는 거, 모두 잊으셨어요?"

결국 살인자인 내가 우려하던 일이 벌어지고야 말았다.

5

"살인자를 알아낸다고 치자, 그리고 어떻게 할 건데?"

모난돌의 말에 탁민택이 어깨를 으쓱하더니 말했다.

"묶어놓든 가둬두든 하면 되지 않겠어요? 모두들 불안해하니까 그렇게 해두면 다들 안심하겠죠."

갑자기 김진형이 기운이 나는지 나섰다.

"진실의 고리로 범인 찾기, 반대하시는 분? 손들어보세요."

물론 아무도 손을 들지 않았다. 지금 상황에서 이걸 반대한다면 자기가 범인이라고 자백하는 꼴밖에 되지 않는다.

지금부터 정신을 똑바로 차려야 한다. 시신이 발견되었을 때부터 이런 일이 벌어질 것이라고 각오하고 있었다. 조금이라도 긴장을 늦추면 안 된다.

"그런데 어떻게 해야 되는데요?"

머리가 긴 여자가 물었다. 여자 두 사람은 점심을 먹고 신주환과 진실의 고리에 갔지만 고리에서 거짓말 탐지 실험을 하는 것은 나중에 모두 같이 하자는 신주환의 말에 사진만 찍었다고 했다. 그래서 자신들도 진실의 고리에 대해 아는 것이 없다는 것이었다.

얼굴이 하얀 남자가 신주환에게 물었다.

"그 안에 들어가면 범인이 '나 범인이오' 이렇게 저절로 말하나요?"

아무래도 모인 사람 가운데에서 신주환이 진실의 고리에 대해 가장 잘 알 것이라 생각해서 물은 것일 터였다. 하지만 신주환의 대답은 영 미덥지 않았다.

"아니, 그건 아니고…… 그게……"

신주환이 입속에서 말을 우물거렸다. 잠깐 괜찮은가 싶었는데 신주환은 그사이 또다시 넋이 나가 있었다. 얼굴은 창백하게 질려 있었고 눈빛이 흐리멍텅했다. 유튜브에서의 자신만만하고 여유 넘치는 모습은 어디에도 없었다.

시신을 봤으니 충격을 받는 건 당연하다. 거기다 자신의 책 출간 이벤트에서 이런 사달이 났으니 무사히 내려가게 된다고 해도 걱정이 될 터였다.

"선생님?"

"아, 제가 아는 대로 설명할까요?"

내가 나섰다. 여기 오기 전 진실의 고리에 대해 자료를 닥치는 대로 찾아봤기 때문에 어느 정도 관련 지식이 있었다.

"고리 안에 들어가도 밖에 있는 것과 똑같습니다. 아무 말도 안 할 수도 있고, 평소처럼 말할 수도 있습니다. 물론 의도적인 거짓말은 나오지 않는다고 합니다. 거짓말이 아니라면 얼마든지 떠들 수도 있다는군요."

내 설명에 머리가 짧은 여자가 물었다.

"그렇다면 범인은 어떻게 알아내요?"

"다른 사람이 질문을 하면 됩니다."

"질문이요?"

"예, 아니오로 대답할 수 있는 질문이요. 신기하게도 이런 질문에 대한 대답은 반드시 하게 된다고 합니다. 강제로 입이 열린대요. 그러니 진실의 고리에 들어간 사람한테 김설영씨를 죽였는지 물어보면 됩니다. 범인이라면 그렇다고 대답할 겁니다."

"아!"

몇몇 사람이 탄성을 질렀다. 얼굴이 하얀 남자가 신주환을 돌아보았다.

"그럼 한 사람씩 고리에 들어가고, 신주환 선생님이 '당신이 김설영씨를 죽였습니까?' 이렇게 물어보면 되겠군요. 선생님이 아무래도 진실의 고리 경험도 많으실 테고, 우리 중에서는 고리를 가장 잘 아시겠죠."

"아니, 신 선생이 범인이면 어쩌려고?"

모난돌이 끼어들자 얼굴이 하얀 남자가 허탈하게 웃었다.

"물론 신주환 선생님도 고리에 들어가고 다른 사람의 질문을 받을 거예요. 선생님, 그렇게 하죠?"

"아, 예. 그렇죠. 그러니까…… 제가 뭐라고 질문을……"

신주환은 아직도 정신이 제대로 돌아오지 않았는지 여전히 미덥지 못한 소리를 했다. 얼굴이 하얀 남자가 답답한지 "필기도구 있는 분?" 하며 주변을 둘러보았다. 누군가 펜을 건네주자, 남자는 김진형의 파일에서 종이 한 장을 꺼내 '당신은 김설영씨를 살해했습니까?'라고 썼다.

"선생님, 우리가 한 사람씩 진실의 고리에 들어갈 테니까 이거 그대로 읽으세요. 그럼 되겠죠?"

"예? 그게……"

"선생님, 정신 바짝 차리세요!"

얼굴이 하얀 남자가 목소리를 높였다. 그제야 신주환은 퍼뜩 놀라서 주변을 둘러보았다. 갑자기 양손을 들어 자기 뺨을 찰싹찰싹 때리더니 고개를 부르르 흔들었다.

"선생님?"

"아, 이제 괜찮습니다. 죄송합니다. 말씀대로 할게요."

신주환이 말했다. 다행히도 눈빛이 다시 정상으로 돌아와 있었다.

"그럼 쇠뿔도 단김에 빼볼까요."

탁민택이 앞장서서 방을 나갔다. 다른 사람들도 서로를 살피며 슬금슬금 탁민택의 뒤를 따랐다.

고수고수 거짓말쟁이의 고리

비는 여전히 내리고 있었지만 아까 쏟아져내리던 물폭탄과 비교하면 장난 수준이었다. 궂은 날씨 탓에 주변이 어둑했지만 아직 한낮이라 돌아다니지 못할 정도는 아니었다.

땅은 물에 젖었고 군데군데 비에 파였지만 진실의 고리는 여전히 흐릿한 형광색으로 빛나고 있었다.

우리가 지금부터 하게 될 일을 떠올리자, 나는 순간적으로 숨이 턱 막혔다. 나는 다른 사람들보다 뒤처져서 몰래 숨을 골랐다. 정신을 바짝 차려야 할 사람은 신주환이 아니라 나였다. 괜찮다. 들키지 않는다. 들키지 않을 것이다.

모두들 진실의 고리 바깥쪽에 조금씩 간격을 둔 채로 서서 고리를 바라보았다. 걱정스러운 표정, 두려운 표정, 신기해하는 표정 등 제각각이었다. 나는 짐짓 아무렇지도 않은 표정을 연기하려고 했지만, 다른 사람들 눈에는 어떻게 보일지 두려웠다.

"자, 그럼……"

얼굴이 하얀 남자가 성큼 고리 안으로 들어갔다.

"제가 먼저 할까요? 선생님, 질문지 읽어주세요."

신주환은 떨리는 손으로 질문지를 들어올렸다. 크험크험 목을 가다듬는가 싶더니 천천히 질문을 읽었다.

"당신은 김설영씨를 살해했습니까?"

사람들은 숨소리조차 내지 못하고 고리 안에 서 있는 얼굴이 하얀 남자의 입을 바라보았다. 남자의 얼굴이 한순간 기묘하게 뒤틀리며 입 모양이 일그러졌다. 남자는 몸을 부르르 떨더니 크게 외쳤다.

"아닙니다! 절대 그런 적 없어요!"

"아아!"

누군가 크게 탄성을 질렀다. 안도하는 소리 같기도 했고 실망하는 소리 같기도 했다. 아니, 내가 낸 소리였을까?

얼굴이 하얀 남자는 시험을 마치고 나온 아이처럼 후련한 표정이 되어 고리에서 걸어나왔다.

"이거 진짜 신기해요! 입이 멋대로 움직이는데 제가 말하는 게 아닌 것 같았어요."

더이상 범인으로 몰릴 걱정이 없어진 남자가 신이 나서 설명했다. 이 설명이 호기심을 자극한 모양인지 여자 둘이 동시에 손을 들었다.

"저요! 제가 먼저 할게요!"

머리가 긴 여자가 먼저 하기로 하고 고리 안으로 들어갔다.

신주환이 처음보다 좀더 차분해진 목소리로 질문을 했다.

"당신은 김설영씨를 살해했습니까?"

"아니요! 그런 짓을 왜 해요?"

대답이 끝나자마자 여자는 꺄악꺄악 소리를 지르며 그 자리에서 펄쩍펄쩍 뛰었다. 다음은 머리가 짧은 여자의 차례였다.

"당신은 김설영씨를 살해했습니까?"

"아니에요, 아니에요, 아니에요! 절대 아니에요!"

다음에는 모난돌이었다.

"당신은 김설영씨를 살해했습니까?"

"난 아니야! 아니라고!"

그다음으로 진실의 고리에 들어간 것은 탁민택이었다.

"당신은 김설영씨를 살해했습니까?"

"아…… 물론 아닙니다. 제가 아까 늦게 들어와서 저를 범인으로 의심해볼 수는 있다고 생각합니다. 하지만 그건 계곡물 상황을 확인하고 싶어서 아래로 내려갔다 오는 바람에 시간이 지체된 탓이고, 헛간 쪽으로는 가볼 생각도 하지 않았습니다. 제가 범인이 아니라는 것은 지금 대답으로 충분히 납득하시겠죠? 그런데 이거 정말 신기하군요. 소문대로 치과에서 마취할 때처럼 입안이 얼얼해지는 느낌이에요. 도대체 무슨 메커니즘으로 이게 가능한 걸까요? 진실을 말하는 것 말고 다른 기능은……"

"됐습니다. 탁민택씨. 이제 나오세요."

신주환이 질린 표정으로 탁민택의 수다를 중간에 끊었다. 이제 더이상 내 차례를 뒤로 미룰 수 없었다. 내가 살인자라는 사실이 들통날지도 모를 순간이었다. 위가 꽉 조이는 느낌이 들었다. 정신을 차리려고 해도 자꾸 눈앞이 흐려졌다.

아니, 아니다. 대비는 충분히 되어 있다. 나는 들키지 않는다.

나는 침을 꿀꺽 삼켰다. 그리고 천천히 발을 옮겨 진실의 고리 안으로 들어갔다. 신주환이 나를 잠시 바라보더니 질문을 했다.

"당신은 김설영씨를 살해했습니까?"

순간, 보이지 않는 손이 내 입을 우악스럽게 벌리고 혀를 잡아당기는 것 같은 기분이 들었다. 나는 나도 모르게 저항을 하려고 했다. 하지만 입도 혀도 내 것 같지가 않았다. 의지와 몸이 따로 놀았다. 갑작스럽게 튀어나오는 재채기를 어찌할 수 없는 것처럼, 나는 나도 모르는 사이에 말을 내뱉었다.

"아닙니다! 전 그 사람을 죽이지 않았어요!"

안도한 나머지 나도 모르게 한숨을 크게 내쉴 뻔했다. 해냈다. 결국 내가 살인자라는 사실은 들키지 않았다. 그래, 대비는 처음부터 해놓았으니까.

나는 최대한 아무렇지도 않은 얼굴로 고리 밖으로 나왔다. 나에게 바통을 건네받은 것처럼, 김진형이 비틀비틀 고리 안으로 들어갔다.

시험을 무사히 마쳤다는 안도감도 잠시, 용의자의 수가 점점 줄어들자 남은 자들을 보는 사람들의 눈길은 점점 더 험악해지고 있었다. 대놓고 말은 하지 않았지만, 아무래도 유튜브로 친숙한 신주환을 범인으로 생각하고 싶지 않은지 사람들은 김진형을 거의 범인으로 단정하는 분위기였다.

신주환이 다시 질문을 했다.

"당신은 김설영씨를 살해했습니까?"

내 옆에서 모난돌이 "네, 네!" 하고 대답을 재촉했다. 다른 사람들도 주먹까지 꼭 쥔 채로 김진형을 바라보았다. 잠시 침묵이 흘렀다.

"아닌데요?"

듣는 사람마저 축 늘어지게 만드는 얼빠진 목소리였다.

김진형은 터덜터덜 고리에서 나왔다. 사람들의 눈이 이번에는 전부 신주환을 향했다. 신주환은 당황해서 얼굴이 새파랗게 질렸다.

"아, 아, 아닙니다! 저 아니라고요!"

"신 선생, 당신밖에 없잖아?"

모난돌이 말했다.

"여기 있는 사람들 전부 아니라고 나왔다고. 그럼 당신이 범인 맞네."

"아니라니까요!"

"선생님."

얼굴이 하얀 남자가 말했다.

"여기서 아니라고 해봤자 아무 소용없어요. 안에 들어가세요. 저 안에서 대답하시면 됩니다."

신주환은 다리를 억지로 끌고 고리 안으로 들어갔다. 걷다가 자빠지는 게 아닐까 걱정될 정도로 다리에 힘이 풀려 있었다. 그런 모습이 사람들의 눈에는 더욱 의심스럽게 보이는 모양이었다.

"이번엔 제가 질문할게요."

얼굴이 하얀 남자가 나섰다. 남자는 신주환이 제대로 자리를 잡기도 전에 바로 질문을 던졌다.

"당신은……"

남자가 잠깐 말을 끊고 신주환을 보았다. 신주환은 여전히 파랗게 질린 채로 덜덜 떨고 있었다. 무릎이 볼썽사납게 흔들렸다.

"……김설영씨를 살해했습니까?"

신주환의 입이 우악스럽게 벌어졌다. 신주환은 양손을 자신의 뺨에 가져다댔다. 입을 억지로 다물려고 했는지, 아니면 입이 저절로 움직이자 자기도 모르게 한 행동인지 알 수 없었다.

"……아, 아, 아, 아니요!"

간신히 한 마디 내뱉은 신주환은 그대로 다리가 풀렸는지 자리에 털썩 주저앉았다.

6

"뭐야, 이거?"

모난돌이 어처구니없다는 듯 외쳤다.

"아무도 안 죽였잖아?"

"그럼 그 아저씨는 왜 죽은 거예요?"

긴 머리 여자가 영문을 모르겠다는 얼굴로 사람들을 향해 물었다. 하지만 속시원하게 답을 말해줄 수 있는 사람은 없었다.

우리는 일단 방으로 돌아왔다. 빗줄기가 약해졌다고는 하나 젖은 채로 마냥 바깥에 서 있을 수는 없는 노릇이었다.

다들 허탈한 표정이었다. 모든 것이 원점으로 돌아가버렸으니 당연했다.

"저기, 혹시……"

김진형이 조심스럽게 의견을 냈다.

"불량품 아닐까요?"

"불량품이요?"

어이없는 말에 사람들은 헛웃음을 지었다. 하지만 김진형은 진지했다.

"아니면 고장이 난 걸지도 몰라요! 그래서 그 안에서 거짓말을 해도 괜찮다거나……"

"에이, 그건 아니죠. 거기 들어가니까 입이 저절로 움직이던데요?"

사람들이 이렇게 말했지만 김진형은 고집스럽게 자기 의견을 밀고 나갔다.

"솔직히 진실의 고리에 대해 전부 밝혀진 것도 아니잖아요? 지금까지 조사한 고리에서 진실만 말하는 것으로 나왔다고 해도 어떤 고리는 거짓도 말할 수 있다든가, 그럴 수도 있잖아요. 저

고리, 아직 정부에서 제대로 조사 안 했죠? 그러니까 지금까지의 연구 결과와는 다른 고리일 수도 있잖아요."

"귀납 논증의 한계로군요. 세상 사람들이 모든 백조는 하얀색이라고 믿고 있는데 검은색 백조 한 마리가 발견되는 순간 '모든 백조는 하얗다'는 진리가 깨져버리는 것 말입니다. 진실의 고리는 진실만을 말하게 하지만, 거짓말을 허용하는 고리가 하나라도 나오게 된다면 진실의 고리라는 것 자체를 믿을 수 없게 되어버리겠죠."

"이것 봐, 탁씨. 지금 그런 이야기할 때가 아니야."

다시 이어지려는 탁민택의 수다를 모난돌이 막았다.

"난 그보다 다른 이유가 있을 거라고 생각해."

"다른 이유요? 아!"

머리가 짧은 여자가 뭔가 떠오른 듯이 말했다.

"그 아저씨…… 자살한 거 아닐까요?"

"엥? 자살?"

모난돌이 얼빠진 소리를 냈다. 이 반응으로 보아 모난돌이 방금 전 이야기한 '다른 이유'는 자살을 뜻하는 게 아닌 듯했다. 모난돌의 반응이 어떻든, 여자는 신경쓰지 않고 자신의 생각을 늘어놓았다.

"그렇잖아요. 우리 중에는 아무도 그 아저씨를 죽이지 않았으니 그 아저씨가 자살했다고 보는 게 맞죠."

"자기 뒤통수를 자기가 내리쳐서 자살했다고? 그게 가능해?"

모난돌이 여전히 어처구니없다는 표정으로 말하며 사람들을 둘러보았다. 다른 사람들은 아무도 끼어들지 않았다. 쓸데없는 것을 많이 알고 있는 탁민택도 별말이 없다. 할 수 없이 모난돌이 다시 말했다.

"자살할 때 자기 뒷머리를 쳐서 자살하는 경우는 내 듣도보도 못했어. 농약을 마신다든가 목을 맨다든가 그러지."

"농약을 당장 어디에서 구해요? 목을 매기에는 장소가 애매하고요. 그러니까 헛간 밖에 굴러다니는 돌 하나 주워서 그걸로 뒤통수를 때린 거겠죠."

"그보다는 계곡물에 뛰어드는 게 더 빠르지 않겠어?"

"계곡물이 그렇게 불어났는지 몰랐나보죠."

모난돌의 말에 여자도 지지 않고 대답했다.

"아니, 아무리 생각해도 내가 보기엔 말이 안 돼."

"그렇지만 우리 중에는 범인이 없잖아요! 그러니까 자살이 맞다고요! 그렇죠? 그렇다고요!"

여자는 당장에라도 울음을 터뜨릴 것 같은 표정으로 열심히 주장했다. 나는 그제야 여자가 왜 이렇게 억지를 쓰는 것인지 그 까닭을 눈치챘다.

김설영이 자살했다면 여기에 살인자는 없다. 여자는 다른 사람들을 의심하면서 불안에 떠는 대신 애써 그렇게 믿고 싶은 것이다. 그래서 자신의 주장에 아무런 근거가 없어도 끝끝내 그렇게 밀고 나가려는 것이다. 자기 자신부터 스스로 속이려고 하는 것이다. 진실의 고리가 낸 결론에 기대어서. 그런 여자의 진심이 와닿은 것인지, 사람들은 모두 아무 말이 없었다. 한참 입씨름을 하던 모난돌마저 입을 다물었다.

"아니오. 자살일 리가 없습니다."

사람이 여럿 모이면 눈치 없는 행동을 하는 사람이 꼭 하나는 있는 법이다. 사람들이 질린 얼굴로 자신을 바라보는 것을 무시하며 탁민택이 입을 열었다.

"돌의 위치를 떠올려보세요."

"돌?"

"돌은 김설영씨 바로 옆에 떨어져 있지 않았습니다."

그 말대로다. 곧바로 기억을 떠올린 모난돌이 냉큼 받아 말했다.

"더 안쪽 구석에 떨어져 있었어!"

"자살이라면 이상하지 않습니까?"

탁민택이 말했다.

"스스로 뒷머리를 쳐서 죽음에 이를 수 있는지는 저도 잘 모르겠습니다. 하지만 그런 일이 가능했다고 가정해봅시다. 김설영씨는 죽는 순간까지 돌을 손에 쥐고 있었을 테고, 쓰러질 때 돌을 놓쳤다고 해도 시신 바로 근처에 떨어졌겠지요. 하지만 모두들 보셨다시피 돌은 꽤 멀찍이 떨어져 있었습니다. 이건 누군가 다른 사람이 돌로 김설영씨를 살해한 뒤 던졌다고 보는 편이 더 적절합니다. 그렇게 눈에 띄었으니 흉기를 숨길 생각으로 던진 건 아닐 겁니다. 그저 아무 생각 없이 돌을 멀리 던진 것인지, 자신이 한 행동에 스스로 겁을 먹어 던진 것인지는 모르겠습니다만."

"돌로 뒤통수를 스스로 친 뒤에 으어어, 으어어 이렇게 몸을 뒤틀다가 돌이 멀리 날아갔다거나…… 아니, 역시 그런 건 무리겠죠."

김진형이 과장되게 몸을 뒤트는 흉내를 내다가 죽은 사람에게 예의가 아니다 싶었는지 입을 다물었다.

"내 생각엔 자살은 아니야."

이번에는 모난돌이 입을 열었다.

"자살이 아니면 우리 중에 누가 범인이라는 말이에요?"

머리가 짧은 여자가 따지듯이 물었다. 모난돌이 씩 웃었다.

"아까 진실의 고리에서 다 밝혀졌잖아? 우리 중엔 범인이 없어."

이 말에 사람들은 영문을 알 수 없다는 얼굴이 되었다.

"그럼 사고사란 말인가요?"

얼굴이 하얀 남자가 물었다. 모난돌이 "에이, 그건 아니지" 하며 한 손을 내저었다.

"아까 탁씨도 말했잖아. 넘어져서 뒤통수를 돌에 박았을 리 없다고. 시체 상태를 생각해보면 그 말이 맞는 것 같아. 분명히 누군가가 돌로 내리찍은 거야."

"그러니까 누가……"

"뭐, 노숙자려나?"

"네?"

너무 뜬금없는 소리에 다들 황당한 표정을 지었다. 하지만 모난돌은 사뭇 진지한 얼굴로 설명했다.

"여기 우리만 있다고 어떻게 장담하지? 여긴 그렇게 깊은 산속도 아니어서 전화도 다 되고 자연인도 살았던 곳이야. 굳이 노숙자가 아니더라도 저 아래 마을에서 사람이 올라올 수도 있는 거잖아."

"그런가요, 선생님?"

김진형이 신주환을 돌아보며 확인하듯 물었다. 신주환이 얼떨떨한 얼굴로 고개를 끄덕였다.

"사람들이 그렇게 잘 오는 곳은 아닌데, 진실의 고리가 생긴 이후에 구경하러들 좀 왔어요."

"그것 봐. 그러니까 오늘도 우리 따라서 구경 온 사람이 있었던 거야."

모난돌이 결론이 났다는 듯 말했다.

"아니면 한두 달 전부터 노숙자가 여기서 아예 터 잡고 살고 있던 거 아니었을까? 그 자연인 당숙 양반이 하산한 후에 여기 비어 있으니까 딱 들어와서 산 거지. 봐봐, 집이 얼마나 멀쩡해? 넓고 깨끗하고, 화장실도 있고, 아궁이 불 때면 난방되고, 헛간에 땔감도 잔뜩 쌓여 있고! 이 정도면 완전 궁궐이지."

"그렇지만 사람이 살던 집 같지 않은데요? 뭘 먹은 흔적도 없고 쓰레기도 없고."

"깨끗하게 치웠겠지! 노숙자라고 주변을 지저분하게 하고 살 거라는 건 편견이야!"

"그럼 그 사람 지금 어디 있는데요?"

내가 묻자 모난돌은 어깨를 으쓱했다.

"이 근처 어디 숨어 있겠지. 그것까지 내가 어떻게 알겠어? 그래도 계곡물이 불었으니까 아래로 도망은 못 갔을 거야."

"그렇다 해도 노숙자가 왜 그 아저씨를 죽여요? 오늘 처음 본 사이일 거 아니에요?"

짧은 머리의 여자가 묻자 모난돌은 그것도 모르느냐는 듯이 혀를 찼다.

"뻔하잖아, 돈이야."

"돈이요?"

"아까 탁씨가 그랬잖아. 김설영 그 사람 지갑 없어졌다며? 지갑 빼앗으려고 사람 죽인 거야!"

"아!"

머리가 짧은 여자가 겁에 질린 듯 부르르 몸을 떨었다. 지금 이 말대로라면 김설영이 재수가 없어서 피해자가 되었을 뿐, 일행 가운데 누가 살해당했어도 이상하지 않다는 뜻이 된다는 걸 바로 알아차린 모양이다.

"하지만 그러기엔 리스크가 너무 큽니다."

이번에도 탁민택이 딴지를 걸었다.

"그 말씀대로라면 우발적인 살인이 아니라 돈을 노린 계획범죄가 되는데요, 사람을 죽이는 건 말처럼 쉬운 일이 아닙니다. 뒤에서 돌로 내리쳤는데 빗나간다면 범인은 첫 시도로 끝이에요. 더구나 상대는 신체 건강한 남성이었고요. 습격을 할 생각이라면 좀더 연약한 여성 쪽을 노렸겠죠."

이 말이 충격적이었는지, 여자들이 "헉" 하고 놀라는 소리가 옆에서 들렸다. 탁민택은 무신경하게도 계속 말을 이었다.

"물론 혼자 있는 사람을 노릴 기회가 흔치 않으니 어쩔 수 없이 김설영씨가 타깃이 된 것일 수도 있습니다. 그렇다 해도 김설영씨가 얼마나 돈이 많은지 알 수 없는데 무턱대고 사람부터 죽이려고 들까요? 아니, 요즘 현금 잘 안 들고 다니잖아요. 지갑을 노려서 살인까지 저지른다는 건 아무래도 이상합니다."

"그럼 사이코패스 아닐까?"

모난돌이 질리지도 않고 새로운 주장을 폈다.

"일단 아무나 눈에 띄는 대로 죽이고 지갑은 덤으로 챙긴 거야!"

"그러니까 말이죠."

탁민택이 답답하다는 듯 한숨을 쉬었다.

"하필 이 근방에 있던 노숙자나 마을 사람이 사이코패스라는 것도 지나친 우연이고요. 사이코패스라고 해서 다 살인마도 아닙니다. 거기다 우리는 아홉 명이에요. 아무리 살인에 굶주린 악귀라고 해도 혼자서 아홉 명이 있는 곳에 숨어들어서 범행을 저지를 엄두는 쉽게 내지 못할 겁니다."

탁민택의 말에 모난돌은 "그런가?" 하며 입맛을 쩝쩝 다셨다. 잠시 어색한 침묵이 흘렀다.

"그럼 그쪽 똑똑한 분이 보시기에 어떻게 된 일 같은데요?"

머리가 짧은 여자가 탁민택을 향해 도발적으로 물었다. 탁민택은 멋쩍은 표정으로 마른세수를 했다.

"저도 모르겠습니다."

"자살이 맞다니까요!"

머리가 짧은 여자의 목소리가 조금 높아졌다.

"가장 가능성이 높잖아요! 돌은 어쩌다 거기까지 굴러갔겠죠! 우리 중에는 범인이 없다고 진실의 고리로 다 밝혀졌고요!"

"그럼 도대체 왜 여기서 자살을 하는데? 그럴 까닭이 없잖아?"

모난돌이 심술궂은 목소리로 묻자 여자도 지지 않고 대답했다.

"자살하려고 마음먹은 사람이 앞뒤 재서 하겠어요? 아, 그래!

우울증을 심하게 앓았을지도 몰라요!"

"말이 안 된다니까. 역시 사이코패스 노숙자가 한 짓이야."

"그럼 정신병자 살인자가 이 근방에 숨어 있다는 거예요?"

"그렇겠지. 뭐, 걱정 없어. 다 같이 몰려다니면 팔 대 일이니까 함부로 못 덤벼들 거라고."

다른 사람들은 이 두 사람의 입씨름을 멍하니 지켜보았다. 그래도 아까처럼 히스테릭한 반응을 보이거나 얼이 나간 사람은 없었다.

진실의 고리 덕분일 것이다. 적어도 진실의 고리에 따른다면, 우리 가운데에는 김설영을 살해한 자가 없다는 말이니까. 머리가 짧은 여자와 모난돌의 주장도 거기에 기초한 것이고. 그렇다면 서로를 의심하고 두려워할 까닭이 없다는 뜻이었다.

얼마 안 있어 머리가 짧은 여자도 모난돌도 떠드는 데 신물이 났는지 입을 다물었다. 김진형이 사람들의 눈치를 살피더니 "혹시 시장하신 분?" 하고 물었다.

"샌드위치랑 음료수가 좀 남았거든요. 과자하고 사탕도 있어요."

"그거 막 먹어도 되는 거예요?"

머리가 긴 여자가 물었다.

"여기 언제까지 갇혀 있어야 하는지 모르는데 그냥 다 먹어버리면 나중에 굶을 수도 있잖아요?"

"설마요."

신주환이 웃어 보였다.

"오늘은 구조대가 못 와도 내일은 올 겁니다. 우리가 어떤 상황인지 아래에서 다 알고 있으니 최대한 빨리 올 거예요. 그리고 비가 거의 그치고 있어요. 계곡물도 차츰 줄어들 겁니다."

그 말대로, 문밖의 빗줄기는 많이 가늘어져서 부슬비라 부를 정도가 되어 있었다.

"좀 출출하기는 하겠지만 하룻밤 정도는 이걸로 버틸 수 있을 겁니다."

김진형이 남아 있는 먹을거리를 사람들에게 보여주며 말했다. 머리가 긴 여자가 안심이 되는지 캔커피를 받아들며 쓴웃음을 지었다.

"추리소설 보면 사람들이 섬 같은 데 갇히잖아요. 그런 소설 속 이야기 같아요."

"아, 그거 클로즈드 서클이라고 합니다."

탁민택이 신이 나서 주저리주저리 늘어놓기 시작했다.

"고립된 장소에서 사건이 일어나는 걸 뜻합니다. 폭풍우 때문에 배가 오갈 수 없는 외딴섬, 눈보라가 쳐서 오도 가도 못하는 산장이 단골 배경이죠. 일시적이기는 해도 공중을 날고 있는 비행기, 먼바다에서 항해중인 배도 클로즈드 서클이라 할 수 있습니다. 폭설로 멈춰버린 기차도 있고요. 사실 꽤 작위적인 설정이라고 비판받기는 합니다만, 본격 추리의 팬들이 굉장히 좋아하는 배경입니다. 대표적인 작품이 애거사 크리스티의 『그리고 아무도 없었다』죠. 병정 섬에 모인 열 사람이 연쇄살인으로 하나씩 죽어가는데……"

"아, 좀! 적당히 좀 하세요!"

머리가 짧은 여자가 버럭 소리를 질러 탁민택의 수다를 막았다. 탁민택은 뻘쭘해져서 뒤로 슬쩍 물러났다. 정말로 눈치 없는 놈이다. 사람들이 살인에 대해 애서 생각하지 않으려고 하고 있는데 굳이 연쇄살인 이야기를 꺼내다니 욕을 먹어도 쌌다.

식욕이 있는 사람들은 남은 샌드위치와 과자를 먹고 음료수를 마셨다. 신주환이 다시 112와 119에 전화를 했다. 당장 구조대가 올 수 없다는 사실은 바뀌지 않았지만, 그래도 이곳의 상황을 외부에서 알고 있다는 사실만으로도 많은 위로가 되었다.

사람들은 각자 가족과 지인에게 전화를 걸어 자신의 안전을 알렸다. 나는 혼자 살고 있었기 때문에 아무에게도 전화하지 않았다. 내일은 일요일이니 상황을 봐서 직장에는 천천히 전화해도 될 것이다.

우리의 상황에 대해 뉴스를 찾아본 사람도 있었다. ○○군 우람산에서 다수의 입산객이 불어난 물로 계곡에 갇혀 있다는 뉴스가 있었다. 내용은 그뿐이었고, 모두 몇 사람이 갇혔다든지, 그 가운데 유명 유튜버 신주환이 있다든지 하는 내용은 없었다.

아직 기자들에게 소식이 들어가지 않았는지 사람이 하나 살해됐다는 내용도 없었다.

그러는 사이 날이 차츰 어두워졌다. 신주환은 마침 예전에 당숙이 쓰던 게 있다며 양초를 찾아 불을 밝혔다.

"이렇게 늦은 시간까지 여기 있을 줄 몰랐는데 이게 있어서 다행이네요."

덕분에 어둠 가운데 앉아 있지 않아도 되었다. 하지만 사람들은 지친 기색이 역력했다. 여자들은 꼭 붙어앉아 작은 목소리로 자기들끼리 대화를 나눴고, 신주환과 하얀 얼굴의 남자는 그저 멍하니 앉아 있었다. 김진형은 신경질적으로 파일을 넘겼지만 안의 내용을 읽는 것 같지는 않았다. 모난돌은 탁민택을 상대로 군대에서 멧돼지 잡은 이야기를 하고 있었다. 도대체 저런 뜬금없는 화제가 어떻게 나온 것인지는 알 수 없었지만 둘은 제법 주거니 받거니 이야기를 잘도 이어나갔다.

"아."

얼굴이 하얀 남자가 갑자기 뭔가가 생각난 듯 주머니를 뒤지더니 펜을 하나 꺼냈다.

"이거 아까 빌리고 계속 가지고 있었네요. 신주환 선생님 펜이죠?"

남자가 펜을 내밀었지만 신주환은 고개를 저었다.

"제 것 아닌데요."

"음? 신주환 선생님 이름이 쓰여 있는데요?"

얼굴이 하얀 남자가 펜을 보며 이렇게 말했다. 남자의 말대로, 펜 중앙에 검은색 손 글씨로 'JH'라는 이니셜이 쓰여 있었다.

"그거 제 겁니다."

옆에서 김진형이 손을 내밀었다. 그제야 얼굴이 하얀 남자가 살짝 웃음을 터뜨렸다.

"아, 김진형씨도 이름이 'JH'였지! 전 신주환 선생님의 'JH'인 줄 알았어요."

그때였다.

"으어어?"

갑자기 기묘한 비명 비슷한 소리가 났기 때문에 사람들은 놀라서 소리가 나는 쪽으로 고개를 돌렸다. 탁민택이 입을 쩍 벌린 채 얼어붙은 것처럼 앉아 있었다.

"탁씨, 갑자기 왜 그래?"

탁민택 앞에서 한참 떠들던 모난돌이 놀라서 물었다.

"아니, 그게……"

"왜, 갑자기 속이 안 좋아?"

"그게 아니라…… 휴대폰이요."

"엥? 휴대폰? 지금 손에 들고 있잖아?"

모난돌이 탁민택의 손을 가리키며 말했다. 탁민택이 멍한 얼굴로 고개를 저었다.

"아니, 제 휴대폰 말고요. 김설영씨 휴대폰이요."

"아까 박살난 그거? 그게 왜?"

"아니요, 그냥…… 김설영씨의 휴대폰이 최신형이었다는 게 생각이 나서요."

그 말에 모난돌이 어이가 없다는 표정을 지었다.

"그게 뭐? 하긴 아깝긴 했어. 그 좋은 걸 때려 부수다니."

그러면서 손에 들고 있던 자신의 구형 휴대폰을 한심한 듯 바라보았다. 탁민택은 갑자기 자리에서 벌떡 일어났다.

"잠깐 머리 좀 식히고 오겠습니다."

"어, 어디 가는 거야? 혼자 돌아다니면 위험해! 사이코패스 노숙자가 있다고!"

모난돌이 그렇게 말하며 붙잡으려 했지만 탁민택은 휭하니 밖으로 나가버렸다. 제멋대로인 놈이군. 나는 속으로 이렇게 생각했다. 혼자 떨어져서 행동하면 죽는 것이 클리셰라고 말한 주제에 저러고 싶을까.

"저기, 저 사람 좀 수상하지 않아요?"

김진형이 신주환에게 속닥거렸다. 본인은 목소리를 낮춘다고 낮춘 것 같지만 옆에 앉은 사람에게 다 들렸다.

"지금 도망가려고 저러는 걸지도 모르잖아요."

"그렇지만 진실의 고리에서도 김설영씨 안 죽였다고 그랬고…… 물이 저렇게 불었는데 어디로 가겠어요?"

"또 모르죠. 양심의 가책 때문에 계곡물에 뛰어들려는 걸지도요……"

김진형은 이렇게 무책임하게 떠들었지만, 삼십 분 정도 기다리자 탁민택은 아무렇지도 않은 듯 다시 돌아왔다.

"물을 보고 왔는데 여전히 건너기는 어려울 것 같네요."

"구조대가 온다고 했으니까 기다립시다."

신주환이 말했다. 탁민택은 잠시 뭔가를 생각하는가 싶더니, 누구에게랄 것도 없이 말했다.

"구조대가 오는 데까지 시간이 걸리겠죠. 어차피 시간도 많은데 답답하게 이 안에서 뭐 할 거예요? 그러지 말고 모두 나오세요. 처음에 짠 일정대로 게임이라도 합시다."

"게임이요? 사람이 죽었는데 지금 게임하자는 소리가 나와요?"

머리가 긴 여자가 짜증을 냈다. 탁민택이 달래듯 말했다.

"제가 지금 보고 왔는데 진실의 고리가 엄청 예쁘게 빛나고 있더라고요. 환할 때 보는 거랑 완전히 달라요. 애초에 우리가 여기 온 건 진실의 고리를 보고 싶어서잖아요? 여기까지 와서 안 보고 가면 후회할 겁니다. 사진도 진짜 잘 나올 것 같던데."

이 말에 사람들은 마음이 흔들리는 것 같았다. 모난돌이 "그럼 한번 가볼까" 하며 엉덩이를 들자, 다른 사람들도 슬금슬금 그 뒤를 따랐다.

비는 거의 그친 상태였고, 주변은 많이 어둑어둑했다.

"다행히 별로 안 춥네요. 몸도 다 말랐고."

탁민택이 유쾌한 목소리로 말했다.

진실의 고리는 멀찍이 떨어진 곳에서도 바로 눈에 들어왔다. 낮에 보는 것보다 훨씬 강하게 빛이 나서 눈에 안 띌 수가 없었다. 진실의 고리 덕분에 주변이 제법 환했다.

"와, 진짜다! 진짜 예쁘게 빛나!"

여자 두 사람이 탄성을 지르며 고리로 뛰어갔다.

"탁씨! 나 사진 좀 찍어줘!"

모난돌은 자기 휴대폰을 탁민택에게 넘기더니 진실의 고리 안에서 포즈를 취하느라 정신이 없었다.

"자, 사진은 조금 후에 포토타임 드릴 테니 그때 찍으시고."

탁민택이 목소리를 크게 하며 사람들을 진정시켰다. 옆에서 김진형이 어이없어했다.

"누가 진행자야?"

"제가 잠깐 진행을 맡겠습니다."

김진형이 투덜대는 소리를 듣고도 탁민택은 넉살 좋게 받았다. 탁민택은 사람들을 한 바퀴 쭉 둘러보더니 말했다.

"자, 아까 이름표 받으셨죠? 저처럼 모두 이름표부터 목에 거세요. 내려갈 때까지 다 함께 있어야 하는데 서로 이름조차 모르다니 말이 됩니까. 지금부터 자기소개라도 합시다."

사람들은 오전에 김진형에게 그랬던 것과는 달리 순순히 이 말에 따랐다. 딱히 반대할 분위기가 아니었다.

나도 뒷주머니에서 이름표를 꺼냈다. '정진우'라는 내 이름이 쓰여 있는 부분이 앞으로 가도록 해서 목에 걸었다.

"저하고 신주환 선생님은 이름표가 없는데요."

김진형이 말했다. 탁민택이 씩 웃었다.

"아, 두 분은 괜찮습니다. 어차피 다들 두 분 이름을 아니까요."

사람들이 이름표를 목에 걸자, 모두의 이름을 정확하게 알 수 있었다. 모난돌은 '박철우', 얼굴이 하얀 남자는 '장용춘', 머리가 짧은 여자는 '성민아', 머리가 긴 여자는 '이연서'였다. 하지만 이들의 이름을 알게 되었다고 해도 나에게 딱히 의미는 없었다. 어차피 산을 내려가면 다시 볼 일이 없는 사람들이었다.

"자, 이제 고리 안으로 들어오세요. 괜찮아요. 다 들어와도 충분히 넓으니까요."

탁민택이 먼저 진실의 고리 안으로 들어가더니 사람들을 손짓해 불렀다. 도무지 무슨 의도인지 알 수 없어서 사람들은 서로 눈치를 살피다 슬금슬금 고리 안으로 발을 들여놓았다.

"생각지도 못한 참담한 일을 겪게 되어 마음이 안 좋습니다. 그래서 이번 일에 대해 제가 여러 가지로 생각해봤습니다."

탁민택이 이렇게 입을 열었다. 이거 또 수다 버릇이 도진 모양이다.

"아니, 탁씨. 지금 뭐하려는 거야?"

박철우가 물었지만 탁민택은 그 말에 대답하는 대신 하던 말을 계속 이었다.

"그러니까, 『마하바라타』에 나오는 이야깁니다."

"잠깐만요, 탁민택씨. 지금 사람들 밖에 세워놓고 뭐하자는 겁니까? 수다는 안에서 떨어도 되는 거 아닌가요?"

신주환이 살짝 짜증을 냈다. 탁민택이 양손을 가슴 높이로 들어 살짝 흔들었다.

"잠깐이면 됩니다. 그리고 일단 들어보시면 굉장히 중요한 이야기라는 걸 아실 겁니다."

"그렇지만……"

"짧게 끝내겠습니다. 오 분, 오 분이면 됩니다."

이렇게까지 나오니 사람들은 불만이 남은 채로 이야기를 마저 들어주기로 했다.

"예, 『마하바라타』에 이런 이야기가 나옵니다."

"마라탕 이야기라고?"

박철우가 이야기의 흐름을 다시 끊자, 탁민택이 손을 마구 흔들었다.

"금방 끝낼 테니 제 이야기 끊지 좀 말아주세요. 그리고 마라탕이 아니라 『마하바라타』입니다. 『라마야나』와 함께 인도의 2대 서사시예요."

"아니, 그러니까 그 이야기는 왜······"

"『마하바라타』는 판다바 형제와 카우라바 형제의 전쟁 이야기인데, 자세한 내용까지 여기에서 설명할 건 아니고요. 하여간 양측이 싸우는데 주인공인 판다바 다섯 형제가 드로나라는 강한 적을 도저히 쓰러뜨릴 수가 없으니까 한 가지 꾀를 내게 됩니다."

박철우가 다시 투덜거렸지만 탁민택은 완전히 무시하고 이야기를 계속 이어나갔다.

"드로나한테는 아스와타마라는 아들이 있었어요. 만약 아스와타마가 죽는다면 드로나는 전의를 잃게 되겠죠. 하지만 아스와타마를 정말로 죽이는 것이 쉽지 않다보니 다른 수를 쓰기로 했어요. 판다바 형제의 맏이인 유디슈티라는 엄청난 인격자로 유명했죠. 어느 정도였느냐면, 너무 인격이 고결하다보니 평범한 인간들처럼 더러운 땅을 발로 딛지 않고 살짝 떠서, 그러니까 땅을 아예 밟지 않고 다녔다고 합니다. 그 유디슈티라가 하는 말이라면 사람들이 다 믿을 수밖에 없어요. 그래서 판다바 형제들은 코끼리 한 마리를 끌고 와서 그 자리에서 아스와타마라는 이름을 붙입니다. 그리고 바로 코끼리를 죽인 후에 '아스와타마를 죽였다!'라고 선언해요. 인격자 유디슈티라는 도무지 그런 수법을 받아들일 수 없어서 그 말 뒤에 작게 '코끼리 아스와타마를······'이라고 덧붙였다고는 합니다만. 하여간 드로나는 아들 아스와타마가 죽었다는 말로 알아듣고 그대로 실신, 전의를 상실하고 맙니다."

"그게 뭐야? 완전 속임수잖아."

어느 사이 이야기에 푹 빠진 박철우가 말했다. 탁민택이 고개를 끄덕였다.

"이 일로 판다바 형제는 강한 적인 드로나를 쓰러뜨리지만 유디슈티라는 그후로 보통 인간들처럼 땅을 발로 딛고 걷게 되었다고 합니다. 야비한 수를 써서 이겼기 때문에 고결함을 잃게 된 거죠."

"그래서요?"

"이걸로 끝입니다."

"예?"

다들 어이없다는 얼굴로 탁민택을 바라보았다. 도저히 참지 못하고 신주환이 말했다.

"탁민택씨, 재미있는 이야기인 건 알겠지만 그게 지금 우리랑 무슨 상관입니까?"

"상관이 있으니까 하는 이야깁니다."

탁민택이 말했다.

"이 이야기에는 한 가지 중요한 사실이 있어요. 유디슈티라는 아스와타마라는 이름을 붙인 코끼리를 죽이고 '아스와타마를 죽였다!'라고 선언합니다. 자, 유디슈티라는 지금 진실을 말한 걸까요, 거짓말을 한 걸까요?"

"예?"

"아스와타마를 죽인 건 맞아요. 그게 코끼리든 뭐든 간에 아스와타마라 이름 붙인 걸 죽였으니까요. 이렇게 따지면 분명히 진실을 말한 거예요. 하지만 말한 의도로 생각해보면 어떨까요? 사람들은 유디슈티라의 말을 드로나의 아들 아스와타마가 죽은 것으로 받아들였어요. 유디슈티라는 사람들이 속기를 바라고, 그러니까 드로나의 아들 아스와타마가 죽었다는 말로 알아듣기를 바라고 말을 했죠. 이렇게 본다면 유디슈티라의 말은 분명히 거짓말이에요."

도대체 이놈이 무슨 말을 하려는 것인지 도통 알 수가 없었다. 다른 사람들도 얼떨떨한 표정을 짓고 있었다.

탁민택이 엄숙하게 선언하듯 말했다.

"상황에 따라 같은 말이 어떤 때는 진실이 되지만 동시에 거짓말도 될 수 있다는 겁니다."

"아니, 그게……"

나는 더이상 이런 바보 같은 이야기를 듣고 싶지 않아 이제 그만 좀 하자고 말하려고 했다. 하지만 탁민택이 더 빨랐다. 탁민택은 나를 보며 빠른 속도로 물었다.

"당신은 정진우씨를 죽였습니까?"

"아니오! 무슨 말도 안 되는 소리를!"

고수고수 거짓말쟁이의 고리

나도 모르게 입이 움직여 대답을 하고 나서야, 탁민택이 나에게 기습적으로 엉뚱한 질문을 했다는 걸 깨달았다. 도대체 이 질문이 무엇일까 생각하기도 전에, 탁민택은 박철우를 향해 물었다.

"당신은 박철우씨를 죽였습니까?"

"그게 뭔 귀신 씻나락 까먹는 소리야? 아니거든!"

그러자 탁민택은 이번에는 장용춘 쪽으로 몸을 돌렸다. 장용춘의 하얀 얼굴이 더 하얗게 질렸다. 탁민택은 성큼 다가가 장용춘의 팔을 덥석 잡더니 물었다.

"당신은 장용춘씨를 죽였습니까?"

장용춘의 얼굴이 괴롭게 일그러졌다. 그는 입을 벌리지 않으려고 애썼지만 보이지 않는 힘이 제각각의 방향으로 입을 잡아당기고 있는 것처럼 보였다.

"그, 그래!"

결국 장용춘이 내뱉듯 말했다.

"내가, 내가 장용춘을 죽였어!"

곁에 있던 사람들은 그대로 얼어붙었다. 다들 아직 뭐가 뭔지 모르겠다는 얼굴이었지만 분위기가 심상치 않게 돌아가고 있었기 때문에 함부로 끼어들지 못했다.

탁민택은 잡고 있던 팔을 놓았다. 그러자 장용춘은 무너져내리듯 그 자리에 주저앉았다. 입에서 *끄윽끄*윽 흐느끼는 소리가 흘러나왔다.

"뭐, 뭐야? 지금 무슨 일이야?"

박철우가 그런 장용춘과 탁민택을 번갈아 보며 물었다. 탁민택은 장용춘 쪽에서 얼굴도 돌리지 않은 채로 조용히 말했다.

"우리 모두 착각을 하고 있었던 겁니다."

"착각이라니?"

"죽은 사람은 김설영이 아니었어요. 살인자는 피해자와 이름표를 바꿔서 죽은 사람이 김설영이라고 믿게 만들었던 겁니다. 사실은……"

탁민택은 바닥에 쓰러진 채 흐느끼는 남자를 천천히 가리키며 말했다.

"이 사람이 바로 김설영입니다."

7

저놈이었구나.

나는 자리에 엎어진 채 꼴사납게 흐느끼고 있는 김설영을 차갑게 내려다보았다. 이런 데에서 금방 들통날 짓을 저지르다니, 멍청하기 짝이 없는 놈이다.

내가 이렇게 생각하는 사이에도 탁민택은 열심히 떠들고 있었다.

"일단 진실의 고리가 제 기능을 못한다는 가설은 맞지 않다고 생각했습니다. 사실 아까 진실의 고리에서 범인 찾기를 했을 때, 저는 일부러 제가 범인이라고 거짓말을 해보려고 했거든요. 정말 진실만 말하게 되는지 궁금해서요."

"허어, 이 친구 좀 보게. 그러다 범인으로 몰렸으면 어쩌려고?"

박철우가 어처구니없다는 얼굴로 웃었다.

"하지만 거짓말은 아무리 애를 써도 나오지 않더군요. 그때 진실의 고리가 정말로 진실만 말하게 한다는 것을 확신했어요. 다음으로 우리 말고 노숙자든 사이코패스든 다른 사람이 돈을 노리고 한 짓이라는 가설. 이것 역시 틀렸다고 생각했습니다. 그렇게 생각하기엔 마음에 걸리는 점이 있었거든요."

"마음에 걸리는 점이라니?"

"휴대폰이요. 만약 외부인이 김설영씨를 해치고 지갑을 훔친 거라면 휴대폰은 왜 부순 걸까요?"

"응? 글쎄……"

"지갑이 탐나서 훔쳤다면 휴대폰 역시 훔쳤을 겁니다. 피해자의 휴대폰은 최신형이었으니까요. 훔칠 마음이 없었다 해도 일부러 때려 부술 필요까지는 없어요. 그 자리에 그냥 두면 돼요. 굳이 시간과 노력을 들여서 휴대폰을 부순 까닭이 뭐겠어요?"

그제야 김진형이 알았다는 얼굴로 외쳤다.

"아, 김설영이 아닌 걸 들키지 않으려고!"

"그겁니다."

탁민택이 씩 웃었다.

"범인이 애초에 이런 트릭을 꾸민 건 여기가 진실의 고리라는 특수한 장소이기 때문입니다. 진실만을 말하는 장소이기 때문에 여기에서 나온 말은 모두들 진실로 받아들이게 됩니다. 인격자 유디슈티라의 말을 사람들이 의심 없이 받아들인 것처럼요. 살인은 우발적으로 일어났을 거라고 생각합니다. 계획살인이라면 더 치밀하게 준비를 했을 테고 이렇게 시신이 쉽게 발견되게 하지는 않았을 겁니다. 어떻게 된 일인지는 경찰 조사에 맡기기로 하고, 하여간 범인은 생각지도 못하게 살인을 저지르게 되었어요. 자기가 벌인 일을 깨닫자 앞뒤 생각할 것도 없이 일단 도망치려고 했겠죠. 하지만 도망갈 수가 없었어요."

"비가 쏟아져서 계곡물이 넘친 거야!"

이연서가 답을 알아낸 학생처럼 외쳤다. 탁민택이 고개를 끄덕였다.

"그래요. 범인은 할 수 없이 다시 여기로 돌아왔어요. 비가 너무 무섭게 쏟아져서 한 치 앞도 안 보였잖아요? 그래서 우리 모두 다른 사람이 어디서 뭘 하는지 신경도 못 썼고, 범인이 헛간으로 오가는 것도 아무도 눈치채지 못했던 거죠. 범인은 재빨리 생각했을 겁니다. 계곡에 물이 불어서 우리가 내려가지도 못하고 경찰이 바로 올라오지도 못할 것이다, 하지만 시신이 발견된다면 다들 진실의 고리를 이용해 범인을 알아내려고 할 것이다, 라고요."

실제로 상황은 그 예상대로 흘러갔다.

"진실의 고리에서 범인이라는 것이 밝혀지면 큰일이겠죠. 그때 퍼뜩 떠올렸던 겁니다. 진실이자 거짓인 말, 혹은 진실도 거짓말도 아닌 말을 하는 방법을 말입니다."

"피해자와 신원을 바꾸는 방법으로……"

"그렇습니다. 범인에게는 천만다행으로 우리는 오늘 처음 만났어요. 그래서 누가 누군지 몰랐죠. 신주환 선생님이나 출판사 관계자인 김진형씨, 그리고 처음부터 이름표를 착용했던 저를 제외하면 서로 이름을 몰랐습니다. 아마 여자분 두 분은 서로에게는 이름을 이야기했을 거라 생각합니다만, 다른 사람들은 굳이 그러지 않았죠. 어차피 이벤트 시간이 되면 다 알게 될 거라고 생각하면서요. 터미널에서 출석 체크를 안 하고 넘어갔고, 다 같이 자기소개를 할 시간도 없었으니 아무도 이름과 그 사람을 연결해서 기억하지 못했던 겁니다."

탁민택이 확신에 가득한 얼굴로 설명했다.

"사람들이 이름을 모를 것이라는 것에 생각이 미친 김설영씨는 피해자의 휴대폰을 부수고 지갑을 챙긴 후에 이름표를 바꿔

치기합니다. 아, 자신에게 전화가 올 수 있으니 본인 휴대폰도 미리 꺼두었고요."

"지갑은 왜 챙긴 거야? 돈이 탐나서? 아니면 노숙자 탓으로 돌리려고?"

박철우의 물음에 성민아가 재빨리 끼어들었다.

"신분증이요. 주민등록증이나 면허증 나오면 곧바로 김설영이 아니라는 게 들통날 거 아니에요? 그래서 멀리 갖다 버렸겠죠. 아니면 땅에 묻었거나."

"그런데 애꿎은 휴대폰은 왜 부순 거야? 지갑 갖다 버릴 때 같이 버리면 되는 거 아냐?"

"그건 아마 휴대폰을 부술 때 지갑을 미처 생각하지 못했기 때문일 겁니다."

탁민택이 말했다.

"일반적으로 휴대폰은 손에 달고 살죠. 그러니 시신 옆에서 바로 눈에 띄었고, 당장 처리해야 한다는 생각으로 박살을 냈겠죠. 그런 다음에 이름표를 바꾸려고 주머니를 뒤지다가 지갑을 발견했을 겁니다. 지갑은 평소 주머니나 가방에 넣고 다니다가 사용할 때에야 꺼내잖아요? 그래서 바로 눈에 안 띄니까 미리 생각을 못했던 거죠."

"난 딱 노숙자 짓인 줄 알았는데."

"그렇게 해서 김설영씨는 피해자의 신분이 들통날 만한 물건을 전부 감추고 이름표를 바꿔치기한 후, 본인이 장용춘인 것처럼 행동했습니다. 하지만 아직 한 가지 고비가 남아 있었죠. 진실의 고리에서 과연 자신의 트릭이 통할까 하는 점이었어요. 아니, 그보다 트릭대로 하려면 질문을 자신이 원하는 방향으로 유도할 필요가 있었습니다."

"유도를 해요?"

신주환의 물음에 탁민택이 바로 대답했다.

"만약 우리가 이렇게 질문했다면 어땠을까요? '당신은 살인을 저질렀습니까?'라고 말입니다."

"아, 그러면 '네!'라고 대답할 수밖에 없겠네요!"

신주환이 드디어 상황을 깨달은 듯 이렇게 대답했다. 탁민택이 고개를 끄덕였다.

"김설영씨는 반드시 질문을 손봐야 할 필요가 있었습니다. 무슨 수를 써서라도 질문이 '김설영을 죽였습니까?'가 되도록 해야 했지요. 그래야 자신이 하는 말이 진실이 되니까요."

"그러고 보니……"

김진형이 뭔가 떠올랐는지 이렇게 말했다.

"그동안 거의 말이 없다가, 진실의 고리에서 범인을 찾자고 했을 때 저 사람이 먼저 나섰어요. 신주환 선생님한테 이런 질문을 하자고 얘기한 것도 저 사람이고, 아! 아예 질문을 종이에 썼죠!"

"마침 신주환 선생님이 충격을 받아 정신을 못 차리고 있는 점을 이용한 겁니다. 본래 사람은 의외로 이런 유도에 잘 넘어가는 법이에요. 처음부터 질문을 정할 때 '당신은 김설영을 죽였습니까?'라고 못을 박아버리니까 가능한 다른 질문들, 이를테면 '당신은 살인자입니까?'라든가 '당신은 사람을 죽였습니까?' 같은 것이 있는데도 다들 떠올리지 못했어요. 거기다 범인은 종이에 질문을 쓰기까지 해서 다른 질문은 아예 떠올리지도 못하게 차단했습니다. 상황이 그렇게 흘러가도록 계속 신경을 썼을 겁니다."

"허어, 듣고 보니 그런 것 같은데. 대단해, 탁씨. 그런데 어떻게 그런 생각을 다 했어?"

박철우의 칭찬에 탁민택은 손톱만큼도 겸손해하는 기색이 없이 신나게 떠벌렸다.

"김진형씨의 펜이요."

"펜?"

"거기 'JH'라고 이니셜이 적혀 있었죠. 이건 '진형'을 나타내는 말이지만 다른 이름을 나타낼 수도 있었던 거예요. 같은 'JH'가 '진형'이 될 수도 있고 '주환'이 될 수도 있다는 거죠. 믿어 의심치 않는 어떤 사실이, 동시에 다른 것을 가리킬 수도 있겠다는 생각이 그때 들었이요."

"겨우 그걸로 알았단 말이야? 난 죽어도 모를 것 같은데. 근데 저 친구는 도대체 왜 그 양반을 죽인 거야? 오늘 여기서 처음 본 사람이잖아?"

박철우가 이렇게 말했을 때, 흐느끼던 김설영이 기묘한 소리를 냈다.

"모, 모, 모……"

"응? 뭐라고?"

"모난돌! 그놈 모난돌이야!"

김설영이 쓰러진 자세 그대로 고개를 번쩍 들더니 악에 받친 목소리로 외쳤다. 순해빠진 것처럼 보였던 하얀 얼굴이 분노로 시뻘겋게 물들어 있었다.

"내 이름을 묻더니 비열하게 웃으면서 재수없는 소리를 늘어놨어! 도저히 들어줄 수 없는 소리를 했다고! 그놈이 카페에서 하던 분탕질이랑 똑같이!"

이 말에 나는 자신도 모르게 박철우를 보았다. 이놈 모난돌이 아니었나. 하긴, 생각해보니 내가 멋대로 지레짐작한 거였다.

"아무리 그래도 말 한두 마디 들었다고 사람을 죽여요?"

김진형이 도무지 믿을 수 없다는 얼굴로 이렇게 말했다. 다른 사람들도 모두 어이가 없다는 표정이었지만 김설영은 여전히 분에 못 이겨 씩씩대고 있었다.

자세한 사정은 경찰이 조사할 일이지만, 김진형의 말대로다. 겨우 한두 마디 속 긁는 소리를 면전에서 들었다고 해서 사람을 쉽게 죽일 수 있을 리는 없다. 평소 얌전하던 사람이 한번 화를 내면 정말 무섭다는 말도 있다. 김설영은 그동안 모난돌에게 원한이 쌓이고 쌓였을 것이다. 그리고 상대를 직접 대면하자 갑작스럽게 폭발했을 터였다.

내가 놈을 죽였던 그날처럼.

내가 예전 회사의 사수였던 이 대리를 살해한 것은 일 년 조금 전의 일이다. 이 대리의 거듭되는 폭언과 은밀하게 벌어지던 폭력을 도저히 견디지 못하고 직장을 그만둔 지 사 개월째이기도 했다.

집 근처 편의점에 다녀오던 길, 꿈에서도 잊을 수 없는 그 지긋지긋한 얼굴을 마주쳤을 때 나는 너무 놀라 머릿속이 아뜩해졌다. 놈은 내 기분은 아랑곳하지도 않고 직장을 때려치워서 지금은 놀고 있다느니, 음주 단속에 걸려 면허정지가 되었다느니, 어쩔 수 없이 대중교통을 이용하는 중이라느니, 일이 있어 버스를 탔는데 잘못 탔다느니, 일단 여기에서 내렸는데 우연히 나를 봤다느니 하는 따위의, 내가 알고 싶지도 않은 이야기를 줄줄 늘어놓았다.

그대로 빨리 눈앞에서 사라져주기를 바랐지만 놈은 그대로 나에게 들러붙었다. 오랜만에 만났으니 술이나 한잔하자며, 이 근처에 살면 집 구경도 시켜달라며 자기 멋대로 굴었다.

나는 이제 그 회사 때려치웠고, 당신은 더이상 내 직장 상사가 아니라고 말해주고 싶었다. 하지만 생각과는 달리 말이 입 밖으로 나오지 않았다. 나는 변변히 저항조차 못하고 놈이 시키는 대로 술과 안주를 사서 집으로 데려갔다.

이 대리는 예전과 전혀 변한 데가 없었다. "집안 꼬락서니가 이럴 줄 알았다"부터 시작해서 "그렇게 나갔으면 잘 먹고 잘 살아야지 너 같은 놈 꼬라지가 뻔하다" 같은 소리를 질리지도 않고 늘어놓았다. 너 같은 놈은 어디 가도 안 돼. 머리는 장식으로 달고 다니는 놈이 뭘 하겠다고. 지금부터 폐지나 주워. 네 머리론 그게 딱이야.

내가 기억하는 놈의 말은 이 정도였다. 더 심한 말이 이어진 것 같지만 정확히 기억나지 않는다. 그동안 쌓였던 울분이 한 번에 폭발하면서 나는 내 자신을 완전히 잃어버렸다.

정신을 차렸을 때, 이 대리는 뒷머리가 깨진 채로 바닥에 쓰러져 있었다. 내 손에는 좋은 날 마시려고 아껴두었다가 이 대리의 재촉에 어쩔 수 없이 개봉한 와인병이 들려 있었다.

어떤 일이 일어났는지 확실하게 생각나지는 않지만, 내 오른손에는 놈의 뒷머리를 내리쳤을 때의 감각이 아직도 생생하게 남아 있다.

"그런데 저 사람, 뭐 어쩌려고 그런 짓을 저지른 걸까요?"

내가 기억을 더듬는 사이에도 사람들은 한창 떠들고 있었다.

"이름표를 바꿔봤자 우리나 잠깐 속이고 그만이잖아요? 경찰

올라오면 철저히 조사할 텐데, 그러면 신분을 영영 숨기는 건 불가능할 것 같은데요."

"그래, 유가족들이 얼굴 확인하면 바로 들통날 텐데. 지문도 있고."

사람들이 이렇게 궁금해했지만 당사자인 김설영은 다시 입을 꾹 다물었다. 대신 탁민택이 나섰다.

"아마 깊이 생각하지 않았을 겁니다."

"네?"

"경찰이 오기 전까지만 우리를 속이고, 계곡을 건널 수 있거나 구조대가 와서 정신없을 때 틈을 보아 달아날 생각을 했을 수도 있습니다. 당장 눈앞에 닥친 일에서 벗어나기만 한다면 어떻게 될 거라고 믿고요."

당장 눈앞에 닥친 일에서 벗어나기면 한다면.

이 대리를 죽이기 직전까지, 나는 내가 살인자가 되리라고는 상상도 하지 못했다. 말 그대로 순식간에 벌어진 일이었다. 내가 이 대리를 살해했다는 것을 깨달았을 때, 생각이고 뭐고 할 겨를이 없었다. 당장 시신을 눈에 띄지 않는 곳으로 치워버리고 싶다는 것밖에는 아무것도 떠오르지 않았다. 시신을 담요로 싼 후 한밤중이 되기를 기다려 차로 옮겼다. 시신이 무겁다는 말을 들은 적이 있는데 정말 그 말대로라 옮기는 데 말도 못 하게 고생했다. 일층에 살고 있어 다행이라는 생각까지 들었다.

시신은 근처 야산에 파묻었다. 사람들이 제법 오가는 곳이라 시신이 금방 발견되는 것이 아닐까 걱정이 되었다. 드라마에 나오는 것처럼 점퍼를 입은 험상궂은 남자들이 '경찰에서 나왔습니다' 하며 문을 두드리는 상상도 여러 차례 했다. 경찰이 특수한 약품을 사용해 내 차에서 핏자국을 찾아내는 모습도 머릿속에 몇 번이나 떠오르곤 했다.

그렇게 며칠이, 몇 달이 지났다. 집에 형사가 찾아오기는커녕 이 대리에 대해 묻는 지인조차 없었다. 그제야 나는 어떤 운 같은 것이 크게 작용했다는 것을 알았다. 일반적으로 성인의 경우 갑자기 말도 없이 사라져도 특별한 사정이 없다면 강력 사건으로 수사하지 않는다. 이 대리는 혼자 살고 있고 최근 직장도 그만뒀으니 그가 사라졌다는 사실을 주변 사람들이 알아차리는 데 시간이 걸릴 터였다.

시신이 나오지 않는 이상 이 대리의 실종에 사건성이 있는지 없는지 알 수 없다. 그런데 내가 그렇게 어설프게 야산에 파묻은 이 대리의 시신은 끝내 발견되지 않았다. 그래서 그의 죽음에 대한 수사가 착수조차 되지 않고 있는 것이다.

실종 수사가 시작되더라도 그날 이 대리가 우리 동네에 온 것은 예상 밖의 일이었다. 평소 그가 다니지 않는 길이었고, 내가 퇴사한 이후로 나와 연락을 주고받은 일도 없다. 이 대리의 휴대폰은 지문을 꼼꼼하게 지운 뒤에 신호에 걸려 멈춰 있던 어떤 트

력의 짐칸에 슬쩍 던져 넣었다. 경찰이 나를 의심할 일은 없을 것이다.

"그럼 이제 저 사람 어쩌죠?"

성민아가 물었다. 바닥에 엎드린 채 흐느끼고 있는 김설영은 아무런 위협도 안 될 것처럼 보였다.

"글쎄요. 그냥 경찰 올 때까지 옆에 있으라고 해야죠."

탁민택이 다소 기가 꺾인 목소리로 말했다. 본인도 어떻게 해야 할지 모르겠다는 말투였다.

어느 누구도 차마 묶어두자느니 가둬두자느니 하는 말을 꺼내지 못했다. 범행이 들통난 이상 달아나봐야 소용이 없다. 이름도 연락처도 얼굴도 다 공개된 상황이다.

그래서인지 김설영은 저항하지 않았다. 그저 무력하게 울고 있을 뿐이었다.

멍청한 놈이다.

진실의 고리 이벤트에 당첨되었을 때, 나는 잠시 고민했다. 진실의 고리는 나같이 범행이 들통나지 않은 살인자에게는 위험한 장소였다. 자칫 실수로 범행 사실을 고백하는 날이면 끝장이다.

하지만 나는 진실의 고리에 대해 닥치는 대로 자료를 찾아본 뒤 결국 참가하기로 결정했다. 내가 살인을 저지른 지 일 년이나 지났는데도 용의자로 의심조차 받지 않았다는 데에서 온 자신감 덕분이었다.

확인해보고 싶었다. 진실의 고리에 아무 일 없이 다녀올 수 있는지.

그렇다면 나는 선택받은 인간이라고, 사회의 쓰레기나 다름없는 이 대리 같은 놈을 치우도록 하늘에서 정한 인간이라고, 그렇게 믿으며 살아갈 수 있을 터였다.

비가 퍼붓기 시작했을 때 일행 중 한 사람이 보이지 않는다는 것을 깨닫자 나는 크게 당황했다. 혹시라도 사고를 당해 죽기라도 한다면 경찰이 조사를 하러 올 것이고, 실수로라도 내 범행이 들통날 위험이 있었기 때문이다. 그리고 시신이 발견되었을 때 그 불안이 극에 달했다. 다른 사람들은 넋이 나가 바로 떠올리지 못한 것 같았지만, 나는 시신을 보자마자 사람들이 진실의 고리에서 살인자를 찾으려들 것임을 직감했다. '당신은 사람을 죽였습니까?'라는 질문이 나온다면 나는 끝이었다. 하지만 다행히도 질문은 '당신은 김설영씨를 살해했습니까?'로 정해졌다. 그거라면 나도 안전했다. 만약 위험한 질문이 나올 것 같았다면 내가 먼저 나서서 질문을 바꾸도록 유도했을 것이다.

결국 내가 살인자라는 사실은 들통나지 않았다. 이것은 내가 선택받은 인간이라는 증거가 아닐까. 진실의 고리까지 일부러 찾아왔는데도, 심지어 이 장소에서 살인까지 일어났는데도 내가 살인자라는 사실을 끝끝내 들키지 않았으니까.

"자, 이제 슬슬 들어가는 게 어때요? 많이 어두워졌는데."

신주환이 주변을 둘러보며 이렇게 말했다. 사람들은 어찌할 바를 모르고 김설영을 쳐다보았다. 그런 낌새를 눈치챘는지 김설영이 눈물을 닦으며 간신히 몸을 일으켰다.

"괜찮아요. 저 자수할 겁니다."

그러면서 비틀비틀 집을 향해 걷기 시작했다. 사람들은 하나둘 진실의 고리에서 벗어나 김설영의 뒤를 천천히 따라 걸어갔다.

"이제 경찰이 오면 저 사람 바로 연행해가는 거야? 진실의 고리에서 범인인지 다시 물어보고 확인하려나?"

괜히 머뭇거리던 박철우가 탁민택에게 속삭이듯 물었다. 탁민택은 고개를 저었다.

"아직 우리나라에서는 진실의 고리에서 나온 증언에 법적 효력이 없습니다. 재판에서 증거 자료로 채택될 수 없어요. 진실의 고리 이전에 거짓말 탐지기도 마찬가지였고요. 경찰은 경찰 나름대로의 방법으로 수사를 할 겁니다."

수다쟁이 놈. 다시 떠들 수 있게 되니 신났군.

나는 그때까지 거추장스럽게 목에 걸려 있던 이름표 목걸이를 거칠게 벗었다. 동작이 너무 컸는지 손에서 놓치는 바람에 이름표가 바닥으로 떨어졌다. 내 이름이 적혀 있는 걸 아무 데나 버리고 다닐 수 없어 냉큼 몸을 숙여 이름표를 주웠다. 부슬부슬 내리는 안개비 때문에 손이 미끄러워 이름표가 잘 잡히지 않았다. 그러는 사이에 일행에게서 뒤처져버렸다.

그 와중에도 탁민택은 지치지도 않는지 계속 수다를 떨고 있었다.

"그런데 그 짧은 사이에 그런 트릭을 떠올리다니 김설영씨도 대단하긴 했어요. 뭐 그렇다 해도 우리나라 경찰의 범인 검거율이 높으니 바로 들통났을 거라고 생각하지만요. 우리가 오늘 이렇게까지 안 했어도 말이죠."

그건 그놈이 멍청한 탓이야. 나를 봐. 나도 똑같이 사람을 죽였지만 일 년이 지나도록 들키지 않았잖아.

"이름 바꾸기 트릭이 아닐까 딱 떠올렸을 때요. 아까 김설영씨가, 아니지. 그때는 장용춘씨였지. 그 사람이 굳이 질문에 '김설영'이라는 이름을 넣으려고 한 것에서 그 사람이 가장 의심스럽다고 생각했어요. 신주환 선생님이나 김진형씨는 이름이 알려져 있으니 그 트릭을 쓰는 게 불가능해서 일찌감치 제쳐두었고요. 그래서 아까 질문을 할 때 김설영씨가 도망가거나 다른 수를 쓰지 않도록 팔을 잡고 물었던 거예요."

그놈은 어이없이 범행이 들통났지만 난 아니야. 나는 선택받은 인간이니까.

"그래도 처음부터 질문을 제대로 하는 편이 나았을 거예요. 그럼 그런 연극을 하지 않아도 됐으니까요. 예를 들어 지금 정진우씨한테 이렇게 질문한다면 말이죠. '당신은 사람을 죽였습니까?' 그러면……"

무슨 일이 벌어졌는지 깨달았을 때는 너무 늦었다. 위험하다는 생각을 하기도 전에 이미 내 입과 혀가 제멋대로 움직이고 있었다.

작가노트

'탁민택'이라는 다소 특이한 이름에 대해 묻는 사람이 있을 것 같아 대답을 준비해뒀는데 아무도 묻지 않아 슬펐습니다. 탁민택의 이니셜인 'TMT'는 'Too Much Talker', 즉 수다쟁이를 가리킵니다. 개인적으로 수다쟁이 캐릭터를 좋아합니다. 힘들게 밑밥 파는 묘사를 일일이 하지 않아도 알아서 정황 설명을 다 해줘서 편하기 때문……이 아니고, 내용에 활기를 더해주면서 개연성 있게 정황 설명을 할 수 있기 때문입니다. 그러니 어디선가 탁민택이 다시 등장할 수도 있겠지요.

비가 와서 오도가도 못하게 된 계곡이라는 흔해빠진 클로즈드 서클을 설정한 점은 계속 마음에 걸렸습니다. 소설 속에서 대놓고 '작위적인 설정이다'라는 변명을 하긴 했습니다만 더 고민을 하지 못한 것이 부끄럽습니다. 현재 구상중인 클로즈드 서클 배경의 특수설정 미스터리 장편과, 역시 클로즈드 서클 배경인 연작 단편집에서는 좀더 개연성 있는 공간을 만들 생각입니다. 아, 물론 아직 구상 단계이기는 합니다만.

   제 글을 읽어주셔서 감사합니다. 속으셨기를 바랍니다. 저는 추리소설의 본질이 작가가 독자를 속이는 것이라고 생각하기 때문입니다. 앞으로도 여러분을 속이고 싶습니다.

강연서

탈태

강연서

1992년 서울 청파동 출생. 숙명여자대학교에서 한국어문학과 영어영문학을, 서울대학교에서 비교문학을 공부했다.
장르문학과 본격문학을 가리지 않고 쓰고 있으며, 최근에는 환경과 공포 장르에 관심이 많다. 인간을 가장 무력하게 만들면서, 한편으로 가장 격렬한 신체적 반응을 끌어내는 그 모순된 감정을 이야기해보고 싶다.

내 옆에는 시체가 있다. 그리고 오늘밤, 둘 중 하나는 국경을 넘지 못할 것이다.

국경검문소까지 남은 시간은 고작 세 시간이었다. 블라인드를 조심스럽게 반 뼘 정도로 걷은 다음 창에 눈을 바싹 붙이고 바깥 풍경을 살폈다. 선로의 이탈을 방지하는 표시등이 이따금 지나갔으나 무언가를 분별할 만큼의 빛은 아니었다. 어차피 기차는 숲을 지나고 있을 것이다. 몽골에서 러시아 국경 지대로 가는 길은 온통 침엽수림뿐이었다. 복도는 지나다니는 사람 하나 없이 고요했다.

입상 당시 제목은 「선로 이탈」.

덜크덕, 컹. 덜크덕, 컹. 기차는 마치 다리를 저는 개가 끄는 수레 같았다. 그 규칙적인 소리를 따라 잠에 빠져들고 싶었다. 인천에서 울란바토르까지 오는 비행기에서 한 시간도 잠들지 못했던 것에 비해 기차는 너무도 안락했다. 천천히 앞뒤로 흔드는 요람처럼, 눕기만 하면 잠이 쏟아졌다. 기차의 손잡이들에선 녹이 묻어났고 이따금 복도에서는 하수구 냄새가 진동했지만, 간이 소파를 펼쳐 만든 침대만큼은 마음에 들었다. 작은 직사각형의 매트리스는 관에 누운 것처럼 몸에 꼭 맞았다. 이대로 걱정 없이 잠들었으면. 그러나 그럴 수 없으리란 건, 누구보다 잘 알고 있었다.

*

아홉 시간 전, 울란바토르 기차역에서 러시아 울란우데로 가는 기차표를 샀다. 출발까지 얼마 남지 않은 시간이어서 표는 단 네 자리만 남아 있었다. 몽골 기차의 일등석은 열차 한 칸에 네 명이 배정된다. 남은 표를 전부 사버리면 누구에게도 방해받지 않고 혼자일 수 있을 것이다. 나는 잠시 고민하다가 한 장의 표만 샀다. 현금을 아끼는 편이 좋을 거라는 판단에서였다.

출발 삼십 분 전, 기차를 기다리면서 역 안의 작은 카페에서 허기를 채웠다. 만두 비슷한 것 두 덩이, 고기와 감자가 들어간 스튜 한 그릇. 염소수염을 기른 주인은 나를 신기한 듯이 쳐다보았다. 몽골에서 러시아로 들어가는 기차를 타는 한국인은 많지 않다. 나는 최대한 친절한 웃음을 지어 보이면서 숟가락질을 몇 번 하다가 내려놓았다. 만두에서는 역한 창자 냄새가 났고 국물에는 회색 기름이 둥둥 떠다녔다. 벤치에 앉아 담배를 태우면서, 플랫폼에서 기차를 기다리는 얼굴들을 훑어보았다. 평일 낮이라 사람이 많지는 않았다. 장사꾼으로 보이는 중국인 무리가 한쪽에서 시끄럽게 떠들며 돈을 주고받고 있었다. 나머지는 몽골 사람이었다. 관자놀이 아래 광대가 튀어나오고 아래턱이 발달한 얼굴들. 쌍꺼풀 없는 눈매는 올라가 있는데, 대부분 콧대가 낮고 피부색이 어두웠다. 그때 낮은 구두를 신은 몽골 여자가 매표소에서부터 손을 흔들며 가볍게 달려왔다. 달려오는 여자를 보고는 나도 모르게 고개를 홱 돌렸고 벽에 이마를 부딪칠 뻔했다. 그녀가 소냐를 닮았기 때문이었다. 그러나 곧 제정신이 돌아왔다. 소냐는 이미 지난달 한국에서 화장을 치렀고, 그녀의 일부는 내 가방 속에 있었다. 이제 러시아행 기차에서는 부랴트인이었던 그녀를 닮은 사람을 아주 많이 만나게 될 것이다. 그때마다 이렇게 놀랄 수는 없으니 익숙해져야 했다. 나는 한숨을 쉬며 휴대폰을 보았다. 출발까지 이십 분. 데이터는 여전히 터지지 않았다.

저 멀리 철로의 끝에서 기차가 보이기 시작했다. 형식적인 검표를 마치고 난 뒤 열차에 올라탔다. 뒤에서 계단을 오르던 몽골 여자는 잡고 있던 아이의 손을 놓고, 혼자 힘으로 힘겹게 짐을 들어올리려 하고 있었다. 나는 여자의 짐을 먼저 받아주었다. 그녀는 짐을 가져가며 몽골어로 몇 마디를 했는데, 난처한 내 표정을 보고는 곧바로 "생큐"라고 고쳐 대답했다. 눈치가 빠른 여자였다. 천장이 낮은 열차의 복도는 몹시 비좁았다. 나는 아이를 안은 여자가 객실을 먼저 찾을 수 있도록 순서를 양보했다. 걸을 때마다 커다란 엉덩이가 좌우로 흔들렸다. 자기 관리가 전혀 되지 않은 외국인 여자의 몸을 두 발짝쯤 뒤에서 보다가, 나는 어쩌면 당연하게도 소냐의 죽음을 떠올렸다.

소냐는 성형수술을 받은 후 감염에 의한 패혈증으로 사망했다. 강남에서 개원한 지 얼마 되지 않은 병원이었다. 수술 전 합병증 안내를 받고 동의서에 사인을 했기 때문에 의사에게 법적으로 책임을 물을 수는 없다고 했다. 소냐와 둘만의 소박한 결혼식을 올린 뒤 육 개월이 지났을 무렵이었다. 소냐가 사망한 날 출동한 경찰은 우리 집을 샅샅이 뒤져보았다. 시신의 자세를 보고, 이불을 들추고, 매트리스 밑을 들여다보았다. 지문을 채취하고, 약물을 검사하고, 나와 소냐의 휴대폰, 노트북, 디지털 기기, 서류와 우편물을 수거해갔다. 마치 내가 무슨 연관이라도 있는 것처럼…… 개새끼들이…… 하지만 티를 내지는 않았다. 그들은 해야 할 일을 하는 것일 뿐이니까.

나는 남편으로서, 침착하게 소냐의 물건 대부분을 정리했다. 케이팝이 좋아서 한국에 온 소냐는 처음 왔을 때의 물건들이 많았다. 아이돌 포토 카드나 앨범, 응원봉은 중고 거래 앱에 올려 싼값에 팔았다. 그래도 나는 남편으로서 그녀의 유골만큼은 고향에 뿌려주려 했다. 문제가 있다면 비용이 너무 비싸다는 것이었다. 화장 비용만 해도 아까웠는데, 유골의 방부처리와 송환을 신청하는 것도 다 돈이었다. 그래서 나는 다른 방법을 써서 가방에 그녀의 유골 일부를 담았고, 그녀와 함께 그녀의 고향으로 가는 길이었다. 소냐의 고향인 러시아 울란우데에 가려고 한 건, 고열로 사경을 헤매는 와중에 그녀가 부탁했던 말 때문만은 아니었다. 길에서 동물의 배설물을 만진 손으로 상처 부위를 만지고, 그녀가 먹었어야 할 항생제를 바꿔치기한 데서 오는 작은 죄책감을 덜기 위함도 아니었고. 이건 그저, 그래야 하는 당위도 명분도 없지만, 애도 의식의 일부였다. 아내를 먼저 떠나보낸 비운의 남편으로서 당연히 하곤 했던 일. 아침에 일어나면 화장실부터 가는 것처럼.

육호 차의 여덟번째 열차간은 예상했던 대로 아무도 없었다. 플랫폼에서 열차를 기다리는 중에도 신경을 쓰고 있었는데, 내

뒤로 매표소에 들어간 사람은 아무도 없었다. 칸막이를 닫고 문을 걸어 잠그자 숨통이 트이는 것 같았다. 문 맞은편에는 앉은 채로 바깥을 훤히 볼 수 있지만 열리지는 않는 창이 있었고, 그 뒤로 몽골의 끝없는 초원이 펼쳐졌다. 나는 배낭을 바닥에 내려놓고 왼쪽 침대에 걸터앉았다. 옅은 회색 벽은 낡았지만 더러워 보이지는 않았고, 침대 커버는 열차칸에 들어올 때 새로 받은 것이었다. 이 방을 나 혼자 쓴다니! 적지 않은 행운이라는 생각이 들었다.

침대 옆 자그마한 탁자에는 빨간색과 파란색의 몽골 전통 옷을 입은 인형이 그려진 컵이 있었다. 새로운 출발을 환영하는 축배를 들기에 적합한 잔이었다. 기차는 정말로 낭만과 잘 어울리는 단어라는 생각을 무심코 하며, 신발을 벗고 침대에 두 다리를 쭉 뻗어보았다. 뜨거운 욕탕에 들어간 것처럼 긴장했던 근육들이 풀어지는 느낌이었다. 도착할 때까지 아무와도 마주치지 않고 말하지 않을 생각이었다. 오랜만에 홀로 고요하고 충만한 시간을 보낼 것이다……라고 생각하며 베개를 베려던 그 순간, 갑자기 덜컥, 하는 소리가 들려왔다.

잠금장치를 분명히 걸어두었는데 이상한 일이었다. 열린 문틈 사이로 어둡고 창백한 동양인의 얼굴이 보였다. 얼굴만 보아서는 중국인인지 몽골인인지 구별이 되지 않았다. 키는 나와 비슷하게 평균이었고 뼈와 근육의 모양이 보일 정도로 비쩍 말라 있었다. 위협적인 외모는 아니었지만, 어쩐지 그의 흙빛 얼굴은 무섭게 불어난 강물을 연상시켰다. 온갖 오물로 뒤섞여 바라보기만 해도 본능적으로 혐오감과 불쾌감이 느껴졌다. 객실을 잘못 찾아온 사람이겠거니 생각하며 가만히 쳐다보고 있는데, 문을 연 사람은 성큼 들어와 그대로 문을 닫고는 태연하게 맞은편 침대에 걸터앉았다.

"한국인이죠?"

그가 말하는 순간, 기차가 쇳소리를 내며 출발했다. 완벽한 한국말이었다. 나는 잠시 멈칫했다가 맞은편 남자를 주시했다. 이 사람은 분명 한국인이다.

"플랫폼에서 다른 한국인은 못 봤었는데……"

나는 경계심을 풀지 않은 채 그를 훑어보았다. 이상하게도, 그는 짐이 없었다. 어깨에 걸쳐 메는 작은 크로스백 하나만을 들고, 낡은 회색 셔츠에 무릎이 나온 트레이닝 바지를 입고 있었다. 얼굴은 사십대 초반으로 보였는데, 강도를 만나서 가진 걸 다 빼앗긴 여행자라면 모를까, 일반적인 여행객 같아 보이지는 않았다. 남자가 내 불편한 표정을 보며 비웃듯 말했다.

"가이드 없이 혼자 다니는 한국 사람은 처음이네요."

그 말에 뼈가 있다고 생각하니 꺼림칙한 기분이 들었다. 뭐라도 알고 있는 건 아니겠지. 나는 더는 저 이상한 남자와 얽히지 않기로 했다.

"제가 원래 혼자 다니는 여행을 좋아해서요. 그럼 좋은 여행 하세요. 전 좀 자야겠습니다."

타인에게 정보를 드러내는 일은 어떤 상황에서건 좋지 않다. 몽골에 여행하러 온 한국인들은 대부분 여행사의 가이드와 동행하면서 그들의 차를 타고 내몽골 고비사막을 구경하러 다닌다. 이렇게 혼자 자유 여행을 한다는 건 다른 한국인들과 다르게 보일 만했고, 그렇게 보이는 건 그다지 달가운 일은 아니었다.

"혹시, 부탁 하나만 해도 될까요?"

내 말을 무시하려고 작정한 듯이 남자가 다시 말을 걸어왔다. 슬슬 약이 올랐지만, 인내심을 가지고 이번이 마지막 대답이라는 생각으로 퉁명스레 대답했다.

"다른 승객에게 하세요."

"이제 더 안 와요."

그리고 그는 주머니에서 표를 꺼내어 간이테이블 위에 올려두었다.

"제가 세 장 다 샀거든요. 얘기 좀 할라고. 김재우씨랑."

침대가 기우뚱 흔들렸다. 어떤 일은, 머리가 알아차리기도 전에 몸이 먼저 반응한다. 나는 벌떡 일어나 그를 노려보며 소리쳤다.

"뭐야 너. 내 이름 어떻게 알았어."

그러자 남자는 미동도 하지 않다가, 갑작스럽게 입을 벌려 히

힉거리며, 아니 켁켁거리며 숨이 넘어갈 듯이 웃기 시작했다.

말없이 그가 웃기 시작하자 나는 이성을 잃기 직전이었다. 이 새끼가, 하며 욕을 하다가 정신을 차리고 보니 내 오른손은 그의 멱살을 붙잡고 있었다. 붙잡힌 채로도 그 남자는 성대를 긁어내는 듯 소름 끼치는 웃음을 멈추지 않았다. 나는 농락당하고 있다는 생각에 분노가 치밀었다. 옷깃을 구겨 잡은 주먹에 힘이 들어갔다. 다시는 우습게 보고 이따위 장난을 하지 못하도록 주먹으로 한 대 칠 생각이었다. 나는 급하게 오른팔을 높이 들어올렸다. 하지만 그 순간, 한참을 웃던 남자는 갑자기 앉은 자리에서 일어나 왼손으로 내 손목을 잡았다. 그러곤 가볍게 손가락을 비틀어 나를 주저앉혔다. 마른 체형에 분명히 체구가 나보다 작았던 그 남자는 검지와 엄지의 손가락 힘만으로 내 손목뼈를 완전히 어긋나게 비틀었고, 참을 수 없는 고통에 나는 낮게 신음하며 바닥에 무릎을 꿇었다. 욱신거리는 팔목의 통증 때문에 도저히 고개를 들 수 없었다.

"누구야, 너."

간신히 말을 내뱉었을 때, 남자가 말했다.

"부름 받은 자는…… 반드시 시험을 받아. 아주 오래전부터, 찾아온…… 이제 세상은…… 기뻐해라, 기뻐…… 헉."

분명 낮고 기분 나쁘게 속삭이던 그의 목소리는 갑자기 터져나오는 외침으로 바뀌어 있었다. 어딘가를 달려가는 사람처럼 그는 벅차다는 듯, 이빨 사이로 간간이 끊어지는 숨을 한 번에 내뱉었다.

"미친 새끼 아냐, 이거. 누구냐고, 너."

남자는 내 말을 전혀 듣고 있지 않은 듯했다. 누구인지 감도 오지 않았다. 어쩌면 내가 기억하지 못했을 뿐, 원한을 가진 과거의 인연일 수도 있는 일이었다. 다시 한번 남자의 얼굴을 보아야겠다는 생각이 들어 무릎을 바닥에 꿇고 웅크린 자세에서 고개를 위로 치켜들었다. 그러나 예상했던 것과는 달리 남자는 나를 내려보고 있지 않았다. 그는 두 팔을 몸통 옆에 붙인 채로, 얼어붙은 사람처럼 하늘을 보고 있었다. 이겼다고 방심하고 있을 때, 그건 분명 반격할 기회였다. 나는 멀쩡한 왼쪽 팔로 그의 무릎을 있는 힘껏 밀어보았다. 방금까지 내 팔을 부러뜨릴 듯이 힘을 쓴 사람 같지 않게, 그의 몸은 마른 장작처럼 툭 소리를 내며 침대 위로 넘어갔다. 그때 나는 보게 된 것이다.

그의 발뒤꿈치부터 발바닥까지 이어져 있는 아기 주먹만한 크기의 문신을.

나는 이 문신을 본 적 있었다. 정확히 같은 위치에, 같은 그림으로. 그것은 소냐의 문신이기도 했다.

가장 먼저 눈에 들어온 건, 비늘 모양으로 화려하게 조각된 화병이었다. 그리고 뱀. 입을 크게 벌리고 갈라진 혀를 날름거리는 검은색 뱀이 화병의 가장 풍만한 부분을 감싸고 있었다. 화병에는 세 가닥의 향이 꽂혀 있고, 각 끄트머리에 세 개의 해골이 걸려 있었다. 해골의 입에서는 작은 실뱀들이 우글거리며 태어나고 있었다.

소냐의 몸에서 처음 이 문신을 보았을 때 느꼈지만, 그럴 필요가 있었는가 싶을 정도로 세밀하게 그려진 그림은 공포스러운 상상력을 불러왔다. 실뱀을 물고 있는 해골의 입은 고통으로 벌어진 것처럼 보였고, 화병을 감싼 검은색 뱀은 금방이라도 살아 움직여 발뒤꿈치를 물어버릴 것 같았다. 뱀의 눈은 감겨 있었지만, 벌어진 입과 갈라진 혀에서는 인간의 것이 아닌 악의가 느껴졌다. 나는 소냐에게 문신 위에 밴드나 파스를 붙여 가려두라고 했었다. 그렇게 가리지 않고는 슬리퍼나 샌들도 신지 못하게 했다. 침대에서 함께 잠들 때, 나는 소냐의 발밑에서 뱀이 기어나와 나를 무는 상상을 하기도 했다. 물론 그런 일은 없었다. 소냐는 살색 밴드를 붙여 내가 볼 수 없도록 언제나 문신을 가려두었다. 그애는 내 말이라면 무엇이든 했다.

불현듯 이 남자와 소냐가 무슨 관계라도 있는 걸까봐 불안해졌다. 소냐는 분명히 내게 친구도, 가족도 없다고 말했다. 앱에서 매칭되어 나와 처음 만났을 때, 소냐는 한국에 온 지 한 달도 채 되지 않았었다. 당연히 한국인 친구는 없다고 알고 있었다.

나는 몸을 일으켜 일어났다. 어떻게든 이 남자에게서 정보를 얻어내야 한다. 이제는 제법 공손하게 물어볼 의향도 있었다. 나를 어떻게 알았는지도 궁금했지만, 소냐와 어떤 관계가 있는지도 참을 수 없이 궁금했다. 만약 그가 내 상황을 알게 된다면…… 혹은 알고 있다면…… 돈으로 회유할 생각도 있었다. 내겐 제법 큰돈이 있었다. 병원 측에서 소송을 걸거나 인터넷에 퍼뜨리지 않는다는 조건으로 내게 건넨 합의금이었다. 경험이 적고 보험 체계가 탄탄하지 않은 병원들은 내가 유가족이라는 말에 벌벌 떨었다. 그럴 때 만족스러운 미소를 짓지 않기란 힘든 일이었다.

 나는 일어나 남자를 살폈다. 그렇게 큰 소리가 난 것도 아니었는데 남자는 침대에 앉은 게 아니라, 거의 쓰러져 있었다. 척추에 힘을 주지 않고 비스듬히 걸쳐진 자세로, 목부터 머리까지는 벽에 닿아 꺾여 있었다.

 혹시 밀쳤을 때 머리를 부딪쳤나 보았더니 벽에는 아무 흔적이 없었다. 만약 세게 부딪쳤다면 소리도 더 크게 났을 거고, 무엇보다 피가 흘러나왔을 것이다. 그러나 남자의 머리에는 아무런 흔적을 찾을 수 없었다.

 나는 남자를 노려보다가 그의 몸을 흔들어 깨웠다. 벽에 부딪힌 충격으로 잠깐 뇌진탕이 왔을 수도 있고, 그래서 일시적으로 정신을 잃었을 수도 있을 거라는 생각에서였다.

그러나 내가 흔드는 대로 그의 몸통이 맥없이 늘어졌다. 침대 밖으로 떨어진 그의 팔이 진자 운동을 하듯이 흔들거렸다. 코에 손가락을 가져다대었다. 들숨이나 날숨은 물론이고, 미세한 진동조차 느껴지지 않았다. 나는 그렇게 맥없이 흔들리는 몸을 본 적이 있었다. 아주 최근에도.

기차는 멈추지 않고 쉼없이 나아가고 있었다. 살아 있는 몸과 그렇지 못한 몸이 같은 칸에 실린 것도 모른 채.

가만히 앉아서 생각해보자. 생각을, 해, 보자. 사람이 이렇게 갑자기 죽는다는 것은 말이 되지 않는다. 도저히 가만히 앉아 있을 수 없었다. 일 미터도 되지 않는 침대 사이 공간을 토할 때까지 반복해서 걸어다녔다. 앞뒤로 사정없이 흔들리는 열차 때문에 속이 울렁거렸다. 웩, 하는 헛구역질과 함께 터져나온 토사물은 반투명한 위액뿐이었다. 그제야 정신이 드는 것 같았다. 피도 진물도 없이 사람이 죽을 수 있을까? 벼락이나 총에 맞은 것도 아니고, 아무런 징조 없이, 아무런 표정 없이 죽을 수는 없다. 다시 한번 남자의 몸과 얼굴을 살펴보았다. 처음엔 입술과 손톱에 띤 보라색을 보고 심장마비일 수도 있다고 생각했다. 그러나 얼굴에 강한 통증을 느낀 흔적도 없었고, 고통스러운 신음 같은 건 전혀 듣지 못했다. 미간에 주름 하나 잡히지 않은 채, 눈을 감고 잠을 자듯이 평온했다. 외상도 없었고, 독극물을 먹은 흔적도 없었다. 이제 나는 기면증을 의심하기에 이르렀다. 코마 상태에 이르는 기면증이라든가, 여하튼 내가 알지 못하는 지병이 있었을지도 모른다. 그러나 청색증이 시작된 그의 귓불과 입술, 딱딱하게 굳으며 급격하게 차가워진 몸, 그리고 그의 등에는 혈액이 가라앉아 생기는 보랏빛 반점이 벌써 나타나 있었다. 이런 점들을 종합해봤을 때, 명백히 이건 죽은 몸이라고밖에 생각할 수 없었다. 그는 시체가 되었다. 내 앞에서. 도저히 믿을 수 없는 일이었다.

나는 다시 손톱을 물어뜯으며 비좁은 공간을 뱅글뱅글 돌았다. 그러다 침대 옆 낮은 탁상에 무릎을 부딪히고 말았다. 그 위에는 그가 구매했다는 표 세 장이 있었다. 남자는 내게 부탁이 있다고 말했었지. 결국 어떤 부탁인지 듣지는 못했지만, 그는 나를 만나러 온 것이 확실했다. 그렇다면 혹시, 그는 이미 죽을 준비를 마치고 나를 찾아왔던 것일까? 예컨대 삼십 분 후에 약효가 나타나는 독약을 먹고, 나를 만난 뒤 자신의 시체를 처리해 달라고 부탁하려 했던 것일지도 모른다. 하지만 왜 하필, 나에게……? 확실한 건 그는 나를 알고 있었고, 나를 '곤란하게' 만들려고 작정했었다는 것이다. 갑작스럽게 참을 수 없는 분노가 치밀었다.

나는 그의 주머니를 뒤지기 시작했다. 뭐라도 찾아야 해. 이대로 조사를 받고, 한국으로 송환될 수는 없었다. 지금까지는 운이 좋았지만, 조사를 받는 과정에서 다 드러날지도 모르는 일이었다.

그의 주머니에선 러시아 동전, 말라비틀어진 껌, 정체를 알 수 없는 모래들이 나왔다. 그가 메고 있던 작은 가방은 텅 비어 있었다. 그에게는 카드도, 현금도, 여권도 없었다. 대체 빈 가방은 왜 들고 다니는 건지, 대체 돈은 어디서 나서 기차표를 산 건지 알 수 없었다. 신경질이 난 채로 가방을 뒤집어서 탈탈 털어보았다. 출처를 알 수 없는 검은 모래가 쏟아졌다. 얼마나 오래된 가방인 건지. 나는 절망적인 마음으로 그의 눈꺼풀을 들어올렸다. 흰색에 가까운 불투명한 안구가 보였다. 눈동자는 보이지 않았다. 그때 이상한 것을 발견했다. 분명 그의 입은 희미하게나마 미소를 띠고 있었다. 그런데 지금 그의 입은 벌어져 있었다. 마치 여기도 봐달라는 듯이. 잠시 오싹함을 느꼈지만, 죽은 몸에서는 체액의 정체로 혀가 부풀어 오르는 것이 당연하다는 생각에 이르자 다시 침착해졌다. 나는 심호흡을 하고, 입을 살짝 더 벌려보았다. 벌어진 구멍 사이로 말려 있던 보라색의 긴 혀가 쏟아져내렸다. 징그럽게 꿈틀거릴 것만 같은 혀가 그의 목덜미까지 내려오면서, 그와 동시에 무언가 툭, 하고 떨어졌다.

그건 축축하게 젖은 종이였다. 그것이 종이라는 것을 안 순간부터 심장이 뛰기 시작했다. 접힌 자국을 따라 조심스럽게 종이를 펼쳐보았다. 타액으로 젼 종이 안에는 번진 자국도 없이, 처음 보는 기호가 그려져 있었다. 자세히 보니 그것은 문자였고, 세 단어로 이루어진 걸 보니 하나의 문장 같았다. 아마 이 문장은 이 남자가 누구인지를 알게 해주는 열쇠가 될 것이었다. 나는 이 문자를 해독하는 한편, 아무도 보지 못하게 시체를 처리해야 했다.

한 시간쯤 지났을까. 나는 아무리 애를 써도 데이터가 잡히지 않는 휴대폰을 침대 위로 던져버렸다. 분명히 한국에서 갈아끼울 유심까지 준비해왔는데, 산속이어서 그런지 전혀 소용이 없었다. 인터넷이 되지 않으니 언어를 번역할 수가 없고, 원래 있던 기본 번역 앱은 몇 가지 언어만 번역할 수 있었다. 생긴 것을 보면 키릴 문자와 같아서 러시아 말일지도 모르지만, 번역 앱이 해독하지 못하는 것을 보니 아닌 것 같았다. 나는 무심코 고개를 돌리다가 탁자 위의 종이컵을 보았다. 종이컵은 몽골 기차에서 무료로 제공하는 것이었는데, 밑바닥에 쓰인 몽골어 글자들이 눈에 들어왔다. 그건 쪽지의 글자들과 놀랍도록 비슷했다. 눈을 가늘게 뜨고 기호들과 비교해 보니, 쪽지에 쓰인 기호와 거의 같은 단어가 보였다. 아주 사소한 차이였기에 변형된 형태라고 볼 수도 있을 것 같았다. 나는 종이컵에 적힌 문장을 받아쓰고,

쪽지의 단어와 같은 기호는 직접 따라 그렸다. 마찬가지로 나는 객실 안에서 쓸 만한 안내문을 샅샅이 뒤져보았다. 시간은 계속 흐르고 있었지만 어쩔 수 없었다. 어떤 내용이 있을지 알지 못하는 상태에서 쪽지를 그대로 들고 가면, 누군가 알아서는 안 되는 정보가 새어나갈 수도 있기 때문이었다. 다행히 안쪽 선반 아래 비상 버튼 근처에 작은 안내문이 붙어 있었다. 다시 어떤 글자가 눈에 들어왔다. 이번엔 쪽지의 다른 단어였다. 내 손은 바삐 그 문장도 적어내려갔다. 하지만 쪽지에 적힌 마지막 한 단어와 비슷한 글자는 어디에서도 찾을 수 없었다. 나는 찾아낸 두 문장을 눈으로 훑으며, 누구에게 물어봐야 할지 고민에 빠졌다.

가장 먼저 떠오른 것은 열차를 탈 때 도움을 주었던 몽골 여자였다. 여자에게 먼저 지나갈 수 있도록 양보한 덕에, 그녀가 어느 칸으로 들어가는지를 알 수 있었다. 아이를 한 손에 안은 여자는 내 열차간보다 두 칸 앞의 호실로 들어갔다. 심지어 간단한 영어도 할 수 있는 것처럼 보여, 문장을 해석해줄 사람으로는 제격이라는 생각이 들었다.

나는 닫힌 문 앞에 서서 조용히 노크했다. 한참을 기다린 후에, 덜컥거리며 잠금장치가 풀리고 문이 한 뼘 정도 열렸다. 여자의 반쪽 얼굴이 낯선 불청객을 살펴보다가, 자신을 도와주었던 외국인이라는 것을 알고는 안심하는 표정이 되어 문을 조금 더 열었다. 이제 그녀의 얼굴은 자신을 왜 찾아왔는지 궁금한 표정이었다.

나는 그녀를 향해 어색하게 미소를 지어 보이면서, 영어로 더듬거리며 물어보고 싶은 게 있어서 왔다는 의사를 전달했다. 제대로 알아들었는지는 알 수 없으나, 여자는 그 말에 문을 조금 더 열었고 나는 방 전체를 볼 수 있었다. 여자의 아이는 자고 있었고, 그 옆에는 노파가 아이의 통통한 배를 다독이고 있었다. 여자의 어머니거나, 아는 사람일 거라는 생각이 들었다. 아이 아빠는 없는 모양이었다. 나는 잠시 뜸을 들이다가, 종이를 내밀고는 이 문장이 혹시 무슨 뜻인지 아느냐고 물었다. 여자는 눈을 가늘게 뜨고 내가 따라 적은 문장을 읽었다. 여자가 고개를 갸웃거리더니, 쪽지를 가지고 노파에게로 갔다. 내게는 들어와 기다리라는 손짓을 했다. 여자를 따라 열차간으로 들어가니 후덥지근한 공기가 얼굴에 닿았다. 아이가 있는 방이어서인지 작은 간이 탁자 위에는 여러 가지 물건들이 올려져 있었다. 나는 노파가 쪽지를 들여다보기 위해 안경을 쓰는 것을 물끄러미 지켜보았다. 노파는 안경 너머로 나를 바라보았다. 생선의 눈같이 불투명한 회색의 눈동자가 내 얼굴에 잠시 머물렀다가 쪽지로 돌아갔다. 나는 조용히 침을 삼켰다. 얼마나 시간이 흘렀을까. 노파가 여자를 향해 몽골어로 작게 무어라 대답했다. 여자는 고개를 가로저었다가, 어깨를 으쓱했다. 귓바퀴에 온몸의 감각을 모아 예민하게 소리를 따라갔지만, 도대체 무슨 말이 오가는지 알 수 없어 답답했다. 노파와 이야기를 마친 여자가 다시 내게 다가왔다.

가까이 다가온 여자가 종이를 들고는, 내가 적은 문장을 손가락으로 한 글자씩 따라가며 더듬더듬 번역해주었다. 여자의 직역에 따르면, 종이컵에서 받아 적은 문장은 '뜨거운 물을 담을 수 있습니다'라는 말이었고, 비상 버튼 아래에서 찾아낸 문장은 '누르면 직원이 옵니다'라는 의미였다.

나는 여자가 손가락으로 한 단어 한 단어를 짚어내려갈 때, 내가 쪽지에서 따라 그린 단어 위에서 멈칫하는 것을 알 수 있었다. 나는 그녀에게 물었다.

"혹시 이 단어에, 다른 의미가 있나요?"

그러자 여자가 갑자기 싸늘한 표정을 짓더니, 억양이 제멋대로인 영어로 이 글자를 네가 썼냐고 물었다. 여자의 등뒤에서 노파가 나를 노려보고 있었다. 무언가 잘못되어가고 있음을 느끼면서, 나는 더듬거리며 아니라고, 그저 안내문의 문장을 베껴 쓴 말이라고 전했다. 여자는 그 말이 사실인지 아닌지 알아내려는 듯 내 얼굴빛을 유심히 살피면서, 다시 노파와 몇 마디를 나누었다. 그러곤 내게 말했다.

"이건 몽골어가 아니에요."

"몽골어가 아니라고요?"

"몽골어처럼 보이지만, 이건 부랴트어예요. 그것도 지금은 거의 쓰지 않는, 옛날 부랴트 말. 두야나가 말하길, 자신의 어머니가 썼대요. 두야나는 몽골인과 부랴트인 혼혈이거든요."

두야나라고 불리는 노파가 여자 뒤에서 무어라 중얼거렸다.

"특히 이 단어요. '있다' 그리고 '온다'. 그런데 이 '온다'의 문법이 좀 이상하다고 해요. 두야나도 아주 조금밖에 모르기는 하지만, 진행형 같기도 하고. 아무튼 이상하게 느껴진대요."

나는 수상하게 여겨지고 싶지 않아서 그럴 리가 없다는 표정을 지었다.

"두야나가 말하기를, 바로 옆 칸에 부랴트인 가이드가 있대요. 혹시 어디선가 부랴트어를 본 거라면 그 사람에게 가보세요. 그런데, 이런 안내문을 열차 어디에서 봤다고요?"

나는 여자의 마지막 말을 제대로 이해하지 못한 척했다. 여자는 모호한 내 행동이 꺼림칙하다는 듯 자신의 탁자 위의 종이컵을 들어보았고, 나는 빨리 이 열차간을 벗어나야겠다고 생각했다. 여자에게 인사를 하고 나가려 고개를 돌리다가, 객실 탁자 위에 놓여 있던 무언가를 보고 소리를 지를 뻔했다.

"저, 저게 뭐죠?"

여자는 덜덜 떠는 내 행동을 이상하게 여기며 손가락이 가리키고 있는 물건을 집어들었다.

"이거요?"

나는 뒷걸음질치며 고개를 끄덕거렸다. 그건 내가 남자의 발꿈치에서 보았던 문양과 똑같이 생긴, 그러나 문신이 아닌 실제 금속으로 만들어진 조각상이었다.

"좋은 운을 불러오는 조각상이에요. 몽골인과 부랴트인은 모두 티베트 불교를 믿어요. 이건 우리 같은 불교 신자들에게 복을 주는 소중한 물건이죠."

여자의 설명에도 나는 반신반의하며 여자가 들고 있는 물건을 바라보았다. 찬찬히 보니, 내가 알고 있던 모양과 조금 다른 점이 눈에 들어왔다. 전체적으로 화병의 모양을 하고 있지만 화병 안에 그려진 것은 뱀이 아닌 물고기였고, 화병에 꽂혀 있는 것은 화려하게 장식된 연꽃이었다. 혹시 내가 잘못 본 것은 아닐까? 소냐의 발과 남자의 뒤꿈치에 그려져 있던 그림이, 사실은 복을 불러오는 티베트 종교의 문양이 아니었을까? 나는 혼란스러운 채로 여자의 열차간에서 나와 내 객실로 돌아갔다.

잠시 이 모든 일이 꿈은 아닐까 하는 기대를 품었지만, 시체는 그대로였다. 똑바로 누운 채, 내가 나가기 전에 씌워놓은 그대로 머리끝까지 이불을 덮고 있었다. 나는 조심스럽게 시체의 발 쪽으로 가서 덮어놓은 이불을 들추어봤다. 그리고 뒤꿈치를 확인했다. 이미 몸 아래쪽에 쏠린 혈액으로 시반이 생긴 상태라 문신을 제대로 인식하기가 어려웠다. 나는 최대한 건드리지 않으려고 애를 쓰면서, 발꿈치를 노려보았다. 역겨운 보라색과 상아색

얼룩 사이로 문신이 보였다. 다른 것은 몰라도, 해골과 뱀이 더 선명해진 것은 기분 탓이었을까? 비슷하게 생겼지만 방금 보았던 불교의 조각상과는 확실히 다른 문양이었다.

이제 쪽지에 적힌 말이 부랴트어라는 사실은 알았다. 마지막 한 단어만 알게 되면 쪽지의 내용을 전부 알 수 있었다. 부랴트인 가이드라니, 운이 좋다는 생각이 들었다. 위기가 찾아와도 내게는 언제나 그걸 극복할 기회가 주어지곤 했다. 어렸을 적 친구를 따라 다니던 교회를 그만 나가게 된 것도 그 이유에서였다. 신은 멀리서 찾을 필요가 없었다.

부랴트인 가이드가 있다는 객실은 기차가 달리는 방향으로 앞쪽인 바로 옆 객실이었다. 나는 내 객실을 떠나기 전 문을 닫고, 혹시라도 실수로 열리지 않도록 캐리어에 있던 자물쇠를 걸어놓았다. 시체가 있다는 사실을 누군가가 알게 된다면 바로 조사를 받게 될 거고, 한국으로 강제송환될 게 분명했다. 그러다 감이 좋은 경찰이라면, 어쩌면 내가 이전에도 여러 번 짧은 결혼 생활을 한 적이 있다는 사실에 의문을 품기도 할 것이다. 게다가 세 명의 전 부인이 모두 외국인이고, 성형외과의 의료사고로 사망했다면. 그러나 의심을 하더라도 내가 거리낄 것은 없었다. 그녀들 앞으로 들어둔 생명보험 같은 것은 없었으니까. 그런 점에서 나는 제법 신중한 성격이라고 자부할 수 있다. 소냐의 유골을 가지고 출국하기 위해 노력을 기울인 것만 해도 그렇다. 나는 그녀의 유골을, 정부 기관의 귀찮은 확인 과정을 거치지 않기 위해 믹서기로 곱게 갈았다. 유령 같은 뽀얀 연기가 일 정도로. 그리고 지겨울 정도로 여러 번 거치는 공항 검사에 걸리지 않기 위해, 밀가루와 함께 반죽해 구웠다. 밀봉해둔 그것은 지금 내 캐리어 안쪽 수납공간에 있었다. 이렇게 섬세하고 다정한 남편이라니!

옆방에 있던 부랴트인 가이드는 내가 노크하자마자 기다렸다는 듯이 문밖으로 나왔다. 가이드를 보고 나는 두 번이나 놀랐는데, 하나는 그가 여성이었기 때문이고, 다른 하나는 외모가 한국 여자들과 매우 흡사했기 때문이다.

"저를 찾아오실 거라는 이야기를 들었어요. 무슨 일 때문이죠?"

가이드 일을 하고 있다지만, 유창한 한국어를 들으니 취조를 받는다는 상상에 본능적으로 신경이 날카로워지는 걸 느낄 수 있었다. 그러나 다시 생각해보면, 한국어와 부랴트어, 그리고 몽골어를 할 수 있는 사람을 내 편으로 만든다는 건 유리한 일이 될 것이다. 환심을 사기만 한다면 문자의 해독은 물론이고 기차 내의 통역도 부탁할 수 있을지도 모른다. 게다가 여자는 내게 충분히 호의적인 태도를 보이고 있었다. 나는 억지로 미소를 지으면서, 해석이 필요한 게 있다고 답했다. 그러고는 시체에서 얻은 쪽지의 마지막 단어를 베껴 적은 종이를 찾아 주머니에 손을 넣었다. 그리고 그때, 기차가 몹시 흔들렸고 갑자기 정전이 됐다. 천장 등이 두세 번 깜박거리더니 이내 완전히 컴컴해졌다. 창문이 없는 복도는 새카만 어둠에 잠겨 일시적으로 아무것도 보이지 않았다. 어떠한 안내 방송도 없었고 기차는 아무 일 없는 듯 그대로 규칙적인 소음을 내면서 어둠을 달리고 있었다. 그녀는 침착하게 내 쪽으로 얼굴을 가까이 기울이면서 말했다.

"전력이 부족해서 자주 일어나는 일이에요. 식당칸에 가서 이야기하죠."

나는 경계를 늦추지 않은 채, 암흑 속에서 그녀가 이끄는 대로 칠호 차에 있다는 식당칸으로 향했다. 좁고 어두운 기차 안은 후덥지근해서, 심해에 사는 수중생물의 입속에 들어 있는 기분이었다. 여자는 살짝 앞서 걷다가 내가 잘 따라오고 있는지 고개를 돌려 확인했다. 확실히 가이드 일을 하는 사람이라서인지 책임감이 남달랐다.

발밑으로 컴컴한 바깥의 바닥이 언뜻언뜻 보이는 차량 간 연결 통로를 지나 식당칸에 들어서자, 가장 먼저 눈에 보인 것은 맞은편 벽에 걸려 있는 죽은 동물의 머리였다. 그 동물의 머리에는 아나콘다가 똬리를 튼 듯한 거대한 뿔이 나선형으로 자라나 있었다. 동공이 사라진 새카만 눈은 정확하게 들어오는 사람들을 향했는데, 내가 흠칫 놀라자 가이드가 웃으며 말했다.

"아르갈리예요."

"아르…… 뭐라고요?"

"아르갈리요. 야생 양 중에서 가장 큰 종이에요. 수컷은 이 미터까지 자라죠. 몽골인들은 타고난 전사예요."

그러면서 그녀는 자연스럽게 왼쪽의 비어 있는 자리에 앉았다. 식당칸은 짙은 밤색의 나무로 꾸며진 작은 열차간이었다. 직사각형의 원목 테이블과 등받이 없는 벤치 의자 여섯 개 정도가 일정한 간격으로 놓여 있었고, 들어선 문 왼쪽으로는 주문을 받는 카운터와 간이 주방이 설치되어 있었다. 정전은 식당칸에도 예외가 없었지만, 다행히 배터리로 켤 수 있는 작은 조명이 있어 그다지 어둡게 느껴지지 않았다.

"식사시간이 지나서 음식은 안 된대요. 차를 마실까요?"

나는 순순히 고개를 끄덕였고, 그녀는 테이블로 주문받으러 온 여자아이에게 수테차이 두 잔을 주문했다. 그녀는 내 몫의 찻값까지 대신 내주었다. 그럴 필요가 없다고 하자, 웃으면서 여행객에게 차를 대접하는 건 이 나라의 전통이니 편하게 받으라는 말을 되돌려주었다.

"자 이제, 다시 이야기해볼까요? 왜 제가 필요하다고 하셨죠?"

그러면서 그녀는 손깍지를 끼고 턱을 괴며 느긋하게 나를 바라보았다. 작은 조명 하나만 켠 어두운 공간에서 단둘이 바라보고 있으니, 솔직히 말해서 인정할 수밖에 없었다. 그녀는 매력적이었다.

"저, 도움이 필요해서요. 그런데 그 전에, 정말 한국어를 잘하시네요."

여자는 어깨를 으쓱하며 부끄러운 듯이 조금은 퉁명스럽게 대답했다. 의외로 칭찬에 약한 모양이었다.

"이게 일인데요, 뭐. 전쟁 이전에, 코로나 이전에는 한국인 관광객이 많았거든요."

"그래도 한국 여자들처럼, 그, 외모도 잘 가꾸시고."

"감사합니다."

그러면서 그녀는, 내 착각일지도 모르지만, 한쪽 눈을 찡긋거렸다. 나는 소냐가 이런 성격의 여자였다면 어쩌면 우리는, 여전히 헤어지지 않은 채로 한국에서 행복하게 살고 있을지도 모른다고 잠시 생각했다. 내가 말하기 전에 알아서 스스로를 가꿀 줄 아는 여자였다면. 그래도 꼬박꼬박 말대답을 하지 않고 어눌한 건 귀여웠는데.

"저, 실은 이 문자의 해독이 필요해서요. 부랴트어를 할 수 있으시다고 들었습니다."

나는 정신을 차리고 주머니에서 종이를 꺼내 그녀에게 건네주었다. 그녀는 잠시 길고 가는 눈썹을 기울이더니, 미간을 찌푸리고 내게 물었다.

"죄송한데, 이건 제가 말할 수 없네요."

"왜죠?"

"이 말을 어디서 보셨다고요?"

잠시 정적이 흘렀고, 나는 순간적으로 그녀에게 솔직하고 싶다는 충동이 들었다. 좀더 정확히는, 솔직한 사람으로 보이고 싶다는 욕망이었다.

"사고로 죽은 아내의 일기장에서 보았습니다. 제 아내는, 부랴트 사람이었거든요."

여자가 나를 빤히 쳐다보았다. 나는 한국 사람과 비슷하지만 단 하나, 눈동자 색이 아몬드 빛깔인 그녀의 눈을 바라보았다. 여자들은, 특히 사랑하는 사람을 잃은 남자에 대해서라면 본능적인 연민을 갖게 되기 마련이다. 그러고는 나는 바닥으로 눈을 내리깔았다. 상처가 깊은 남자인 것처럼. 그녀가 내 처연함에 완전히 몰입해서, 죽은 아내에 대해서라면 무엇이든 알아내고 싶은 이 불쌍한 남자를 도와주고 싶어질 정도로. 방법이 먹혀들었는지 그녀가 천천히 입을 열었다.

"미안해요."

"괜찮습니다. 뭐라고 적혀 있나요?"

"그러니까 이건, 바할데, 라는 말이에요. 뜻은······"

그녀가 고개를 갸우뚱하더니 작게 침을 삼켰다. 잠시 침묵하던 그녀는 마침내 결심한 듯이, 고개를 낮게 숙이고 속삭였다.

"신."

"그게 무슨……"

그녀의 엄숙한 목소리에 나도 모르게 오소소 소름이 돋았다.

"그런데 이상하네요. 보통 우리가 신을 말할 때는 말은 부르칸이라고 하거든요."

"그런데요?"

"이런 말은 보통 쓰지 않아요. 아마도…… 처음 기독교가 전해질 때, 부랴트 공화국에는 하느님이라는 개념이 없었어요. 그래서 여러 잡다한 신들을 부르는 말이 많이 생겨났죠…… 그중 하나인 것 같은데, 무슨 신인지는 모르겠어요. 혹시 돌아가신 전 부인이 종교가 있었나요?"

"그런 이야기는 못 들었는데…… 그런데 그 말은 좀 낯익은 것 같기도 하고……"

나는 곰곰이 생각해보았지만 잘 떠오르지 않았다. 함께 살면서부터 소냐는 부랴트어를 쓰지 못했다. 한국말을 연습하기도 모자랄 판이니, 모국어를 쓰지 말라고 했기 때문이었다.

"혹시 죽은 사람을 달래는 의식 같은 건 아닐까요?"

그러자 그녀가 작게 쿡쿡거리며 웃기 시작했다.

"우리 부랴트인들이 미신을 좋아하긴 하지만, 샤머니즘은 그냥 우리 삶에 녹아 있는 거라 이런 의식적인 말 같은 건 필요 없어요. 종교라면 모를까……"

그러면서 여자는 차가워진 찻잔 손잡이를 문질렀다. 생각에 빠진 모양이었다.

"아, 생각이 났는데 예전에 그런 이야기를 들은 적 있는 것 같아요. 그런 이름의 신을 섬기는 어떤 종교단체가 있다고."

"무슨 단체요?"

나는 어쩐지 입을 열 때마다 점점 멍청해지는 기분을 느꼈지만, 호기심을 이기지 못하고 그녀의 답변을 재촉했다.

"아주 오래전에, 티베트 불교의 사원에서 수도승이 될 수 없었던 여승들이 기독교로 개종하면서 자신들만의 종교를 세웠다고 들었어요. 그들은 차별적인 자신들의 옛 종교에 적대감을 가지고 돌아섰지만, 기독교도 딱히 다르지는 않았죠. 그래서 특정 교리만 받아들였다고 들었어요."

여기까지 말하고 그녀는 작게 숨을 쉬었다.

"그래서 그들은 바할데를 숭배한다고 들었어요. 그러나 그게 뭔지는 몰라요."

말을 마치고 그녀는 차를 홀짝였다. 벌써 내 앞의 잔은 차갑게 식어 있었다. 그녀의 이야기를 들으면서 얼마나 집중했는지 무릎 위에 놓인 손바닥 안쪽이 축축했다. 나도 그녀를 따라 식어버린 차를 들이켰다. 밍밍한 우유와 혀가 아릴 정도로 강렬한 향신료의 맛이었다. 나는 머리를 굴려 단어들을 조합해보고 있었다. 바할데가 신이라면, 주어에 적합할 것이다. 신은, 옵니다? 있다?

온다? 있다?

아니다. 두야나는 문법 형태가 이상하다고 했었다. 그렇다면……

'신은', '오고', '있다'……?

이어지는 문장에 생각이 닿는 순간, 차갑고 날 선 전율이 온몸을 파고들었다.

소냐가 무슨 종교를 가졌었나? 사실, 나는 그녀에 대해 아는 게 별로 없었다. 어학원에서 훔쳐낸 자기소개서에는 그런 내용은 적혀 있지 않았다. 일요일에 그녀와 교회나 절을 간 기억도 없었다.

"혹시 그들이 뱀을 그리거나, 숭배하지는 않나요?"

"그들은 기독교의 일부를 받아들였다고 하니까 그럴 가능성도 있을 것 같아요. 원래 기독교에서 뱀은 여자를 유혹해 죄를 짓게 한 원흉이잖아요. 그래서 예수가 발뒤꿈치를 무는 뱀의 머리를 밟아 죽이는 성화가……"

"잠시만요. 뭐라고요?"

"성화요?"

"아니, 그 전이요. 발뒤꿈치라고 했었나요?"

여자는 자신의 발음이 이상했다고 생각했는지, 다시 발뒤꿈치라고 천천히 반복해 말했다. 나는 뒤통수를 맞은 듯 얼얼한 기분이었다. 티베트 불교의 문양에 뱀과 해골을 그려넣은 기분 나쁜 문신은 소냐와 시체의 발뒤꿈치에 모두 새겨져 있었다.

"뭐 짚이는 거라도 있으세요?"

"아, 네 뭐…… 아니에요. 혹시 그 종교에 대해 더 알 수 있을까요?"

"글쎄요. 종교에 대해서는 저도 잘 몰라서. 아, 그러고 보니 제가 예전에 한국 고객한테서 받은 성경책이 가방에 있었던 것 같은데. 이거라도 보실래요?"

나는 그렇게라도 해주면 고맙겠다고 대답했다. 나는 일시적으로 오돌토돌해진 팔뚝의 피부를 손바닥으로 문질러보았다. 전력이 부족해서 에어컨을 틀지도 않을 텐데, 어디선가 자꾸 한기가 느껴지면서 추워진 까닭이었다.

"제가 예전에 들었던 말은, 그 종교 조직 사람들은 몽골과 러시아 국경 지역에 모여서 생활한다고 들었어요. 아주 소규모라 정보도 잘 없고요."

그러면서 그녀는 소련 시절 러시아의 종교 탄압의 역사를 이야기하기 시작했는데, 그때부터 나는 살짝 어지럽다고 느꼈다. 입이 바싹바싹 마르는 느낌도 났다. 눈앞에서 그녀의 입이 둥그렇게 벌어졌다가 오므라들 때, 마치 그 구멍 속으로 한없이 빨려 들어가는 기분이었다.

"어디 아프세요?"

"아니, 제가 멀미를 좀 하나봅니다."

그러면서 나는 소매로 땀을 훔쳤다. 소매가 금세 축축해졌다.

"그래서 만약에 전 부인이 그 종교였다면……"

나는 식은땀이 나는 중에도 그녀가 다음으로 무슨 말을 할지 몹시 궁금해졌다.

"무서웠을 것 같아요."

"왜죠?"

"그들은 죽음을 두려워하지 않거든요."

그 말을 끝으로 나는 심장이 소름 끼치는 비명을 내지르듯이 빠르게 뛰는 것을 느꼈다. 어두컴컴한 식당칸에는 우리 둘을 제외하고는 아무도 없었고, 들어올 때 오른쪽 구석에서 신문을 읽고 있던 노부부도 어느새 자신의 열차간으로 돌아간 듯했다. 지금 몇 시인지 알 수 없었지만 작게 나 있는 창 바깥은 완전한 어둠이었다. 나는 가쁜 숨을 고르면서 잠시 테이블 위에 팔꿈치를 올려두고 이마를 짚었다. 나를 중심점으로 두고 배경이 빙글빙글 돌고 있었다. 그녀는 계속 말을 이어나갔는데, 달리는 기차 안에서 창밖의 나무를 자세히 들여다보려는 것처럼 그녀의 말을 제대로 알아듣는 것은 불가능했다.

"그런데, 부랴트어를 하실 수 있는 줄 알았는데 모르신다니 의외네요."

"네?"

"저, 얼핏 들은 것 같거든요. 옆 칸에서 말하는 거."

나는 부랴트어를 쓰지 않았다. 그녀는 다른 사람과 나를 착각하고 있다.

"아니에요, 저."

"뭐라고요?"

"아니라고!"

"……"

그녀가 갑작스럽게 튀어나온 날카로운 말투에 놀라 굳어졌다. 나는 신물이 올라오는 것을 삼키면서 애써 미소를 지었다.

"죄송해요. 갑자기 속이 좀 울렁거리네요. 들어가서 쉬어야겠어요. 도와주셔서 감사합니다."

"도와드릴게요."

그녀가 선뜻 내 왼쪽 팔을 붙잡아주었다. 나는 그녀에게 반쯤 기대서, 들어왔던 문을 향해 천천히 걸음을 떼었다. 주방 안쪽에서는 조리사 겸 주인으로 보이는 나이든 여자와 주문을 받던 아이가 몽골어로 수군대고 있었다. 혹시 저들이 내 음료에 무언가를 넣은 건 아닐까? 현금이나 귀중품을 훔쳐가려는 속셈이었을지도 모른다. 나는 적의를 가지고 커튼 너머를 노려보았다. 조리도구가 있는 부엌에서 훈연한 고기향이 코를 찔렀다. 울렁거리는 와중에 냄새를 맡자 급격하게 식욕이 돌았다. 그제야 나는 아무것도 먹지 못했고, 그 상태에서 역겨운 향이 나는 음료를 마셨다는 것을 기억했다. 여자도 같은 음료를 마신 것을 보아 음료에 문제가 있을지 모른다는 것은 착각인 듯했다. 지금 미친 듯 날뛰는 위경련은 정상적인 몸의 반응이었다. 온몸의 세포 하나 하나가 잔뜩 긴장해 있던 상황에서, 매력적인 여자를 만나 편안해진 탓에 긴 공복이 새삼 일깨워진 것일 뿐이다.

그녀는 내 객실 앞까지 동행해주었다. 가는 길에는 자신의 객실로 들어가 손바닥만한 크기의 작은 책을 가지고 나왔다. 성경이었다. 내게 한없이 다정한 그녀를 보자니 이대로 내 객실 안까지 함께 들어가자고 제안하고 싶은 마음이 굴뚝같았지만, 막상 문에 걸린 자물쇠를 보니 시체 생각이 나며 정신이 들었다. 나는 감사 인사를 하며, 당분간은 깊이 잘 테니 불러도 대답이 없을 수도 있다고 미리 말해두었다. 그녀는 흔쾌히 고개를 끄덕였다.

다시 자신의 객실에 들어가려던 그녀가 얼굴을 내밀고 귀엽게 웃으며 말했다.

"참, 제 이름은, 소냐예요."

복도에 아무도 없는 것을 확인한 뒤, 자물쇠를 열고 객실에 들어온 나는 그대로 바닥에 주저앉았다. 여자의 이름이 소냐인 것은 아무것도 아니다. 소피아의 애칭인 소냐는 가장 흔한 러시아 이름 중 하나였다. 스스로 진정시키면서, 나는 그녀가 준 성경책을 꺼내 급하게 뒤적여보았다. 마치 소냐와 시체가 된 남자가 같은 비밀 종교의 조직원이었다는 단서가 있기라도 하듯이. 기독교에 대해서라면 나도 조금은 알고 있었다. 기독교는 예수의 종교다. 신이 사람이 되었고, 십자가에 달렸고, 그다음에는 어떻게 되었지? 하지만 미처 몇 장을 다 읽어보기도 전에, 고통스러운 위경련으로 고꾸라져 숨을 고르다가 잠에 빠져들었다.

눈을 떠보니 여전히 비좁은 객실의 낮은 회색 천장이 눈에 들어왔다. 불은 켜지지 않았고, 시체도 그대로였다. 나는 정신을 차리고 일어나 앉았다. 창문이 열리지 않아 기차 안에는 바람 한 점 불지 않는데도 오한이 들면서 몸이 덜덜 떨렸다. 몸살이든 위경련이든, 원인이 무엇이든 간에 찰나의 수면에서 깨어나니 더 심한 허기가 배에서 끓어오르는 것을 느꼈다. 이 고통을 멎게 하려면 무엇이라도 먹을 수밖에 없었다. 나는 다시 식당칸으로 가야 했다. 음식을 시킬 수 없다지만, 그들이 먹던 음식을 좀 나누어달라고 부탁해봐야겠다는 생각에서였다. 허리를 펼 수 없어 바닥을 거의 기어가듯이 걸어야 했다. 겨우 식당칸에 다시 왔을 때, 높낮이가 다른 여러 사람의 웃음소리가 들려왔다. 그들은 낮고 빠른, 내가 전혀 알아들을 수 없는 말로 이야기하며 웃고 있었고, 그건 듣는 사람의 기분을 매우 나쁘게 만드는 일이었다. 게다가 나는 직감적으로 그 목소리 중 하나가 내 귀에 익다는 걸 알았다. 문을 열었을 때, 직감은 사실로 밝혀졌다. 나를 도와주었던 소녀는 카운터에서 늙은 여자와 이야기를 나누고 있었다. 나는 당연하게도 주인이 부랴트인일 거라는 생각은 하지 못했던 것이었다. 이유가 명확하지는 않지만 기분이 나빠진 나를 발견한 소녀가 먼저 말을 걸었다.

"마침 당신 이야기를 하고 있었는데. 여기서 일하는 아유나에게 물어보니 그 종교를 조금 알고 있대요. 사촌의 친구가 그 종교여서 가족들과 연을 끊고 집을 나갔다고 해요."

나는 고통으로 얼굴이 찌푸려진 채로, 그녀가 내 앞에서 흥분해 지껄이는 말을 들었다. 지금 내게는, 이제 아무것도 중요한 게 없었다.

"아유나가 말하기를, 그 종교는 부활을······"

"먹을 거, 있어요?"

나는 숨을 헐떡이며 그녀의 말을 잘랐다. 그제야 그녀는 내 얼굴을 살펴보았다.

"김, 얼굴이 좋지 않네요. 계속 속이 안 좋나요?"

"먹을 거. 먹을 거 있어요?"

나는 같은 말을 반복하며 늙은 여자를 향해서도 그를 물어뜯을 듯이 물어보았다. 그녀는 한국말을 전혀 알지 못할 텐데도. 소녀가 재빠르게 번역하자 여자는 단호하게 고개를 저었다.

"전혀 없대요. 식당칸은 국경검문소에 도착해서 그곳에 며칠 머무르게 될 거라, 영업은 이미 아까 다 끝났고 남은 음식도 없대요."

나는 성난 짐승처럼 씩씩거리며 거친 숨을 내뱉었다.

"상태가 좋지 않아 보이는데…… 혹시 먹을 거 가져온 건 없어요? 간단한 음식이라도."

소냐의 그 말에, 나는 그만 생각해서는 안 될 것을 떠올리고 말았다.

언제부터 참을 수 없이 고통스러운 허기짐이 시작되었는지 모르겠다. 차를 마시고 난 뒤였을까? 시체 때문에 헛구역질을 한 이후였을까? 바닥이 늪처럼 푹푹 꺼졌고 회색 천장은 누렇게 보였다. 당장 씹을 수 있는 것이라면 무엇이든 입에 넣고 보아야겠다는 탐욕적인 갈망이 뇌를 지배하고 있었다. 그때 소냐가 기억을 짚어준 것이었다. 나에게는 먹을 만한 무언가가 있었다.

물론 그것은 엄밀히 말해 먹을 수 있는 건 아니었다. 유골을 반입하는 비용을 줄이기 위해 택했던 방법으로, 거기엔 소냐의 유골 일부가 들어 있었다. 그럼에도 나는 가져온 그 밀가루 덩어리를 먹어야겠다는 간절한 열망 외에는 아무것도 생각나지 않았다. 객실로 돌아오자마자 나는 캐리어를 열고, 수납공간을 샅샅이 뒤져 그것을 찾아내었다. 밀봉해둔 비닐을 뜯고, 투박하게 뭉쳐진 공 모양의 그것을 꺼내었다. 돌덩이처럼 거칠고 무거운 그것을 나는 두 손으로 쥐고 거침없이 입에 넣었다. 있는 대로 크게 벌린 입속으로 퍽퍽한 밀가루와 뼛가루의 혼합물이 들어왔다. 아래턱은 빠르고 규칙적으로 움직였고, 덩어리를 씹어 침과 함께 목구멍으로 넘기는 일을 반복했다. 맛이라는 것을 느끼지도 못할 속도로 나는 그것을 게걸스럽게 먹어치웠다.

하나도 남김없이 다 먹고 나니, 그제야 정신이 맑아지면서 시체를 처리할 방안이 떠올랐다.

널브러진 캐리어를 보면서 떠오른 생각이었다. 시체를 구겨서 캐리어에 넣고 식당칸에 가져다 숨겨놓으면 검문소를 통과하면서 자연스럽게 시체를 처리할 수 있을 것이다. 식당칸은 국경을 넘지 못한다고 했으니, 청소하는 이들이 시체를 발견하게 되더라도 이미 나는 러시아로 넘어간 다음이어서 찾을 수 없을 터였다. 문제는 국경검문소에서 경찰들이 들이닥치기 전, 캐리어를 눈에 띄지 않게 식당칸에 가져다둘 수 있느냐였다. 혹시 몰라 넉넉하게 삼십일 인치 캐리어를 준비했던 것이 신의 한 수였다. 먼저 캐리어를 비워야 했으므로, 나는 옷가지들을 매트리스 바닥에 깔고, 수납장마다 채웠다. 그러고는 시체를 끌어다가 빈 캐리어에 구겨넣었다. 뻣뻣하고 무거워진 몸은 잘 구부러지지 않아서 시간이 오래 걸렸다. 목을 부러뜨리고, 뼈마디와 관절을 분질렀다. 나를 곤란하게 만든 것에 대한 화풀이를 하듯 바닥에 패대기치며, 신발로 내려치며 캐리어에 시신을 쑤셔넣었다. 혹시라도 진물이나 피가 흐르지 않도록 하기 위해 지퍼 부위에 닿는 부분은 모두 옷으로 감싼 후였다.

국경검문소까지는 한 시간이 채 남지 않았다.

나는 잔뜩 긴장한 채로 땀을 흘리며 캐리어를 옮길 준비를 했다. 이제 복도를 조용히 지나가, 불 꺼진 식당칸에 이 캐리어를 버리고 오기만 하면 되었다. 그러면 나는 자유였고, 원하는 곳으로 떠날 수 있을 터였다. 사별한 아내를 충분히 애도하고 경찰의 의심으로부터도 자유로워질 만큼의 시간이 지난 다음 한국에 돌아오려는 내 계획은 완벽했다.

나는 전기가 들어오지 않아 컴컴한 복도에 아무도 없는 것을 확인한 후 조심스럽게 캐리어를 밀었다. 정확하고 신속하게 행동해야 했다. 카운터 벽에 붙여서 캐리어를 끌면 내가 무거운 캐리어를 들고 식당칸에 들어왔다는 사실을 들키지 않을 수 있었다. 나는 조심스럽게 열차 통로를 지나, 식당칸의 문을 열었다. 이번이 정말 마지막이 될 것이었다.

문을 열자마자 보인 건 이번에도 거대한 아르갈리의 머리였다.

"무슨 일로 온 거지?"

뒷덜미에서 들려오는 낮은 목소리에 놀라 비명을 지를 뻔했다. 아까 소냐와 식당칸에서 이야기를 나누던 아유나였다.

"영업은 끝났는데. 이 열차간은 이제 국경에서 떨어져나갈 거야."

그게 내가 바라던 일이었다. 나는 최대한 침착하게 보이려 애를 쓰면서, 안타까운 표정을 지었다.

"멀미가 나서요. 잠깐만 넓은 테이블에 앉아 있어도 될까요?"

아유나는 무심하게 고개를 끄덕였다. 나는 발등으로 캐리어를 밀어 카운터로 쓰는 원목 테이블에 바짝 붙였다. 높이가 가슴팍까지 올라오는 그 테이블은 가로가 길고 폭이 좁은 나무 제단같이 생겼다. 교회의 설교자가 사용하는 연단과도 비슷했다.

나는 아무렇지 않은 척 미소를 지으며, 아유나의 관심사를 돌리려고 했다.

"그런데, 여기는 특별히 시끄럽군요. 방음이 더 안 되는 것 같은데요."

그건 사실이었다. 나는 거의 소리를 지르듯이 말하고 있었고, 수심이 깊은 바다의 물고기를 떠올리게 하는 아유나의 눈은 내 입 모양을 뚫어지게 바라보고 있었다. 내 말을 들은 아유나는 대답 대신 손가락으로 반대쪽 벽면을 가리켰다. 착각이었을까. 그녀가 손을 들어 허공을 가리킬 때 입꼬리가 슬며시 올라갔다가 제자리를 찾았다.

처음엔 무언가가 있다고 생각하지 않았다. 전기를 완전히 차단시킨 식당칸은 카운터가 있는 출입구만 제외하고는 새카만 어둠에 잠겨 있었다. 그러나 아유나가 가리킨 곳에는, 젠장…… 나 말고도 사람이 더 있었다. 한두 명이 아니었다. 그들은 어림잡아 열댓 명은 되어 보였는데, 그 정도면 기차 한 칸의 모든 승객과 맞먹는 숫자였다. 그들은 내가 들어왔다는 사실을 모르는 것 같았다. 둥글게 모여 모두 머리를 맞댄 그들은 얼굴을 바닥으로 향한 채 고개를 숙이고 있었다. 젠장, 그들은 목격자가 될 거고, 내 쪽을 바라본다면 무릎으로 간신히 지탱하고 있던 캐리어를 보게 될 것이다. 내가 아유나를 꾀어낸 다음, 이 캐리어를 숨길 만한 적당한 공간을 주방에서 찾아내기도 전에. 초조해하는 사이에 출입문이 닫혔다. 다른 이들의 존재를 인식하자 방안에 가득한 그들의 뜨거운 숨이 느껴졌다. 폐를 질식시킬 정도로 후끈한 공기였다. 김 서린 창문을 보자 그들이 오랫동안 그러고 있었다는 것을 알 수 있었다. 하나인 것처럼 머리를 맞댄 그들은 기이할 정도로 꼼짝하지 않았는데, 가만히 보니 그들은 규칙적으로 어떤 소리를 내고 있었다. 내가 알아들을 수 없는 언어였다.

"저들은 축하하는 중이야."

카운터 너머 아유나가 속삭였다.

그때 아유나가 웃은 것은 확실했다. 작은 어금니가 하나 빠진 부분이 드러나도록 씩 웃었다. 그리고 그녀는 무어라 답했지만 잘 들리지 않았다. 기차가 터널로 진입했기 때문이었다. 그러자 안쪽 누군가의 촛불을 시작으로 하나둘 촛불이 번지듯이 켜지기 시작했다.

그건 방안의 공기의 흐름을 바꾸는 일이었다. 짙은 어둠이 불러온 침묵을 깨고, 어디선가 끄윽거리는 소리가 들렸다. 나는 그 소리의 근원을 찾아 고개를 돌리다가, 무언가와 눈이 마주쳤다. 어떤 살아 있는 짐승의 것과 같았다. 촛불이 하나둘씩 점점 늘어나자 대상은 천천히 눈에 담길 정도가 되었다. 소리의 근원지였다.

그건 벽에 박제된 아르갈리의 머리였다. 마치 살아 있는 듯 착각이 드는 아르갈리의 눈은 정면으로, 그러니까 나를 향해 있었다. 원한과 분노로 가득한 눈빛이었다.

박제는 죽은 동물의 사체로 한다. 동물을 특정한 자세로 굳히거나 동결시키는 것. 그 상태로 영원히 유지하려면 죽이는 방법밖에는 없을 것이다. 하지만…… 산 채로 박제시키는 방법을 이들은 알고 있는 걸까?

그러니까 그걸 본 것은, 순전한 호기심이었다. 나는 소리의 근원을, 아르갈리의 머리가 매달린 벽면을 제대로 보려고 미간을 찌푸렸다. 그 순간, 아르갈리의 이마에서 끈적한 피가 흘러내리기 시작했다. 뼈가 반으로 갈라져 반죽처럼 떨어져내렸다. 그건 떨어져내린 뒤에도 꿈틀거리며 살아 있는 듯 보였다. 턱뼈가 부러져 벌어진 입에서는 이제 새로운 뿔들이, 아니 수백 마리의 실뱀들이 꿈틀거리며 서로 얽혔다. 그들은 미쳐 날뛰면서 공기를 가르고 허공으로 쏟아졌다. 그 징그러운 모습에 나도 모르게 짧은 비명을 질렀다. 그 순간, 가장 안쪽에 둥글게 모여 있던 사람들이 동시에 머리를 들었다. 그들의 어둡고 새까만 눈동자가 날카롭게 나를 쏘아보았다. 그들은 마치 한몸처럼 동시에 나를 향해 고개를 돌렸다. 무겁게 가라앉은 공기가 갑자기 숨 막히는 공포로 뒤바뀌었다. 그들은 그 자체로 우글대는 뱀이었다. 나를 향해 머리를 꼿꼿이 쳐들고 단숨에 숨통을 조이려고 하는. 그중 한 여자가 나를 부르려는 듯이, 아니면 크게 웃으려는 듯이 부자연스럽게 턱을 아래로 벌렸다. 검은 입의 여자는 혀가 없었다. 나는 온몸이 얼어붙은 채 공포에 질려 뒷걸음질쳤다. 손으로 문고리를 홱 잡아당기려는 순간, 나는 그들이 내는 소리 가운데에서 익숙한 단어를 포착할 수 있었다.

그건 바할데였다.

미친 듯이 달려 다시 객실로 돌아온 나는 저주받은 시체가 담긴 캐리어를 집어던졌다. 전력 질주를 한 바람에 심장이 미친듯이 빠르게 뛰기 시작했다. 그 종교, 이름을 알 수 없는 그 종교는 여기에도 있었다. 모두 여자들이었는데, 그들은 이 기차에서 기이한 의식을 벌이고 있었다. 그 장면은 뭐였을까. 내가 미쳐가고 있는 건가? 혹시 나도 모르는 사이에 내가 마약을 먹은 건 아닐까. 그 순간, 마음속 내내 걸렸던 의심이 솟아나는 것을 느꼈다. 몽골 여자와 부랴트인 가이드가 원래부터 아는 사이였다면? 내 앞에서 죽어버린 이 남자와 한패라면? 그들 모두, 미친 사이비 종교의 광신도들이라면!

 갑자기 소냐가 나를 김, 이라고 불렀던 것이 기억났다.

 나는 그녀에게 이름을 알려준 적이 없었다.

 거기까지 생각하고 나니 몸이 덜덜 떨렸다. 아래턱이 위턱과 짧은 간격으로 쉴새없이 부딪혔고 온몸에 소름이 돋았다. 나 빼고 그들 모두가 한편이라면, 대체 내게 원하는 건 무엇일까. 나는 꺼내두었던 돈을 닥치는 대로 몸 이곳저곳에 쑤셔넣기 시작했다. 한시라도 빨리 이곳을 벗어나야 했다. 국경 부근에서 내릴 수만 있다면 러시아까지는 걸어서 갈 수 있을 것이다.

 기차는 국경검문소를 향해 천천히 다가가고 있었다. 속도가 줄어들수록, 철로의 소음은 점점 더 무거워졌고 철컥이는 소리가 답답한 공기를 짓누르며 느리게 울렸다. 여기서 탈출하지 못한다면 다 끝날 것이다. 경찰이 들이닥쳐 시체를 발견하면 수갑을 꺼내 내 온몸을 단단하게 결박할 것이다. 나는 그의 죽음과는 아무런 관련이 없다고 해명하겠지만, 온몸이 부러진 상태로 캐리어에 들어간 시체는…… 젠장, 그게 문제였다. 시체에 손을 대서는 안 되었다. 시체를 훼손했다는 사실만큼은 어떤 변명도 통하지 않을 것이다.

 나는 일어나지 않은 미래를 상상하면서 반쯤 미쳐버린 상태로 창문을 바라보았다. 턱이 뾰족하고 코뼈가 살짝 휜, 제멋대로

까슬하게 자란 수염을 지닌 삼십대의 한국인 남자가 나를 바라보고 있었다. 다가오는 결말을 이미 알고 있다는 체념 가득한 얼굴이었다. 그러다가 문득, 이대로 죽는 건 억울하다는 생각이 들었다. 나는 무고한 희생자였다. 죽은 남자와는 알지도 못하는 사이였고, 한국인인 척 내게 다가와서는 내 앞에서 죽어버려 곤경에 빠뜨렸다. 이미 죽은 사람이지만, 시체를 난도질해서 다시 죽이고 싶을 정도로 그를 향한 강렬한 분노가 들끓었다. 나는 시체가 담긴 캐리어를 보았다. 저것만 없으면······

그 순간, 나는 갑자기 큰 소리로 웃고 싶어졌다. 식당칸에 버리고 오는 것보다 더 확실하고 안전한 방법이 있었는데, 불안한 나머지 그걸 까맣게 잊고 있었다. 혼란과 공포의 끝에서 마주한 안도감이라니, 기묘한 감정에 웃음이 터질 것 같았다.

캐리어에서는 이제 악취가 나기 시작했다. 더이상 숨길 수 없이 썩어가는 냄새였다. 이대로 바깥에 두면 벌레들이 잔뜩 꼬일 것이다. 그러니 시체는 바깥으로 나가야만 했다. 자연으로, 그가 왔던 자연 속으로.

기차가 점점 더 속도를 줄이는 것이 느껴지기 시작했고, 나는 그 순간을 기다렸다. 나는 객실에서 나와 복도 끝을 향해 캐리어를 밀면서 걸었다. 객실 차를 잇는 중문을 열자 문틈 사이로 차가운 바람이 윙윙거렸다. 심장이 더욱 요동쳤다. 있는 힘을 다해

문을 조금 더 열어젖혔다. 그리고 떨리는 손으로 문고리를 쥐고 다시 닫았다. 이제 나는 열차 출입문의 손잡이에 다다랐다. 정말 다 끝이었다. 세찬 바람 소리에 귀가 먹먹해질 정도였다. 손잡이를 있는 힘껏 양손으로 당기자 꿈쩍 않던 문이 벌어지면서 사람 하나가 겨우 지나다닐 만한 틈이 벌어졌다. 그 순간, 나는 망설임 없이 캐리어를 어둠 속으로 밀어던졌다. 하지만 동시에, 무시무시한 힘이 팔을 낚아채며 나를 뒤로 끌어당겼다. 캐리어는 문밖으로 떨어지지 못한 채 틈에 끼어 있다가 다시 안쪽으로 퉁겨져 나왔다. 나는 바닥에 등을 세게 부딪혀 순간적으로 시야가 흔들렸다.

"여기서 뭐하세요?"

소녀였다. 누군가 명치를 세게 친 것처럼 공포로 숨이 막혔다. 그녀가 나를 쫓아온 것이다. 매력적으로 보였던 그녀는 이제 비밀 종교에 가담한 미친 여자 그 이상으로 보이지 않았다.

"위험해요. 잘못하다가 떨어져요."

소녀의 말이 들렸지만, 나는 겁에 질린 얼굴을 숨길 수 없었다. 그녀는 내 왼쪽 팔을 단단히 붙잡고, 오른손으로는 캐리어를 붙잡고 있었다.

"성경책을 돌려받으러 방에 갔다가 없어서 나와봤더니, 여기 있을 줄 몰랐네요. 답답해도 좀 참으세요. 이제 국경검문소니까요."

나는 말이 나오지 않아 고개만 저었다. 나는 이곳을 빨리 벗어나야만 했다.

"그런데 제가 기차에서 다른 사람들에게도 물어보다가 흥미로운 이야기를 하나 들었거든요."

나는 대답하지 않고 듣고 싶지 않다는 듯 온몸으로 그녀를 밀어냈지만, 몸이 말을 듣지 않았다. 그녀는 뿌리치려는 나를 무시하고, 말을 이어나갔다.

"아까 말한 그 종교에서는, 바할데가 깃들 몸을 찾고 있대요. 그 몸은 시험을 통과해야 하는데, 그 시험이라는 건……"

나는 그녀와 더이상 씨름하지 않고, 캐리어를 그녀의 손에서 떼어내려 안간힘을 썼다. 아무리 그래도 남자보다 힘이 세지 않을 거라는 생각이었지만, 그녀의 손아귀 힘은 예상했던 것보다 훨씬 강했다. 손목을 비틀어보아도 꿈쩍도 하지 않았다.

"예수가 광야에서 사탄에게 받은 시험을 그대로 재현했다고 해요. 사탄이 예수에게 요구한 건 세 가지였거든요. 무릎 꿇고 절하라, 돌을 빵으로 만들어 먹으라, 그리고……"

점점 인내심의 한계에 다다르고 있었다. 이 미친 여자를 떼어내기 위해서 못 할 것은 없었다. 기차는 당장이라도 멈추려는 듯이 점점 속도를 줄이고 있었다. 그건 국경검문소에 다 와가고 있다는 뜻이었다. 나는 옆에 놓인 캐리어와, 나를 붙잡고 있는 소녀를 번갈아가며 보았다. 선택의 여지가 없었다.

나는 숨을 한 번 크게 들이쉬고, 팔뚝을 붙잡은 그녀의 손가락을 거칠게 물었다. 피가 번지는 그녀의 손이 마침내 내 팔에서 떨어졌다. 이빨에 찍혀 고통스러웠을 순간에도 그녀는 비명 한 번 내지르지 않고, 말을 멈추지 않았다.

"높은 곳에서 떨어져내려라."

그와 동시에 나는 망설임 없이 쉿쉿거리는 어둠 속으로 몸을 던졌다. 벌어진 문 사이를 통과한 몸은 공중에 떴다가 그대로 땅으로 곤두박질쳤다.

돌바닥에 처박히면서 세상이 일그러졌다. 온몸에 충격이 밀려왔고, 땅에 부딪힌 여파로 숨이 턱 막혔다. 거친 돌들이 살갗을 갈기며 타는 듯한 통증이 날카롭게 전신으로 퍼져나갔다. 온몸이 타는 듯이 뜨거웠다. 살갗이 타고 갈라지는 고통이었다. 그런데 입에서는, 비명 대신 알 수 없는 말이 흘러나오고 있었다. 한 번도 발음해본 적 없는 말이었다. 그건 단 한 번 고통스러운 날숨을 내쉴 틈도 주지 않고 중얼거리는 저주의 주문이었다.

떨어진 몸은 구르다 멈춰야 했다. 그러나 멈추지 않았다. 이제 몸은 내 의지와는 관계없었다. 관절이 사정없이 꺾였다. 고개는 부자연스럽게 돌아가 등뒤를 향했다. 발가락의 관절 하나하나마저 원래 있어야 할 반대 방향으로 꺾인 채, 기괴한 춤을 추듯이 비틀거리며 숲으로 달리고 있었다. 온몸의 뼈가 모두 꺾이고 비틀리면서 끔찍한 고통이 전신을 강타했지만 멈출 수는 없었다. 누군가 몸을 완전히, 근육과 핏줄 하나하나마저 장악해버린 것 같았다. 나는 이제 알 수 없는 소리를 지르며 어두운 숲을 향해 마구 달리고 있었다. 고개는 완전히 등뒤로 돌아갔고, 눈알이 뒤집히기 직전, 내가 마지막으로 볼 수 있었던 것은 눈이었다. 아니, 눈들이었다. 멀리 검문소의 희미한 불빛에 반사되어 유리창 안에서 빛나는 무수히 검은 눈들. 나를 뚫어져라 응시하는 그 눈들은 한결같이 새카맸다. 그 순간 깨달았다. 열차에 탄 모두가 나를 지켜보고 있다는 것을. 이건 그들만의 부활의 축제였다.

칠흑처럼 캄캄한 숲으로 들어간 다음에는 어떻게 될까…… 극렬한 고통을 지나 이제는 모든 감각마저 사라지려는 순간, 마지막 순간에 갑자기 나는 왜 그 말이 낯익었는지 떠올랐다. 예전에, 그녀가 살아 있던 시절에, 소냐가 말했다.

"내가 널 위해 한국인처럼 되면, 너는 바할데가 될 거야?"
"아니."
"왜?"
"여긴 한국이니까. 나는 한국인이잖아. 너는 한국인 같지 않아 보이니까 수술하라는 거고."
"그럼…… 네가 내 나라에 가면?"
"그때는 뭐, 그런 이름을 가져볼 수도 있지."

그러자 소냐가 활짝 웃었다.
"그래, 그럼. 네 말대로 할게."

작가노트

무심한 친절에 답하는 마음으로 이 글을 썼다.

적고 보니 미스터리 공포소설을 쓴 사람이 할 만한 말은 아닌 것 같다. 친절을 악심으로 돌려주겠다는 말은 당연히 아니다. 그럼에도 내게 주어진 이 작은 공간에서밖에 솔직해질 수 없어서, 짧게라도 내 이야기를 하고 싶다.

아주 오래전부터 나는 작가가 되고 싶었다. 누구나 그렇겠지만 재능보다 높은 이상은 일상을 쉽게 망가뜨린다. 나는 자주 헛된 꿈을 꾸었고, 눈앞의 미래를 거부했으며, 자책이 취미인 사람이 되었다. 이루어놓은 것도, 모아놓은 것도 없이 세월이 갔다.

누군가 내게 말했다. 네가 겪은 일을 써…… 맞는 말이라고 생각했지만, 그렇게 할 수는 없었다. 내게 가장 깊이 남은 기억은 폭력에 대한 일이고, 완전히 치료되었다고 믿는 나를 다시 흔들고 싶지 않았다. 그렇다면 가장 재미있는 일을 써…… 그것도 맞는 말이었지만, 나는 욕심에 비해 타율이 높은 편은 아니었다. 흥미롭고 강렬하게 써야…… 정말로 그러고 싶었지만 어떻게 해야 하는지는 잘 알지 못해서, 나는 세 가지를 적당히 섞기 시작했다. 그러다보니 불퉁한 표정의 이 소설이 나왔다. 폭력과 죽음을 배경으로 한, 이국적이고 음산한, 개인적으로 가슴이 뛰는 공포와 문제의식과 여자들의 복수를 담은.

그렇게 해서 이 소설이 탄생하게 된 것이다.

작품이 세상에 나올 수 있도록 기꺼이 손을 내밀어준 문학동네 엘릭시르 편집부와 심사위원님들, 한나래 편집자님께 감사를 드린다. *그리고……*

변변하고 유능한 사람이 아니어도 나를 그 자체로 살게 하는 민수에게, 쓰고 있는 한 뭐라도 보여줄 거라 믿고 있는 가족들에게(시험에 들게 하고 싶지 않아 아쉽게도 보여줄 수는 없을 것 같지만), 장르 소설을 쓰고 있다는 말에 지지와 격려를 보내주신 존경하는 현대분과 권성우 이진아 김한성 교수님, 인문학연구소 박인찬 소장님과 SF나우 선생님들께, 러시아 여행에 도움을 받은 소중한 제냐와 가족들에게, 응원해준 의주와 주연에게, 오래

신뢰해준 담온쌤에게, 내 일을 자기 일처럼 여겨주는 진영과 다연에게, 이 작품을 특히 가장 좋아해준 민서와 지현에게, 글의 초고를 즐겁게 읽어준 오륙청춘 작가들에게 고마움을 전한다.

  페이지가 끝나는 게 아쉬워서,
  페이지가 끝나는 게 아쉬운 소설을 더 보여드리고 싶다는 다짐을 하게 된다.

교묘

승은만은 원치 않소

교묘

웹툰 회사에 7년째 재직중이다. 글로벌 플랫폼에서 1위를 기록한 작품을 비롯해, 다수의 웹툰을 기획하고 프로듀싱했다. 회사의 허락을 받아 이제는 조심스럽고 교묘하게 작품 활동을 시작하려 한다. 그래서 필명은 '교묘'.
입사 전, 영화 시나리오로 문화체육관광부 장관상을, 다큐멘터리로 대상을 포함해 공모전에서 다섯 차례 수상했으며, 이번에 단편으로 선보이게 된 「승은만은 원치 않소」를 계기로 다시금 소설 집필을 시작했다. 핏방울보다 따뜻한 미스터리를 만드는 것이 목표다.

궁녀는 처형당했다.

아버지가 누군지도 모를 아이를 궁 안에서 출산한 대가였다.

궁녀들은 홀로 남겨진 갓난아이를 품에 안아보았는데, 자신들은 평생 가지지 못할 자그마한 생명이 꼼지락거리자, 규정대로 아이를 궐 밖으로 내보내 노비로 만들어버릴 순 없었다고 했다.

"아기 눈은 원래 이렇게 큰 것이오?"

조약돌만한 얼굴 안에 눈, 코, 입이 다 붙어 있는 것도 신기한데, 포도알같이 까맣고 큰 눈이 그 얼굴의 반을 차지했다. 그 큰 눈망울이 그녀들을 바라보자 마치 빨려 들어갈 것만 같았고, 아기가 새끼손톱만한 작은 입으로 하암, 하품까지 하자 모두가 마음을 홀딱 뺏겨버렸다.

첫 도화살의 발현이었다.

아기는 왕의 아드님이 드셔야 할 젖을 먹고 자랐다.

첫날은 한 시진마다 울며 깨는 아이에게 왕에게 진상할 타락죽의 재료인 우유를 빼돌려 먹였다. 그러나 죽지 말고 살라는 운명인지 중전이 궁녀와 하루 차이로 아기를 낳았고, 밖에서 불려온 유모들이 거처할 공간이 따로 마련되었다. 원자$_{元子}$는 보모상궁들 손에 키워졌고, 유모에게 젖을 물리려 나르는 것도 그들 몫이었기에 그 틈에 궁녀들이 몰래 키우는 이 아기도 젖을 얻어먹을 수 있었다. 유모들은 비록 아기 얼굴이 자주 바뀐다고 생각했겠지만 말이다. 젖은 빨수록 많이 돌고 양이 늘기에 원자에게도 영 폐를 끼치는 것만은 아니었다.

비록, 아기가 젖을 뗄 즈음에 왕의 아들은 죽고 말았지만.

그후에 아기 울음소리가 들리면 궁녀들은 고양이 울음소리라 말하였고, 제법 사람의 울음소리를 내기 시작할 때는 죽은 적장자의 원혼이 담긴 아기 귀신 소리일 것이라 둘러대었다.

"우리 아기, 우리 아기. 요 하얀 볼은 꼭 찹쌀떡 같지 않소?"

아기에게 팔베개를 해주고 볼을 만지는 것이 고된 하루의 마무리였다.

처소별로 아기를 보기 위한 순번도 있었다. 아기를 품에 안지 않은 궁녀는 없었다. 아기가 칭얼거리기라도 하면 빈 젖을 물려주었고, 잠이 들지 못할 때면 반 시진 넘게 엉덩이를 긁어주며 잠을 재웠다.

'우리 아기, 우리 아기'라 부르다보니 이름은 '오악이'가 되었다.

모두가 아기의 어머니였으나, 사실 아기의 어머니를 죽인 사람들이기도 했다.

그럼에도 아기는 이들 품에서 잘 자랐다. 궁녀들이라 입은 무거웠고 연대는 단단했다. 그녀들의 비밀스러운 육아 덕분에 오악이는 살아남을 수 있었고, 세 살이 되자 대비전의 생각시로 입궁하였다.

원래 살던 집에서 집으로 가는 건데 '입궁'이라 부르는 걸 오악이는 이해하지 못했다.

"오악아, 이제는 할미가 아니라 제조상궁 마마라 불러야 하느니라."

"왜요, 함미? 함미는 함민데."

어린 머리로는 비록 이해할 수 없을 테지만, 그것만이 살길이었다.

오악이는 아기를 가질 수 없는 처지였던 제조상궁이 늘그막에 손주 재롱이라도 보려 들인 생각시로 소개되었다. 얼마 지나지 않아 다른 생각시들이 들어왔고, 동료들이 생겼다. 어느덧 오악이의 이름의 유래를 모르는 사람들이 더 많아졌다. 다행히도 사람들은 오악이의 출신 대신 미모에 대해 더 궁금해했다.

"아니, 나는 궁에서는 중전마마가 제일 예쁠 줄 알았걸랑? 근데 오 나인 미모는 중전마마도 댈 게 아녀."

쌀뜨물을 바른 듯 새하얗고 티 없는 피부에, 깊고 큰 눈에는 여전히 크고 까만 눈동자가 빛을 내고 있었다. 도톰하고 붉은 입술은 고운 얼굴에 생기를 주었고, 살짝 튀어나온 이마와 삐져나온 잔머리는 사랑스러움을 더했다. 코는 단정했고 턱은 갸름했으며, 목은 길어 분위기가 남달랐다.

비록 윗전이 없을 때만이었지만, 사람들은 오악이의 생김새 하나하나를 칭찬했다.

오악이는 이제 더이상 '우리 아기'가 아니라 '어여쁜 오 항아님'으로 불리었다.

나이가 차고 자람에 따라 미색이 더하여졌다. 눈에 한번 박히면 잊히지 않을 미모였다.

그렇게 열두 살이 되었을 무렵, 왕이 바뀌었다.

새로운 왕은 피칠갑을 한 채 나타나, 곡괭이를 임금의 턱 밑에 들이밀었다고 했다. 임금은 벌벌 떨며 양위를 선언했다. 선왕이 된 임금과 함께 중전과 후궁들도 모두 출궁하였다.

대신들도 난리가 났다. 선왕에 대한 충절 때문은 아니었다. 저마다 딸을 선왕의 중전이나 후궁으로 보냈는데 새 왕이라니. 그간의 노력이 쓸모없어져버린 것이다.

"대체 새 왕은 어떤 취향이란 말이냐. 중전 자리도 비었으니,

후사를 낳기만 하면 되는데."

왕이 어떤 미색에 동할지 몰라 후궁 후보를 추리며 고민하고 있을 때, 한 고관대작은 '어여쁜 오 항아'에 대한 소문을 듣게 되었다. 그렇게 오악이는 갑작스레 조이연 대감의 양녀가 되었다. 선왕의 장인어른이었던 엄청 높으신 양반이라고 했다.

오악이는 왕을 지척에서 모시는 지밀로 발령이 났다.

그 정도의 미모라면 승은을 입고도 남을 것이다. 이 모든 것은 조이연 대감의 계략이었고, 더이상 왕에게 바칠 남은 딸이 없던 그는 오악이를 승은 후궁으로 만들 생각이었다. 궁녀에서 승은 후궁이라니. 출세였지만 오악이를 키워낸 친정엄마나 다름없는 궁녀들은 전혀 기쁘지 않았다.

"아이가 많이 어립니다."

새 왕의 자리끼를 들게 하라는 조이연 대감의 명에 지밀상궁이 넌지시 만류의 뜻을 전했지만 소용없었다. 다시 건넨 우려의 말도 묻히고 말았다.

"아직…… 관례도 올리지 않았고요."

지밀상궁의 손은 떨리고 있었다. 결국 왕의 침소인 대조전에 들기 위해 목욕을 시키고, 오악이의 온몸 구멍을 벌려 암살을 위한 도구를 숨기진 않았는지 확인하면서도 궁녀들의 표정은 침통했다.

"……저희 다 줄초상 나는 건 아니겠지요."

교묘 승은만은 원치 않소

마지막으로 오악이의 머리를 빗겨주던 궁녀의 말에 부제조상궁이 조심스레 의견을 내었다.

"다른 사람이 대신 침소에 들어가면 안 될까요."

"안 될 말이다. 왕이 바뀌고 지금 지밀에는 조정의 사람들로 가득차 있다. 어찌 사람이 바뀌어 침소에 든 것을 고하지 않을 수 있겠는가."

머리가 하얗게 센 제조상궁이 고개를 저었다. 모두가 걱정하고 있었다.

승은이라는 기회는 컸지만 왕의 하문에 그동안의 비밀이 들키게 된다면……

"죽으면 죽겠지요. 살면 살겠고요. 너무 걱정 마시어요."

오악이는 담담하게 말했다.

늘 죽는 게 이상하지 않을 운명이었음에도 계속하여 살아남은 자만이 할 수 있는 말이었다.

축시가 되자, 오악이는 발가벗겨져 큰 수건 한 장만을 두른 채 왕의 침소에 누웠다.

알몸으로 비단이불에 누워 있자니 퍽 초라하게 느껴졌다. 그러나 왕의 얼굴을 보지 못하도록 불빛 하나 들어오지 않게 한 어둠 속이라 벗은 몸도 수치심 어린 마음도 감출 수 있어 다행이라 생각했다.

지금, 오악이는 죽음을 앞두고 있었다. 다만 바라는 것은, 자신의 죽음이 십이 년간 자신을 궁에서 몰래 키워온 궁녀들의 떼죽음으로 번지지 않길 바랄 뿐이었다.

왜냐하면, 오악이는 사내였기 때문이었다.

1

궁에서 살아본 적 없는 이가 왕이 되었다.

새 왕은 새벽 문안 순서도 모르고 궁 안의 전각이며 길도 하나도 모른다고 궁녀들이 말했다.

할아버지는 왕이었으나, 아버지는 왕권경쟁에서 밀려 낙향하여 농사를 지었다. 괜한 일에 휘말려 '멸족'이 될세라 숨죽이며 살았다고. 그러다 '역적'으로 의심받는 일이 생기자, 진짜로 '역모'를 일으켜서 왕위를 '찬탈'했다고 했다.

오악이가 생전 처음 들어보는 단어들이었고, 생애 처음 있는 왕의 교체였다.

피칠갑을 한 얼굴에 한 손에는 탐관오리의 목을, 다른 한 손에는 피 묻은 곡괭이를 들고서 새 왕은 한양으로 올라왔고, 한 도읍을 거칠 때마다 그를 따르겠다는 사병과 백성의 숫자는 늘어났다.

새 왕이 창덕궁 인정전에 도착하여 관군을 제압하고, 호위무사 여럿을 베고 나서, 선왕의 목 밑으로도 그 곡괭이를 들이밀자, 선왕은 자신의 부족함과 부덕함으로 인해 왕위를 제 사촌 '이격'에게 넘기겠노라 말하여 목숨을 부지했다.

'이격'이라는 자가 새 왕이 되었다.

궁 안에만 있어 몰랐으나, 오랜 세월 도탄에 빠져 있었던 백성들은 만세를 불렀다고 했다.

그렇게 왕이 바뀌면 입는다는 베옷도 안 입고 새 왕을 맞이하게 되었다.

"새 임금님은 키가 장승만큼 크다더라. 눈이 쫙 찢어지고 도깨비처럼 눈빛이 형형하대."

"도깨비라 그런 건가? 내가 듣기로는 귀신을 본다던데?"

"……광증이 있으시다네."

궁녀들은 매일 같이 왕에 대해 이야기했지만 정작 왕의 얼굴을 볼 기회는 없었다.

왕의 얼굴을 볼 수 있는 것은 왕과 독대하는 대신들이나 침소에 같이 드는 중전이나 후궁 정도. 그 외의 신하와 궁녀들은 항상 허리를 굽히고 머리를 조아리고 있었기에 왕의 얼굴은커녕 허리춤도 보지 못할 때가 많았다. 세수를 시켜주는 궁녀들은 왕의 얼굴을 닦아주었지만, 그마저도 눈을 내리깔고 제 손끝에만 시선을 모아야 했다. 소문을 모아 더듬더듬 상을 만들어보자면, 왕은 매우 잔혹한 성정에, 제 마음에 차지 않으면 단번에 사람의 목을 잘라내버리는 미치광이였다.

 자신이 남자라는 것을, 그럼에도 여장을 시켜 궁녀들이 키워왔다는 것을, 게다가 조이연 대감의 양녀로까지 들어가 왕의 침소에 들었다는 것을 알게 된다면, 왕을 능멸한 죄로 즉시 목이 달아날 것이었다. 옷을 입지 않아서인지 두려움 때문인지 몰라도 몸이 계속 떨려왔다. 어차피 태어나자마자 죽어야 했을 목숨이었으니, 제 죽음은 겸허히 받아들일 수 있겠으나 자신을 거둬 키운 궁녀들의 호의와 그간의 세월 모두 비극으로만 끝나지 않기를 간절히 빌고 있을 때였다.

"또다른 이인가."

 눈을 감으나 뜨나 같은 어둠 속에서 음성이 들려왔다. 낮고 건조했다.

 미닫이문이 열리고 문틈 사이로 지밀나인이 들고 있던 호롱불 불빛이 새어들어왔지만, 오악이는 눈을 꼭 감고 있었다. 승은 궁녀가 하지 말아야 할 규칙인 팔금조에도 승은 내내 눈을 뜨지 말라고 쓰여 있었다. 제 속눈썹이 바르르 떨려오는 게 느껴졌다.

 '왜 다시 안 어두워지는 거지?'

 오악이는 눈을 감았음에도 가시지 않는 불빛의 기운에 의아해했다.

 그때, 지밀나인의 다급한 목소리가 들렸다.

"전하, 호롱불을 가져가시면……"

"조용히 하거라. 내 어찌 얼굴도 모르는 자와 교합할 수 있겠느냐."

왕이 호롱불을 갖고 방 안으로 들어온 모양이었다. 불빛의 따뜻한 온기가 가까워졌다.

"눈을 뜨거라."

"네?"

"눈을 뜨고, 똑바로 앉아 고개를 들라."

어명에 오악이는 자리에서 일어나 무릎을 꿇고 앉았다. 그다음, 고개를 들라는 명을 수행하기까지는 약간의 시간이 필요했다. 자신이 명을 제대로 받은 건지 확인이 필요했다.

눈을 뜬 채 이 자세로 고개를 들면, 왕의 얼굴이 보일 텐데?

"아뢰옵기 황공하오나, 고개를 드는 것이 맞사옵니까."

"고개를 들라."

눈을 뒤덮었던 주홍빛이 가시자, 왕의 얼굴이 한눈에 들어왔다. 왕은 생각보다 젊었다.

가늘고 긴 눈의 눈꼬리가 살짝 위로 향했고, 눈썹은 반듯했다. 얼굴 피부는 햇빛을 많이 보는 농사일을 해서인지 그을려 있었고, 훌쩍 큰 키 아래로 쭉 뻗은 몸 어디에도 군살은 없었다. 깎아놓은 듯 단정하게 잘생긴 얼굴에 파격을 준 건, 왼쪽 뺨에 세로로 길게 난 칼자국이었다. 왼쪽 눈썹 위부터 각진 턱으로 뻗어

나간 그 흉은 성실하게 살아온 삶을 단번에 포악자로 보이게 할 만큼 인상을 바꾸었다. 아직 여물지 않은 상처라 더 도드라지게 눈에 들어왔다.

"그래, 네 이름은 무엇이냐."

왕이 입을 열자, 쇠붙이가 혀끝에 닿은 듯 시렸다. 눈을 감고 음성만 들었을 때는 몰랐으나, 표정을 보니 차가운 금속을 마주하고 있는 것 같았다. 매일 보던 여인들이 아니라 사내여서 그런 걸까 싶었지만, 종종 보던 둥글둥글한 환관이나 각이 지고 두꺼운 무관들과는 또 전혀 다른 외양과 공기의 사람이었다.

"오악입니다."

"오악?"

왕이 되물었다.

"성은 죽은 어미 성을 따라 오가요, 키워준 유모가 우리 아기, 우리 아기 부르다 그게 이름이 되었다 합니다."

오악이가 답하자, 무표정하던 얼굴에 파문이 일었다. 한쪽 입꼬리가 슬며시 올라가는 듯도 보였다.

"그래, 오악아. 내 왕으로 즉위한 지 일주일이다."

벌써 시간이 그리되었나, 속으로 세어보던 오악은 다시 고개를 숙이고 왕의 말을 경청했다.

"매일 밤 다른 여인의 얼굴을 보다보니, 영 낯설 법도 한데, 전혀 그렇지 않구나. 내가 침소에 든 것인지, 조정에 와 있는 것인지. 왜 하나같이 딸들은 제 아비를 닮는 것인가. 저 대신이 여자라면 이런 얼굴이었겠지 싶은 사람들만 들어오고 있다. 엊그제는 아비 이름을 말하지 않아도, 내 얼굴만 보고 누구의 여식인지 맞히기도 하였다."

당연한 이야기였다. 새 왕이 즉위한 후, 대신들은 외척이 되기 위해 자신들의 딸을 간택 후궁으로 밀어넣고 있었다. 그게 아니라면 친척이라도 지밀 궁녀로 들여 침소에 들게 했다. 오악이도 그렇게 여까지 온 것이니……

"헌데 너는 떠오르는 얼굴이 없단 말이지. 네 아비를 안 닮은 것이냐?"

오악이가 누군지도 모를 친아비에 대해 먼저 말해야 하는 것일지, 급작스레 양부가 된 대감에 대해 말해야 하는 것일지 몰라 고민할 때 왕의 질문이 이어졌다.

"네 아비가 누구냐."

"……조이연 대감이십니다."

이번엔 지체없이 이름을 대었지만, 그마저도 아차 싶었다. '조에, 이자 연자입니다'라고 답해야 법도에 맞는 것을…… 한 번도 오악이에게 부모 이름을 묻는 사람이 없었기에 타인의 이름 부르듯 저리 답한 것이다. 그럼에도 왕은 소문대로 근본이 없는지 아무런 지적 없이 넘어갔다.

"그래, 조이연이라."

잠시 고심하던 왕은 다시 물었다.

"내 급히 왕이 되느라 아직 관직을 외우지 못했노라. 조이연은 좌의정이더냐, 병조판서더냐."

"……!"

오악이는 답할 수 없었다. 조이연 대감의 관직을 몰랐다.

밤일을 잘 치르고 애만 잘 들어서기만 하면 되는 양녀라 더이상의 정보를 안 가르쳐준 것인지, 아니면 너무나 높으신 양반이라 아랫것들이 당연히 관직명을 알 것이라 여겨 말씀을 안 해주신 것인지 몰라도 오악이는 자신의 업무영역이 아닌 대전의 일에는 관심이 없었기에 조이연 대감의 관직 따위는 안중에도 없었다.

"아비의 관직을 모르느냐."

자신이 생각해도 딸이 아비의 관직을 모르는 것은 수상했다.

그때, 쇠붙이가 긁히는 소리가 길게 나더니, 목 아래로 얼음처럼 딱딱하고 차가운 것이 들이밀어졌다. 칼이었다.

"누구냐. 어떻게 들어온 게냐."

아, 낭창한 허리 뒤 넉넉한 적삼 품에는 칼이 숨겨져 있었구나, 하는 깨달음도 잠시 왕의 음성이 이어졌다.

"죽기 싫거든 아비의 관직을 대라."

왕이 쥔 칼이 오악의 왼쪽 턱 밑으로 더 깊이 들어왔다. 따뜻한 물이 퍼지는 게 느껴졌다. 잘 벼른 칼에 피가 배어나오고 있었다.

"즉위 첫 주에 왕의 침소에 들게 할 정도로 권력가의 여식이라면 그 뒷배가 만만치 않을 터인데. 아비의 관직을 모른다?"

"······모, 모릅니다."

오악이는 겨우 말을 짜내었다.

"그렇다면 나의 목숨을 노리고 들어온 살수겠구나."

말을 마친 왕은 빠르게 검을 휘둘렀다.

"관직에 대해서는 전혀 말씀해주신 바 없으나, 흉배에는 쌍학이 그려져 있는 것으로 보아 문관이며, 분홍색 시복을 입는 정3품 이상의 당상관이 인사를 올리는 것으로 보아, 그보다는 높은 관직이실 듯합니다."

오악이는 자신이 본 조이연 대감에 대해 알고 있는 정보들을 빠르게 외쳤다.

드디어 허공을 가르던 칼이 움직임을 멈췄고, 왕은 오악이를 가만히 내려다보았다.

"왕의 침소에 들게 되면 어떻게든 제 아비와 가문부터 알리려 할 터인데, 양녀인가."

"네."

"양녀로 들인 이유는?"

"미, 미색 때문이라고 말씀하셨습니다만."

오악이의 말에 왕은 기가 차다는 듯 웃었다.

"저는 원래 궁녀입니다. 세 살 때 입궁하여 평생을 궁녀로 살았습니다. 저는 승은을 원치 않습니다. 부디 제 일을 하게 해주십시오."

오악이는 왕의 발끝에 납작 엎드려 간청했다.

"그래? 승은을 원치 않아?"

또 또 그 웃음. 한쪽 입꼬리만 올라가고 옅게 탄식이 터져나오는 그 웃음이었다.

"흥미롭구나."

왕은 칼을 거뒀다. 칼집에 칼을 넣고는 엎드린 오악이의 턱을 큰 손으로 감싸쥐었다. 눈빛과 얼굴 곳곳을 살펴보려는 것 같았다. 마치 물건을 사기 직전 흠집을 점검하듯.

"잠자리를 원치 않는다니, 조이연이 딸자식을 영 잘못 골랐구나. 그러나 나에게는 오히려 잘 되었다. 조정과 아무 연도 없는 사람이라면······"

왕이 가장 바라던 사람이었다. 지방 관료들과 백성들의 지지로 왕위는 얻었으나 조정에서의 세력은 미비했다. 궁에 대해서는 아는 정보가 없었다. 궁녀와 내관, 호위무사 모두 선왕을 섬겼던 자들이었다.

모든 것을 몰랐으나 왕에게 가르침을 주는 사람은 없었고, 특히나 왕위를 찬탈한 왕의 비위를 거스르는 것은 극도로 꺼렸다. 침소에 드는 여인들이라도 붙잡고 말해볼까 하였지만, 다들 끈이 제 아비나 당파로 연결되어 있어 속 이야기를 편히 할 수 없었다.

가족이 없으며, 조정에 연도 없는 사람.

그러나 궁에 대해서는 정보가 많은 사람.

"세 살 때 입궁하였다고? 그렇다면 이곳에 대해 모르는 게 없겠고?"

생각을 마친 왕이 물었다.

"그렇사옵니다."

오악이는 고개를 끄덕이며 답했다.

오악이를 제 사람으로 만들기 위해서는 원하는 바를 들어줘야 할 터. 그러나 승은을 내리지 않는다면, 조이연 세력을 대놓고 적으로 돌리는 격이었다.

"내 너의 원대로 해주고 싶으나, 오늘밤 너를 내친다면 조이연은 너 때문에 일을 그르쳤다며, 해코지할 게 자명하다."

옳은 말이었다. 이대로 나간다면 그쪽도 신변을 보전하기 어려울 것 같았다.

"허니, 승은을 입은 척하되, 후사가 없다면 너도 너의 일을 계속할 수 있을 터."

왕의 승은을 입었어도 임신을 하지 않는다면, 후궁 봉직을 받는 게 아니라 승은 궁녀로 머물러야 했다. 조이연 대감 세력으로 인한 후환을 막고자 승은은 입었다고 말해놓아도, 당연히 후사는 없을 테니…… 오악이는 계속 궁녀로 일할 수 있었다.

그렇다면 오악이의 비밀 또한 밝혀질 일 없으니 제 목숨뿐 아니라 오악이를 키운 궁녀들의 목숨도 부지할 수 있었다. 오악이는 감격하여 왕에게 절을 올리려 했다. 왕은 됐다는 듯 손을 내저었다가 곧 고심하는 얼굴이 되었다.

"한데, 승은을 원치 않는다면 이 긴긴밤 나와 무엇을 할꼬."

잠시 고민하던 오악이는 마른침을 꼴깍 삼키고는 답했다.

"잠자리 대신 궁금하신 일을 풀어드리겠나이다."

2

"그래?"

오악이의 제안에 왕의 눈썹이 살짝 찌푸려지는 걸 보니 무언갈 생각하는 듯했다.

"궁의 법도나 규칙, 길과 건물 이름이라면 모르는 바 없습니다. 무엇이든 대답해드릴 터이니 말씀을 주시옵소서."

"안 그래도 내 궁금한 것이 세 가지 정도 있었노라."

세 가지나? 왕의 말에 오악이는 내심 놀랐지만 내색하지 않았다.

"어제는 긴 가뭄 끝에 비가 내렸지. 내 즉위의 핏물을 다 씻어

내려는 듯한 폭우였다."

어떻게 반응해야 할지 몰라 조용히 분위기를 살피자, 왕은 아무렇지 않게 말을 이어갔다. 원래의 성향이나 말투가 자조적인 모양이었다.

"인정전 계단 앞에는 물이 담긴 큰 쇠그릇이 있더구나. 계단 양옆에 하나씩 놓아두었던데."

"드므라고 합니다. 불귀신을 쫓아내는 용도입니다. 실제 화재가 났을 때 쓰려고 모아 둔 물이기도 합니다."

"그렇구나. 그 드므에 물이 가득차 있었다."

"네, 어제 내린 비 때문인가봅니다."

"한쪽에만 말이다."

"네?"

"한쪽에만 물이 가득차 있었고 다른 한쪽은 반절 정도만 차 있었다. 그것은 왜 그런 것이냐."

오악이는 정말 모든 것에 대답할 수 있을 줄 알았다. 어떻게 비가 내리는 동안 드므 한쪽에만 물이 찰 수 있단 말인가. 하늘님이 한쪽 드므만 편애하는 것이 아니라면.

"모르겠느냐."

"지금은 모르겠사오나, 답을 곧 드리겠나이다."

오악이는 당장 말할 수 있는 최선의 답을 했다.

"뭐든 다 대답하겠다 하고서는…… 첫 질문부터 대답을 못하다니 내 기대가 컸나보구나."

이것은 책망일까? 장난일까? 분위기를 가늠할 수 없었지만, 왕의 허리춤에는 칼이 꽂혀 있는 걸 알기에 멋쩍은 표정으로 고개를 조아렸다.

"그럼 두번째 궁금증이다. 나는 매일 산책한다."

그건 오악이도 알고 있었다. 왕은 궁궐 안의 어도를 따라 움직였다. 법도대로라면은 계단도 가마를 타고 다녀야 했지만, 왕이 된 지 아직 일주일밖에 되지 않은 데다가 워낙에 몸을 많이 움직이던 농사일을 짓다가 궁에만 있어야 하니 답답한지 일정이 하나 마무리될 때마다 궐 안을 걸었다. 그때마다 왕을 에워싼 호위 무사들과 내관의 행렬도 이어졌다.

"매일 정해진 시각, 정해진 길로만 다닌다. 날 어린아이 취급하듯 아직 궐 내의 길을 익히지 못해서라고는 하지만, 아직 잔존하는 선왕 무리의 공격이나 암살 시도를 방지하려는 것임 또한 알고 있다."

"그렇사옵니까."

오악이 짐짓 모른 척하며 답했다. 왕이 궁에 들어온 날, 특히 후원을 마음에 들어했지만, 노루나 호랑이, 여우, 표범 같은 산짐승들이 내려오는 철이라며 막아두었다. 산짐승은 먹이가 없는 겨울에 내려오지, 초가을인 지금은 내려오지 않는다. 왕을 노리는 세력이 후원을 거쳐 들어올까봐 막아둔 것이었다.

"그런데 어제저녁에는 산책길이 바뀌었다. 비 때문에 물웅덩이가 고여 왕도에서 벗어난 길로 가야 했다. 그 길 옆으로는 복도각이 바로 붙어 있어 호위도 물린 채로 그 길을 걸었노라."

"잘하셨사옵니다. 대조전과 희정당을 잇는 복도각 쪽 길은 좁아 궁녀들도 한 줄로만 다닙니다."

"내 복도각에 처음 가까이 가보았는데, 건물 안쪽에서 킥킥대는 웃음소리가 들려왔다. 살짝 열린 창문 틈으로 호롱불을 들이대 보니 검은 공간 안에 귀신들의 하얀 눈알이 득실득실하더구나."

"……"

"내 질문을 바꿔보겠다. 궁에는 귀신이 사는가."

"……!"

오악이는 또 대답할 수 없었다. 귀신이라니, 왕이 이런 종류의 것을 물어볼 줄 몰랐다. 다만 아는 바를 먼저 말씀드릴 뿐이었다.

"십여 년 전 원자 아기씨가 죽고 아기 울음소리가 들려오면 원자 아기씨의 원혼이라 하였지만…… 진상은 헛것이었습니다."

이렇게 확신할 수 있는 것은 궁에서의 귀신 소문 대부분은 오악이를 몰래 키우기 위해 궁녀들이 지어낸 말인 것을 알아서였다.

"헛것이라. 그러나 내 헛것을 보았다기엔 이렇게 증좌가 있노라."

왕이 손을 펴자, 도토리 두 알과 밤 한 알이 보였다.

"더 가까이 다가가 자세히 살피려 하니, 안에서 이런 것들이 날아왔다."

"귀신이 도토리와 밤을 던졌다고요?"

도토리와 밤을 던지는 귀신이라니. 그 또한 들어본 적 없었다.

"그럼 그들이 던진 게 아니라면, 후원조차 맘대로 갈 수 없는 내가 어디서 이걸 얻었겠는가."

잘 안다고 자부하던 공간에서 알 수 없는 일들이 생기고 있었다. 어떻게 자신이 나고 자란 곳에 대해 이렇게 무지할 수가 있을까.

"이 또한 모르겠다면, 세번째 궁금증이노라."

세번째만큼은 곧바로 답을 할 수 있길 바라며 왕의 목소리에 집중했다.

"내 깊은 잠을 이룰 수 없노라. 어이하여 지밀나인들이 한 시진에 한 번씩 내 처소에 들어오는 것이냐."

침소 밖을 지키는 이가 들으라는 듯한 왕의 말에, 지밀나인들이 놀라 움찔하였는지 바스락, 치맛자락 움직이는 소리가 들려왔다.

오악이는 지밀로 발령이 난 지 얼마 되지 않았지만, 업무에 대해서는 잘 알고 있었다.

"지밀들은 임금께서 잠에 드시면 찾으시지 않는 한 침소에 들지 않습니다."

"그럼 내가 본 이 또한 귀신인가……? 그렇다기엔 버선발을 보았는데."

왕은 의아해했다.

"귀신도 발이 있는가."

"귀신의 발을, 아니 궁녀의 발을…… 보셨습니까?"

"그렇다."

"그렇다면 그이는 지밀 소속이 아닐 겝니다."

지밀은 왕의 밤과 낮의 모든 생활을 관리하는 조직으로, 왕의 행사와 침전을 관리하고 늘 그림자처럼 따라다니며 어명을 받들었다. 왕을 지근에서 모실 수 있어, 궁녀조직 중 가장 높았고 권력자들의 접근도 쉬워 엄격한 기준으로 선별된 사람들이 뽑히는 자리였다.

"지밀 소속의 궁녀들은 치맛단을 길게 늘여 발끝을 볼 수 없게 합니다. 침방과 수방의 궁녀들 또한 주로 가만히 앉아서 일을 하기에, 앉기 편하도록 치맛단을 길게 늘입니다. 치맛단을 짧게 하여 노동하기 편하도록 하는 곳은 세수간, 생과방, 소주방, 세답방 궁녀들 쪽입니다."

"그렇다면 그들이 왜 지밀인 척 나의 침소에 들어온 것인가."

"연유는 알 수 없사오나……"

"나를 시해하려고 들어온 것인가."

왕은 두려워하고 있었다. 조정의 대신들은 자신의 세력으로 얼마든지 새로 등용할 수 있었으나, 생활을 도와주는 사람들은 궁의 법도와 질서를 알아야 하기에 새로운 사람을 뽑을 수 없었다. 결국 권력은 얻었으나 낯선 공간, 낯선 사람, 낯선 법도 속에서 자기편 하나 없이 홀로 놓이게 된 것이다.

"세 질문 중 하나만 답을 하긴 했지만, 목숨은 살려주마."

농담이었지만 아무도 농담이라 생각하지 못할 말이었다. 그러나 그 말보다도 오악이 마음에 더 걸린 것은 왕이 셋 중 하나만 안다고 생각했다는 것이었다. 지금 당장 알 수 없다는 것일 뿐, 직접 눈으로 본다면 알아낼 수 있었다. 제 입으로 말하지 않았던가. 궁 안의 모르는 일이란 없다고. 이건 궁녀의 자존심과 자부심, 자긍심이 걸린 일이었다. 그래서인지 맹랑한 말을 내뱉고야 말았다.

"꼭 침소에서만 밤을 보내야 하는 것은 아니겠지요?"

3

"생각보다 잘 어울리는구나."

왕은 오악이의 모습을 흡족하게 바라보며 말했다.

일각 전, 함께 바깥으로 나가 겪으신 일들을 확인해보자는 오악이의 제안에 왕은 고개를 저었다.

"걸친 것이라고는 수건 한 장밖에 없는데, 그리 나갈 순 없잖은가."

왕은 오악이의 차림새를 보다 문밖에 대기하던 지밀나인에게 호위무사의 옷을 가져오라 명했다.

그렇게 찰갑을 입게 된 오악이는 아버지의 갑옷을 빌려 입고 전장에 나가게 된 소년 같았다. 팔은 접어도 한 뼘이나 남았고, 무거운 어깨 부분은 축 늘어져 있었다. 그럼에도 처음 입어보는 남자 옷인지라, 오악인 신기했고 또 좋았다. 걸을 때마다 고요한 궁에 쇠비늘 소리가 짤랑짤랑 울려퍼지는 게 거슬려 호액은 벗어놓았지만.

창덕궁 인정전 앞 조정은 적막했다. 한낮에는 대신들이 품계석마다 도열해 있을 것이나, 밤인 지금은 어둠만이 그 자리를 채우고 있었고, 달빛을 받은 박석들만이 반짝였다.

궁의 주인인 왕이 잠들었으니 왕을 위해 일하는 이들도 잠이 들었고, 보초들만이 무거운 눈꺼풀을 견디고 있었다. 불이 없이 걸어도 훤한 길이었으나, 왕을 생각하여 작은 등을 들고 나왔다. 손끝에 작은 달이 뜬 것 같았다.

인정문을 지키는 보초들이 교대하는 시기까지 기다렸다가 인정전 계단 앞 드므로 향했다. 왕의 말대로 정말 양쪽 드므 물의 양이 달랐다. 오른쪽 드므에는 물이 반도 안 차 있었고, 왼쪽 드므에는 가득차 있었다.

"대체 어떻게 이런 일이……"

한여름에는 땡볕에 물이 마를 새라 뚜껑을 덮어놓기도 했지만, 초가을인 지금은 뚜껑은 덮어두지 않고 배설방에 보관해놓고 있을 터였다. 특히 비가 오는 날 밤에는 드므에 힘들이지 않고 물을 채울 수 있으니 뚜껑을 닫아놓을 이유가 없었다. 겨울에 물이 얼기라도 하면 드므 밑에 불을 때서 녹였지만, 오른쪽 드므의 물만 기화시켜 양을 줄였다기엔 불을 피운 흔적도 전혀 없었다.

"왜 하필 왼쪽만 가득 찬 것이냐."

왕은 빗물이 왼쪽 드므에만 차 있고 오른쪽 드므에는 차지 않은 것을 신경 쓰고 있었다. 오른쪽은 '옳다', 왼쪽은 '그르다'에 어원이 있는 것처럼, 빗줄기는 동일하게 내렸는데 왼쪽 드므만 빗물이 차오른 것은 자신의 즉위에 대해 '그르다'라는 하늘의 뜻은 아닐까.

그때, 인경소리가 울려퍼졌고 교대하러 온 보초들의 말소리가 들려왔다. 오악은 낮게 속삭였다.

"이제 귀신을 봤다는 곳을 알려주실 수 있겠습니까."

왕이 귀신을 본 장소는 인정전 동편의 희정당과 대조전 사이를 잇는 복도각이었다. 복도각은 건물과 건물을 잇는 복도를 건물로 만든 것으로, 비가 올 때면 궁녀들이 움직이기에 훨씬 편해 늘 복도각을 이용하여 이동해왔다. 비가 올 때 굳이 밖에서 복도각 안을 들여다본 적은 없으니, 그래서 지금까지 귀신을 보지 못한 것일까.

"보통은 왕도를 이용하여 산책한다. 하지만 저기 계단 밑에 고인 물웅덩이 때문에 여기 복도각 쪽에 다다르게 되었지. 이쪽 복도각 창문마다 귀신들이 빼곡하게 차 있었다. 내 세 번이나 보았노라."

세 번이나 보았다면 확실히 귀신이 있을 터. 왕은 어제저녁부터 산책 시간마다 확인한 것이다. 설령 귀신이 아닌 사람이라 하여도, 복도각은 사람이 머물기 위한 전각이 아니라 이동을 위한 전각이라 그 정도의 인기척은 없어야 당연했다.

오악은 성큼성큼 걸어 복도각의 창문을 열었다. 캄캄한 안까지 불을 비춰보았으나 아무것도 없이 검은 어둠뿐이었다.

"아무것도 없는데요……?"

"그럴 리가."

왕은 등을 빼앗아 들고 그 안을 직접 들여다보았다. 귀신에 홀린 듯 황당한 표정이었다. 황당하긴 오악이도 마찬가지였다.

"정말 여기서 보았노라."

"정말 여기서 귀신을 세 번이나 보셨다면, 그 귀신은 왕의 산책 시간을 알고 있는 겁니다. 왜냐면 오늘밤의 산책은 예정된 일이 아니었으니까요."

왕의 산책 시간에 맞춰 규칙적으로 출몰하는 귀신이라니.

"그렇다면, 의도적으로 내 앞에만 나타난다는 것이냐."

"그것까지는 알 수 없사오나, 근래 궁에서 다른 자들이 귀신을 보았다 말하는 걸 들은 적은 없었습니다."

왕의 얼굴에 그늘이 드리웠다.

"빗물이 왼쪽 드므에만 골라 내리고, 귀신이 내 앞에만 출몰하고, 궁의 사람들은 내 목숨을 노린다. 날 미치게 하려는 모양이구나. 벌써 광증이 있다는 소문도 돈다지."

궁녀들은 높으신 분에 대한 소문을 윗전에 그대로 전하지 않는다. 침소에 들게 된 간택 후궁 중 한 명이 왕의 신임을 얻고자 벌써 입을 놀렸나보았다.

"그게 아니라면, 모든 천지신명과 자연 만물이 내가 왕이 된 것을 노여워하는 것인가."

오악은 선뜻 답할 수 없었다. 대체 왜 이런 일이 생기는 것일까. 정말 하늘의 뜻이 있는데, 무지한 자신이 읽을 수 없는 것인지……

오악도 왕을 따라 밤하늘을 올려다보았다. 궁 안의 검은 나무들이 흔들렸다. 낮이었다면 울창하고 푸르렀을 것이나 밤인 지금은 그저 까맣고 음습해 보였다. 나뭇가지들이 부딪히는 소리와 함께 무엇인가 바람을 가르는 소리가 들렸다.

화살이었다.

왕은 칼을 크게 휘둘렀다. 날아오는 화살의 살대가 반으로 갈라졌다. 조금만 늦었더라면 화살은 왕의 이마에 꽂혔을 것이다. 귀가 뜨거웠다. 칼을 맞고 방향을 잃은 화살이 오악의 귀를 스치고 갔다. 오악이는 호위무사 옷을 입은 채, 왕의 호위를 받았다.

"괜찮으냐."

왕이 물었다. 왕의 목덜미에는 땀이 맺혀 있었다.

"괜찮으십니까."

오악이는 칼을 휘두르느라 순간적으로 균형을 잃은 왕의 팔을 얼른 부축하며 말했다. 그제야 빈 대조전 앞을 지키던 호위무사가 뒤늦게 달려왔다.

"화살이 날아온 겝니까."

호위무사는 주변을 살폈으나 더이상 이어지는 공격은 없었다. 둘만의 야행을 위해 자리를 잠시 비키라는 명을 받았던 호위무사는 뒤늦게라도 자신을 문책할세라 두려워하는 기색이었다.

왕은 아무 말 없이 자신이 반을 갈라놓은 화살을 바라보고 있었다. 오악은 달려가 화살 끝에 매인 편지를 풀어보았다.

"뭐라 적혀 있느냐."

왕의 물음에도 오악이의 입이 쉽게 떨어지지 않았다. 대신 편지를 떨리는 손으로 왕에게 전할 뿐이었다. 편지를 읽은 왕은 그 내용을 외우려는 듯 곱씹으며 낮게 읊조렸다.

"왕가의 장자가 바뀌었으니, 그 또한 죽을 것이다."

4

"나를 무시하는 것이냐!"

쨍그랑, 소리와 함께 세숫대야가 바닥에 나뒹굴었다. 왕의 얼굴을 닦이던 궁녀가 주저앉아 머리를 조아렸다. 손수건을 쥔 손이 바들바들 떨리고 있었다.

"왜, 세숫물을 대령하는 궁녀가 매일 바뀌는 것이냐. 내가 궁중의 법도를 모른다고 이러는 것인가."

"죽여주시옵소서."

"지밀이 아님에도 한 시진마다 내 침소에 들었던 궁녀들은 잡아냈느냐."

왕이 지밀상궁을 돌아보며 날카롭게 말했다. 지밀상궁은 감찰상궁을 바라보았다. 감찰상궁은 궁녀들의 비행을 찾는 역할이었으나, 대체 누가 침소에 든 것인지 잡아낼 수 없었다. 모두가 할말을 찾지 못하고 고개만 조아리고 있었다.

"앞으로 내 몸에 손을 대지 말거라. 이중에 누굴 믿을 수 있겠는가. 누가 선왕의 세력, 혹은 다음 옥좌를 노리는 세력과 닿아 있을지……"

왕의 급작스러운 명령에, 머리가 하얗게 센 제조상궁이 어렵게 입을 열었다. 그는 칠백여 명의 궁녀를 지휘하고 통솔하는 여관들의 재상으로 칠십 평생을 궁에 있었다.

"아뢰옵기 황공하오나, 선왕대와 달라진 것은 하나도 없사옵니다."

"그럼 왜 매번 궁녀가 바뀌는 것이냐."

"선왕들께서는 저희들의 얼굴을 기억하지 못하셨습니다. 아니 기억할 필요가 없으셨습니다."

왕이 얼굴을 익힐 사람은 대신들과 중전, 후궁, 외척들 정도이지, 자신의 생활을 영위하게 해주는 도구들을 일일이 기억하지 않아도 되었다. 그러나 새로운 왕은 자신들의 얼굴을 기억하고 있었다. 비록 암살의 위협을 느껴 유심히 관찰한 것이라 할지라도.

"세숫물을 나르는 나인은 교대 순번에 따라 들어온 것뿐이옵니다."

왕은 예민해져 있었다. 어쩌면 암살 방법이라는 것이 따로 있는 게 아닐지도 몰랐다. 백성의 영웅이었던 자를 궁에 들어오게 하여 이렇게 미치도록 몰아가 폭군으로 만들어버리는 것이 그들의 목표일까. 왕은 숨을 내쉬었다.

"화살에 대해 조사는 했는가."

왕은 자신의 뒤에서 그림자처럼 따르는 지밀상궁에게 물었다.

"호위청에서 쓰는 화살로, 화살 자체에는 특이점이 없었습니다. 아마, 보초들이 교대하는 틈을 타 화살을 얻은 것 같습니다."

"그렇다면 외부인의 소행은 아니로군."

왕은 잠시 시간을 두고 물었다. 그 시간차에서 고민이 느껴졌다.

"그 편지 내용에 대해서는 아는 바가 있는가."

"아뢰옵기 황송하오나."

"말하라."

"……왕가에는 장자의 저주라 불리우는 소문이 있었나이다. 왕의 첫아들이 연이어 죽자, 피로 이어져 내려오는 병 때문일 거라고들 했지만, 실은 그렇지 않을 수도 있다고들 하였습니다."

"누군가 장자만을 골라서 죽였다는 말인가?"

"알 수는 없사오나, 공교롭게도 왕가의 장자들은 모두 살아남지 못하셨습니다. 십여 년 전 원자 아기씨를 끝으로 저주도 소문도 끝나는 줄 알았으나……"

지밀상궁은 머뭇거리며 말을 이었다.

"이제 새로운 이가 왕이 되셨으니 새롭게 장자가 된 자를 죽이겠다는 뜻으로 사료됩니다."

노골적인 암살 예고였다. 왕은 오늘밤 아무래도 오악이를 보러 가야겠다고 생각했다.

한편, 오악이는 처소가 바뀌었다. 원래는 방 동무인 연심이와 함께 썼는데 혼자 쓰는 처소를 받게 된 것이다.

"우와, 오악아. 너 정말 승은을 입은 거야? 이제 상궁 마마님인 거야?"

교대근무를 마친 동기 나인들이 몰려와 새로운 처소를 구경했다.

"그럼 오악이가 이제 우리보다 높은 사람이야?"

"당연하지. 왕의 승은을 입었잖아. 이 노리개 봐, 산호초로 만든 건가? 분홍빛이야."

말은 높은 사람이라고 하는데도, 동기로 지내온 세월 때문인지 왕이 내려준 선물들을 허락도 없이 마구 열어보았다. 오악이는 멋쩍게 웃기만 하였다. 연심이는 동기들의 방정에도 동참하지 않고 약방에서 얻어온 선응고를 오악이의 목덜미와 귀에 난 상처에 바르고만 있었다.

"승은을 입으면 이렇게 되는 거구나…… 그런데……"

방 동무였던 연심이가 하려던 말을 삼키고 그다음 말은 오악이의 귀에 대고 말했다.

"오악이 넌 고추가 있잖아. 어떻게 된 일이야?"

연심이는 상궁 마마님이 아닌 또래에서는 오악이의 성별을 알고 있는 유일한 나인이었다. 마음이 무르다고 연심이라 불렸는데, 독해지는 게 꿈인 아이였다.

"나 이제 독하게 살려고."

"그래? 근데 나 이번 달에 엄마한테 보낼 돈이 모자라서 그러는데, 콩 두 되만 빌려줄 수 있어?"

"아, 나 여기 콩 두 되 있어."

그마저도 동무가 빌려달라고 하면, 있는 돈 없는 돈을 다 내어주는 천성이 순하고 착한 친구였다. 그래서 상궁들이 이해해줄 것이 많을 오악이와 방을 같이 쓰게 한 것이기도 했다.

다섯 살 무렵, 할미라 부르던 제조상궁과 방을 같이 쓰던 오악이는 다른 생각시들이 입궁하자, 연심이와 방을 같이 쓰게 되었다. 마마님 없이 자게 되는 첫날, 엉덩이를 긁어줘야 잠이 들던 오악이는 연심이에게 말했다.

"이제 니가 내 엉덩이를 긁어주는 사람인 게냐?"

"그, 그런가?!"

순한 성격의 연심이는 영문도 모르고 오악이의 엉덩이를 긁어주었는데…… 그만 오악이가 돌아누웠을 때 무엇인가를 보고야 말았다.

"마마님, 오악이는 고추가 있어요."

다음날, 매우 신기한 것을 발견했다는 듯 연심이는 마마님께 보고했다. 오악이는 다시 제조상궁 마마와 자게 되었다.

몇 년인가 더 흘러, 연심이가 비밀을 지키는 게 무슨 의미인지 알 나이가 되자, 오악이와 함께 방을 쓸 수 있었다. 그뒤로 오악이의 비밀은 윗전 마마님들과 연심이만 아는 비밀이 되었다.

오악이가 승은을 입는다는 소식에 마마님도 마마님이지만,

연심이도 긴장했었다. 자칫 오악이가 죽을 수도 있다고 생각했는데, 무사히 돌아와 기뻤고 마음이 놓였다.

다만 어찌 된 영문인지는 궁금했다. 다른 동무들이 보석 구경을 계속하는 동안, 오악이는 귓속말로 연심이에게 어제의 일들을 이야기해주었다. 연심이의 눈이 똥그래지더니 박수를 짝, 쳤다. 저도 모르게 높은 말소리가 나왔다.

"진짜? 너무 다행이다. 그럼 계속 궁녀 일을 해도 된대?"

"그럼. 승은 궁녀라도 앞으로 계속 일을 할 터이니 따돌리지나 말렴."

연심이의 박수 소리에 동기들도 둘을 쳐다보았다. 둘의 마지막 대화를 건너 듣고는 눈치를 보며 말했다.

"지…… 진짜? 그럼 오악이 마마님이 아니라 계속 궁녀인 거지? 그럼 나 들었던 거 이야기해도 돼?"

"뭔데?"

"세수간 나인, 물동이 있잖아, 오늘 아침에 혼이 엄청 났대. 임금님께서 옥체에 손도 대지 말라고 하고는 직접 세수를 하셨대!"

"무슨 실수를 했기에?"

뭐? 왕이 직접 세수라니…… 궁 밖에서는 당연한 일이겠으나, 궁 안에서는 상상도 할 수 없는 일이었다.

"실수는 전혀 없었는데도, 십팔 년간 스스로 세수해왔는데 못할 게 무어냐면서 화를 내셨대."

"초조반부터 야참까지 식사도 일절 안 하셔. 퇴선간에서 다시 데워 가도 다 물리시더라고. 듣기로는 우리를 못 믿으셔서 사가에서 갖고 오는 음식만 드시는 거래."

동기들은 새로운 상사의 기행과 예민을 오악이에게 일러바쳤다.

"잠도 못 주무시는 거 같던데."

"그건 왕의 침소에 들어간 궁녀 때문이라잖아."

"미친 거 아냐?! 어떻게 왕의 침소에 들어가?"

놀라서 손으로 입을 막은 연심이의 눈이 똥그래졌다.

"오악이 넌 누가 그랬는지 몰라? 어릴 적부터 그런 수수께끼를 잘 풀었잖아. 감찰상궁 마마 일도 많이 도왔고."

"글쎄, 찾아내려면 찾아낼 수는 있겠지만……"

오악이는 잠시간 고민했다. 누가 지밀인 척 왕의 침소에 들어갔는지는 궁녀들의 정수리만 봐도 금방 잡아낼 수는 있었다.

"아! 아냐, 아냐. 잡아내지 마! 임금님이 저렇게 불안해하는데, 지금 찾아내면 그 궁녀는 참형당할걸?"

"근데 안 잡아내면 우리까지 싹 다 끌려가는 거 아냐?"

"우리 어떡해…… 오악아."

겁에 질린 동기들을 보며 오악이는 고민에 빠졌다가, 새로운 할일을 찾았다.

"오늘 세답방에 이불 빨랫감 모아서 갖다줘야 하는 날이지?"

그거 내가 갖다줄게."

"뭐? 각심이들 시켜도 되는데. 그리고 승은 궁녀는 일 안 해도 되잖아."

승은 궁녀는 가만히 왕을 기다리며 모든 일에서 열외되어야 한다지만, 아이를 가질 일도 없고, 이곳에서 나고 자라 달리 갈 곳도 없어 궁녀들과 평생을 살아야 할 오악이는 눈치껏 행동해야 했다.

"내가 힘이 훨씬 세잖아."

오후가 되자, 오악이는 빨랫감을 거둬서 세답방으로 향했다. 밤과는 다르게 낮의 궁은 햇빛을 받아 오색찬란한 기와들이 반짝였고, 나무들도 저마다의 초록으로 빛을 내었다. 문을 하나하나 건널 때마다 달라지는 풍경과 경치가 궁에서만 살아온 오악이를 매번 다른 장소로 데려다주는 듯했다. 처소마다 분주하게 움직이는 사람들은 활기를 더했다.

평소라면, 궁녀들의 여종인 각심이를 시키면 될 일이었지만 승은을 입은 다음날인 오늘은 돌아다닐 명분이 필요했다.

"쉬어본 사람이 쉴 줄 안다고, 영 몸이 근질거려서요."

오악이는 너스레를 떨며 허드렛일을 자처했다. 승은을 입었어도 빼기지 않는 모습에 또 예쁨을 샀다. 오악이는 사람 좋게 웃어 보이며 세답방으로 향했다. 가는 길에 어젯밤 왕과 함께 지나갔던 복도각이 보였다. 밤에 그 소란이 일었는데도 전혀 달라진 풍경은 없었다. 햇빛이 조용하게 내리는 복도각에는 귀신도 없었고, 왕도 위에 생긴 물웅덩이도 그대로였다.

오히려 모든 만물이 반짝이고 있었는데 햇볕을 받은 물웅덩이마저 빛을 내었다. 흙탕물이 가라앉아 있어서 언뜻 보면 맑은 물 같아 보이나 마시지도 빨래하는 데 쓰이지도 못할 물이었다. 그래서 묘한 위화감이 느껴지는 것일까.

"너도 이상하냐?"

무사처럼 수염이 성글게 난 환관이 오악 옆에 달라붙었다.

'놀랐잖소!'

오악이 흠칫 놀라며 살짝 뒷걸음질쳤다. 걸음마 뗄 적부터 알아온 환관이었다.

"오악이 너 승은을 입었담서. 그럼 새로운 왕은 남색가냐?"

"······!"

"그게 벌써 십여 년 전이니 궁에 남아 있는 상궁급 궁녀랑 연심이만 아는 비밀이겠지만 말여. 기방에서 자란 나는 딱 보면 안단 말씀. 내 눈은 못 속이지. 나는 니가 콩만할 적부터 사내자식인 거 알아봤어."

"뭘 원하시오?"

오악은 두려운 눈으로 환관을 바라보며 말했다. 삼촌 같은 사이여도 쉬이 입에 담을 일은 아니었다.

"원하긴. 너랑 나 사이에. 그냥 뭐하고 있는지나 들어보자는 건데."

복도각 옆 계단에 앉아 오악이의 이야기를 다 들은 환관은 쓰읍, 수염을 쓸더니 한마디만 남기고 또 홀연히 사라졌다.

"안 그래도 엊그제 비가 내렸는데 왜 아직 물웅덩이가 고여 있나 했네."

창덕궁은 자연 그대로의 경사를 따라 만들어 건물들 간의 단차가 있었다. 자연스레 고인 물이면 왕도에 깔린 박석을 따라 흘러가 날이 바뀌면 사라질 터였다.

오악이는 감히 왕도 위에 난 물웅덩이에 손을 넣었다. 웅덩이 바닥, 그러니까 박석이 깔려 있어야 할 자리에 아무것도 없었다. 빗줄기가 만든 웅덩이가 아닌 누군가 흙을 파헤쳐 만든 웅덩이였다.

물 위로는 작은 부유물들이 떠다녔는데 나뭇가지, 나뭇잎, 죽은 소금쟁이, 그리고…… 제 손에 걸린 무엇인가를 발견한 오악이의 눈이 커졌다.

……초록색 이끼가 있었다!

5

물이끼는 고여 있는 물에 생긴다. 적어도 일주일 이상 햇빛을 받으며 흐름 없이 정체된 물. 그러니까 엊그제 내린 빗물로 고인 물웅덩이에는 생기지 말아야 할 것이었다.

"이끼가 끼려면 오래전에 죽은 물이어야 가능해. 그렇다면 어디선가 퍼온 물일 텐데."

오악이는 지금 궁 안에서 물을 구할 수 있는 곳들을 떠올렸다. 희정당 앞 연못은 여름내 가뭄으로 바닥이 보일 정도로 메말랐다가 엊그제의 비로 겨우 발목까지 차올랐다. 그 역시 이끼가 생길 리 없었다. 수라간, 세답방에도 우물이 있긴 하지만 일과 외에는 모두 잠겨 있어 상궁 마마님들이 열어주지 않으면 쓸 수 없었다. 그렇다면, 궁에서 이끼가 낀 물을 얻을 곳은 단 한 곳.

드므였다.

오악이는 드므를 향해 달렸다.

방화수로 쓰이니 물의 깨끗함 여부는 상관하지 않고, 항상 채워두기만 하면 되는 물. 불을 부르는 화마가 물에 비치는 제 얼굴을 보고 도망가라고 항상 뚜껑을 열어두어 햇빛을 받은 채 고여 있는 물.

오랫동안 죽어 있는 물은 드므 안에 있었다. 드므의 물은 초록색이었다. 이끼로 가득찬 물을 보며 오악이는 생각했다. 그렇다면, 누군가가 드므에 있던 물을 퍼 날라, 인위적으로 왕도에 물웅덩이를 만든 것인데……

"대체 왜 그런 것일까."

오악이는 고개를 갸웃거리며 그 일로 말미암아 무슨 일이 생겼는지를 고민해보았다. 물웅덩이 때문에 벌어진 일은…… 왕의 산책길이 바뀌었다는 것 외엔 달라진 게 없었다.

보통 때와 마찬가지로 왕도를 이용했다면, 호위무사들이 왕을 에워싸고 걸었을 것이나 물웅덩이 때문에 복도각 옆의 폭이 좁은 길로 갈 때는 호위무사들을 뒤로 보내고 걸어야 했다. 바뀐 길로 간 왕은 그곳에서 귀신을 봤다고 했다. 귀신을 보게 하려고 왕의 산책길을 의도적으로 바꾼 것일까? 왕이 본 게 귀신이 아니라 진짜 사람이었다면? 복도각 안에 매복하고 있어서, 왕이 호위를 물리고 혼자 가까이 다가오게 하기 위함이었다면?

이 모든 게 살인을 위해 계획된 것이었을까.

그런데 정작 화살이 아닌 도토리가 날아왔는데, 그건 거리를 가늠하기 위해서였을까. 그렇다면 왕의 규칙적인 산책 시간에 맞춰 암살 계획을 세웠으나, 어젯밤의 기습적인 밤 산책은 정보가 없어 나타나지 못했고, 급작스러운 왕의 등장을 알아채고 뒤따라와 화살을 날렸을까?

결론은, 왕을 시해하려는 자들이 있다는 것.

빠르게 생각을 이어가던 오악이는 왕이 세번째로 질문한 지밀나인인 척 한 시진마다 들어오던 그 궁녀와 연관이 없을지 확인해보기로 했다.

왕은 궁녀의 발을 보았다고 했다. 일하기 편하게 발이 보일 정도로 치마를 짧게 입는 궁녀들이 일하는 곳은 세수간, 생과방, 소주방, 세답방이었다. 오악이는 빨랫감을 들고 세수간부터 소주방까지 돌아보며, 궁녀들의 정수리를 유심히 살펴보았다. 반들반들하게 유채 기름을 바른 까만 머리카락들에서 윤이 나고 있었다. 마지막으로 세답방까지 들렀을 때였다.

"여기 항아님들 빨랫감 가져왔어요."

"어머, 소식 들었어요. 귀하신 분이 뭘 이런 걸 다."

세답방 나인은 넉살 좋게 인사하며 오악이가 들고 있던 빨랫감을 받아들었다. 그 순간, 오악이는 세답방 나인의 손목을 붙잡았다. 까만 머리카락 위에 하얀 거미줄이 '반짝' 하고 빛난 것을 본 것이다.

"어느 대감님 명이었느냐?"

오악이가 손목을 꽉 붙잡은 채 말했다. 세답방 궁녀는 손목을 빼고 싶었지만 조그맣고 예쁜 것이 힘이 어찌나 센지 손을 뺄 수 없었다.

"뭐, 뭐가!"

"왕의 침소에 들어간 궁녀, 너잖아."

"……! 그, 그걸 네가 어떻게 알아?"

오악이는 대답 대신 세답방 나인의 정수리에서 거미줄을 떼어내 후, 입으로 불었다.

거미줄이 팔랑거리며 땅으로 천천히 떨어졌다. 지밀 궁녀들은 항상 다니는 길로만 다니도록 교육을 받는다. 조심성 없이 다른 길로 가거나 길을 못 외우는 궁녀를 잡아내려 길이 아닌 곳의 거미줄은 부러 치우지 않고 놔두었다. 최근 지밀이 된 오악이도 몇 번이나 정수리에 거미줄이 붙었었다. 일한 지 몇 년이 된 지밀나인들도 잠깐 방심하면 옷 여기저기에 거미줄이 붙었다. 옷은 여벌 옷으로 갈아입을 수 있었지만 여름내 가뭄이 지속되었던 요즘에는 특히나 궁녀들이 머리를 매일 감기는 쉽지 않았을 터. 왕의 침소에 처음 들어온, 지밀이 아닌 자라면 정수리에 거미줄을 아직 붙이고 있을 것이었다.

"대체 왜 들어간 것이냐."

"넌 몰라도 돼. 들어간 건 맞지만 그 누구의 명을 받은 것도 아니고, 내가 북어 주고 잠깐 번을 대신 서준 거야."

"네가 왜 교대근무를 서주냐? 돈을 주고 일을 한다고?"

뇌물을 주고 제 일을 빼도 모자랄 판에, 자신의 급료로 받은 북어를 주고 추가로 일을 한다니. 그것도 이해할 수 없었지만, 애초에 지밀들은 왜…… 돈을 받고 제 소임을 넘기는 것이지?

"앗!"

콩, 소리와 함께 뒤통수가 따가워 뒤를 돌아보니, 나인 하나가 조용히 고갯짓을 했다. 발밑으로는 오악이의 머리에 맞고 떨어진 도토리가 데구르르 굴러갔다.

"임금께서 찾으신대."

궁녀가 던진 도토리를 주워 한참 보던 오악이는 걸음을 떼었다. 모든 것을 알게 되었다. 다행이었다. 이제 궁에 대해 모르는 게 없다는 그 말을 지킬 수 있게 된 것이다.

6

"내 생각을 해보았노라."

대조전 안으로 들어선 오악이를 보자마자 왕은 입을 열었다. 오악이를 기다리며 할말을 고르던 있었던 모양이었다.

"내 어제 너에게 줄 옷을 빌려오라고 한 사람은 침소를 지키던 지밀나인이었다. 그러니까 밤에 산책할 것이라는 걸 아는 사람도 그이밖에 없었으며, 내가 일정이 끝날 때마다 산책한다는 걸 알고 있는 이도 궁녀들뿐이었다. 내 처소에 한 시진마다 들어왔던 궁녀도 지밀은 아니라지만 다른 소속의 궁녀였다. 네번째 궁금증이다. 궁녀들이 나의 목숨을 노리는가?"

왕의 말에 오악이는 왕을 바라보았다. 오악이의 혀끝에 수백 명의 목숨과 생계가 달려 있었다.

오악이가 입을 열었다.

"저도 그렇게 생각했나이다."

왕의 생각은 오악이가 다다른 결론과 같았다.

"……그렇다면 앞으로 어떻게 해야겠는가."

왕의 질문에 오악이는 크게 숨을 들이쉬었다.

"궁녀들의 행각은 그뿐이 아니었습니다. 왕의 길에 의도적으로 물웅덩이를 만들어 왕의 산책을 방해했나이다. 그 물웅덩이의 물도 드므의 물을 가져온 것이옵니다. 드므가 왼쪽만 차오른 것은 하늘의 뜻이 아니라 세답방 궁녀들에게는 오른쪽 드므가 더 가깝습니다. 오른쪽의 물만 퍼 나르니 양쪽 드므의 물 양이 다른 것이었나이다."

"그런 것이었나. 그렇게까지 하여 나를 실족케 하려 한 것인가."

자기중심적으로 생각하는 것을 보니 왕의 소양을 타고난 게 분명했다. 이렇게나 말해줬는데도 아직도 못 알아채다니.

"그것이 아니오라, 순전히 물웅덩이를 만들고자 함이었습니다. 세답방에 갔을 때 물동이를 보았는데, 전하께서도 아시겠지만 물을 채우면 꽤 무거울 테지요. 그럼에도 몇 명이 몇 번이나 날라 물웅덩이를 만들었사옵니다."

"그 연유는?"

"호위 없이 복도각으로 가까이 오시게 하기 위함이었지요. 전하께서 보셨다는 그 귀신들은 왕의 산책 시간을 알고 나온 궁녀들일 것입니다."

"역시 날 암살하기 위함이었구나."

"그랬다면 그때 화살을 쏘았겠지요. 아니면 돌이라도 던지는 게 더 나았을 텐데, 도토리를 던지지 않았습니까."

왕은 할말을 잃었다.

"도토리라니 암살 도구치고는 퍽 귀엽지 않습니까."

그런 모든 수고를 감내하고 왕이 혼자 남겨진 그 기회를 틈타 궁녀들이 날린 것은 활이 아니라 도토리였다.

"도토리를 보여주시겠습니까?"

왕은 손에 쥐고 있던 도토리와 밤을 내주었다. 오악이는 지밀 나인이 제 머리에 맞힌 도토리도 꺼냈다. 둘 다 품종이나 외양이 똑같았다.

"둘 다 일 년 전의 도토리지요. 초가을인 지금은 아직 밤과 도토리가 영글지 않아 구할 수 없습니다."

"도토리가 같은 게 무슨 상관이냐."

농사를 지어봤다고 하여 너무 많은 기대를 했던 모양이었다.

"궁에서 궁녀들이 서로를 부를 때는 윗전들이 계신 공간에서 큰 소리를 낼 수 없으니, 도토리를 던집니다. 도토리를 맞은 궁녀가 돌아보면 손짓으로 부르거나 둘만의 장소에 가서 이야기하지요. 그래서 궁녀들은 때아닌 도토리를 쟁여 다니며 서로를 부릅니다."

"그게 이 일과 무슨 상관이냐."

"도토리에는 상대에게 위해를 가하고 싶지 않은 마음이 한가득 담겨 있습니다. 누군가를 부르려고 돌을 던질 수는 없잖습니까. 최대한 안 아프면서도 알아채게는 할 수 있는 게 도토리입니다."

"그럼 나한테는 왜 도토리를 던진 것이냐."

오악이는 지금 설명해주고 싶지 않았다.

"지밀인 척 왕의 침소에 들어온 궁녀는 세답방 나인이었습니다. 돈을 주고 자처해서 번을 섰지요. 그 이유는, 그 값을 치를 만한 가치가 있는 일이었기 때문이지요."

"암살을 의뢰받은 것이로구나."

오악이의 표정을 보고서는 답이 틀렸다는 것을 눈치챈 왕이 다시 말했다.

"내 물건을 훔쳐가려 한 것이냐, 혹은 승은을 입기 위함이냐?"

"없어진 물건이 있으셨습니까? 몰래 들어온 이에게 욕정이 동하셨습니까? 아무것도 없어지지 않았고, 몰래 들어온 궁녀를 귀신이 아니냐며 무서워하지 않으셨습니까."

"그, 그렇지……"

궁녀가 한 시진마다 들어왔음에도 꼼짝 못했던 건, 이게 법도인지 아닌지 헷갈리기도 했지만 산 사람인지 귀신인지 가늠이 안 되어서였다.

"게다가 곡괭이 하나 들고 군관을 다 때려잡아 왕이 된 사람을 한낱 세답방 궁녀가 맨몸으로 들어가 어찌 죽이겠습니까."

그도 맞는 말이었다. 궁녀가 암살을 시도했다면, 그 누구보다도 빠르게 제압했을 터.

"그렇다면 왜 왕의 침소에 돈을 주고 들어와 내가 자는 모습만 가만히 보다 나간 것인가?"

왕은 궁금했다.

"아직 답해드리기 싫습니다."

오악이 말했다. 수수께끼 풀이에도 규칙과 순서가 있는 법. 아무리 왕이라도 이 부분에서만큼은 제 법도를 따르게 하고 싶었다.

"여느 때와 같이 왕도로만 산책하셨다면 호위무사들이 임금님을 에워쌌겠지요. 웅덩이를 피해 복도각으로 오게 하여 호위들을 뒤로 물리게 되면 달라지는 것은 단 하나입니다. 얻을 것도 단 하나이고요."

오악이가 모르겠냐는 듯 왕의 눈을 살폈다.

"북어를 내고 침소에 들어간 세답방 궁녀가 얻은 것도 단 하나이지요."

"대체 그게 무엇이냐."

왕의 성화에 오악이가 조용히 답했다.

"바로, 왕의 얼굴입니다."

왕의 미간에 살짝 주름이 잡혔다. 선뜻 이해가 안 간다는 표정이었다.

"왕이 귀신을 보았다면, 귀신도 왕을 보았을 것입니다. 궁녀들은 힘든 노동 끝에 복도각에 숨어 왕의 얼굴을 볼 기회를 잡은 것이고, 세답방 나인은 제 삯을 주고서 지밀만 들 수 있는 침소에 들어가 왕의 얼굴만 보고 나온 것입니다."

"대체 왜 그런 것이냐. 앞으로 궁에서 매일 봐야 할 이의 얼굴이 뭐가 궁금하다고."

"궁녀들은 왕의 얼굴을 볼 수 없습니다. 갓난아기처럼 머리끝부터 발끝까지 저희의 손길이 안 미치는 곳 없이 모든 수발을 들지만 왕의 얼굴은 중전마마나 후궁, 조정의 대신들에게만 허락되어 있지요. 머리를 조아린 채로 있느라 늘 발끝만 볼 수 있는 존재가 궁금했을 것입니다. 자신이 평생을 모셔야 하는 얼굴이니까요."

생각지 못한 말을 들은 왕은 멍하니 오악이의 얼굴을 바라만 보았다.

"아기 얼굴을 모르는 채 아기를 돌봐야 하는 어미의 심정이 헤아려지시는지요."

오악이는 말을 이어갔다.

"어렵게 왕을 복도각까지는 다다르게 했고, 어둠 속에 모여 왕의 얼굴을 구경했으나 왕이 가까이 다가오자, 자신들의 정체가 들킬까봐 도토리를 던진 것입니다. 저리 가시라고 말도 할 수 없고 옥체에 상처가 생길까 돌을 던질 수도 없으니까요."

"내 그럼 그저 내 얼굴을 궁금해한 궁녀들을 귀신이라 생각하고, 날 시해하려 한다고 몰아세운 것이냐."

왕은 도토리를 매만지며 말했다.

"키득거리는 귀신의 웃음소리는 반가움이었고, 귀신의 하얀 눈알의 이채는 궁녀들의 초롱초롱한 눈망울이었을 겁니다. 밝은 곳에 있는 자는 어둠 속에 있는 자를 볼 수 없나이다."

오악이는 고민하다 말을 덧붙였다.

"왕이 되셨으니 주변이 밝음으로만 가득차 있으면 아무것도 보실 수 없을 겝니다. 백성들의 지지로 왕이 되셨다 들었습니다. 낯설고 어두운 곳에 있는 자라도 백성이 아니라 여기지 마시고 다 같은 백성으로 여겨주소서. 이곳에 있는 모든 이는 귀신이 아니라 사람입니다."

"내가 또 새겨야 할 것이 있는가."

왕의 말에 오악이는 설핏 웃으며 답했다.

"혹시 궁녀들의 처소를 지나가게 되신다면 불을 끄고 인사를 한번 해주시옵소서. 새로운 왕의 얼굴을 귀신들이 무척 궁금해하나봅니다."

"궁의 귀신들은 꽤 귀여운 구석이 있구나."

왕은 따뜻한 무언가를 머금은 표정이 되었다. 이 자리를 얻기 위해 많은 피를 손에 묻혔고, 그 과정에서 잃었던 무엇인가를 되찾은 기분이었다. 늘 손에 쥔 것 같던 딱딱하고 차가운 금속의 느낌이 조금은 사라졌다.

"마지막으로 저에게 옷을 빌려준 호위무사는 죽이십시오."

"그 연유는?"

"지밀나인 외에 왕의 산책을 알고 있던 이였으며, 화살이 날아왔다고 소리치기도 전에 화살이 날아온 궤적에서 뛰어왔나이다."

호위무사는 부르지 않았는데 대조전 앞에 있다가 뛰어왔다. 그 어둠 속에서 날아오는 화살을 보는 것은 불가능한데, 뛰어오자마자 화살이 날아온 것인지 여쭈었다. 소리를 듣고 왔다기엔 오악이는 호액의 짤랑거리는 소리도 내지 않으려 벗어두었고, 화살은 왕이 처리했으니, 인기척은 있어도 조용한 움직임이었다. 그 두려움의 기색은 추후의 문책이 걱정되어서가 아니라, 활을 쏜 자의 떨림이었다.

그날 밤, 왕은 궁의 모든 길, 모든 처소를 산책했다. 호위무사들은 예전처럼 왕의 옆을 에워싸지 않고 뒤를 따르기만 했다. 항상 왕의 옆에 서 있던 호위무사의 얼굴은 보이지 않았다.

왕은 전각마다 멈춰서 허리를 굽혀 인사를 했는데, 하늘에 예를 올리기 위함이라고 했으나, 실은 자신을 앞으로 돌봐줄 이들에 대한 인사였다.

새로운 왕은 궁에 머물게 된 지 일주일이 지나서야 궁 안의 이웃들에게 인사를 건넨 것이었지만, 오악이 덕분에 늦지 않게 궁에서 일하는 모든 이들의 마음을 살 수 있었다.

대조전과 희정당 사이의 복도각에 다다르자, 왕은 등불의 불을 껐다. 불을 끄니 그제야 전각 안 해사한 궁녀들의 얼굴이 보였다. 같이 어두워지니 귀신이 아니라 사람인 것을 알게 되었다. 총명하고 어여쁘고 자긍심 넘치는 관리들이었다.

왕은 찬찬히 고개를 숙였다. 복도각 안의 궁녀들도 절을 올렸다. 궁녀들은 새 왕의 인사를 받을 수 있었다. 처음으로 섬기는 이의 얼굴을 제대로 볼 수 있었다.

*

밤은 더 깊어졌으나, 오악이는 잠이 들 수 없었다. 동기들이 오악이의 처소가 더 넓고 비단이불이 더 푹신하다며 함께 잠을 자자고 쳐들어와 들뜬 얼굴로 계속 왕의 이야기만 하고 있었기 때문이다.

"새 임금님 너무 잘생긴 거 같지 않니? 큰 키며, 총기 어린 눈빛이며……"

"언제는 장승에, 도깨비에, 광증이라더니."

"내가 언제! 아무튼 나는 이제 왕한테 시집가고 싶어."

"소원대로 시집왔잖아. 신랑 얼굴을 매일 볼 수는 없긴 하지만……"

다른 방들도 불이 계속 켜져 있는 걸 보니, 다른 궁녀들도 아직 왕의 인사 이야기를 하는 것 같았다. 오악이는 이렇게 말을 잘 듣는 분이 어쩌다 그렇게 화가 나서 '찬탈'이라는 것을 하게 됐을지 궁금해졌다.

'왕은…… 피 묻은 곡괭이를 들고 입궐했다 했지. 대체 왜 곡괭이였을까.'

오악이는 왕을 생각하며 잠이 들었다.

7

"그래, 만족해하시더냐."

조이연 대감과의 두번째 만남이었다. 오악이는 밤일에 관해 묻는 걸 알았으나, 어떻게 답을 해야 할지 난감했다. 그래도 왕의 모든 궁금증을 해결했으니 이렇게 답해두기로 했다.

"네, 만족하셨사옵니다."

그 대답에 조이연 대감은 눈에 띄게 흡족해했다.

"앞으로 임금이 자주 이 처소에 드시게끔 해야 할 것이다. 후사만 잇는다면 내 너에게 무엇이든 해주겠다."

죽었다 깨어나도 조이연 대감이 원하는 일은 일어나지 않겠지만, 오악은 순종하는 척 고개를 끄덕였다.

"원한다면 곧바로 후궁 첩지를 내려달라 하겠다."

"아닙니다. 저는 아직은 승은 궁녀로 있고 싶습니다."

"그래……?"

조이연 대감이 눈을 가늘게 뜨자, 오악이는 행여 왕과의 '계약 승은'에 대해 눈치챌까봐 얼른 말을 덧붙였다.

"지금은 왕을 노리는 자들이 많아 혹여 후궁 자리에 오른다면 제 목숨까지도 위험해질까 무섭습니다."

조이연 대감은 동의했다. 후사를 잇게 된들 오악이가 금방 죽어버리면 소용이 없어진다. 그의 딸을 중전 자리에 올렸지만, 왕이 바뀌니 아무짝에 쓸데가 없어진 것처럼 말이다. 오악이의 말대로 왕권이 안정될 때까지 기다리는 편이 나았다.

"알겠다. 필요한 게 있다면 언제든 이 아비에게 말을 하거라."

조이연 대감이 자리에서 일어났을 때였다.

"……저, 관직이 어떻게 되시는지요."

"나를 모르느냐."

대감이 신기하다는 듯 오악이를 봤다.

"내 관직을 모를 정도로 정치에 무심했는데 이제 와 알고 싶은 기라면, 네 속에도 야심이라는 게 생겼나보구나."

아비 관직도 모르는 게 창피해서 물어봤다는 말은 끝끝내 전하지 못할 것이었다. 대감은 웃으며 답했다.

"좌의정 조이연이다."

"……!"

왕은 조이연 대감이 좌의정인 것을 알고 시험하느라 하문한 것이었다. 오악이는 생각보다 왕이 무지렁이가 아님을 알게 되었다.

*

단양은 산이 벽처럼 둘러싸여 있었고 물이 굽이굽이 오랏줄을 매듯 둘러쳐져 있었다. 선왕은 이곳에 기거하게 되었다.

"상심이 크시지요."

선왕을 찾아온 신하는 선왕의 마음을 달랬다. 호위무사였다. 그는 새로운 왕에게 화살을 날린 다음날 새벽, 곧바로 이곳으로 몸을 피했다.

"다시 궁으로 드시게 될 때는 지금의 임금은 역적으로 기록될 것입니다."

"나는 뜻이 없네."

호위무사의 권면에 선왕은 단호하게 말했다. 호위무사의 얼굴도 어두워졌다.

"그러나, 중전이 남긴 유언이 있었네. 제 아들을 찾아달라고."

"원자 아기씨는 이미…… 돌아가시지 않았습니까."

호위무사는 선왕이 왕위를 잃은 슬픔에 정신을 놓아버린 건 아닐지 걱정이 되었다.

"내 그래서 그이와 함께 와달라 한 걸세."

호위무사 옆에는 하얗게 머리가 센 제조상궁이 함께 있었다.

"내 자네를 예까지 오게 했구려. 경황없이 나오느라 묻지 못한 말이 있었네."

"하문하시옵소서."

제조상궁이 머리를 조아렸다.

"왕가에 내려오는 장자의 저주 때문에, 중전은 아들을 낳자마자 왕가의 표식만을 새긴 채 내보냈고, 다른 아이를 데려와 원자로 키웠네. 결국 바꿔 키운 아이가 죽음으로써, 장자의 저주는 피로 내려져 오는 병이 아님이 증명되었지만. 이제 말해주게. 왕가의 진짜 장자는 살아 있는가?"

선왕의 말에 제조상궁이 답했다. 깊은 주름들이 움직였다.

"……살아 계십니다."

"……! 지금 어디에 있는가."

"아무도 찾아내지 못할 곳에, 아무도 찾아내지 못할 모습으로 계십니다."

선왕이 놀라 한동안 말을 잇지 못하다, 떨리는 손으로 붓을 들어 글귀를 써내려갔다.

"다행이군. 그렇다면 다음 편지는 이렇게 전해주시게."

제조상궁이 잠잠히 받아든 편지에는 저번과 비슷하지만 다른 글귀가 적혀 있었다.

왕가의 장자가 바뀌었으니, 그가 왕이 될 것이다.

그 시각, 궁은 아직 잠들어 있었다. 새벽 미명에 오악이가 몸을 뒤척였다. 단속곳 아래로 드러난 발목에는 오래되어 삭았으나 붉고 굵은 옥새 끈이 감겼고, 발뒤꿈치에는 금박으로 새긴 점 모양의 문신이 박힌 채였다. 원자는 살아 있었다.

작가노트

아이를 낳고 삼 개월 만에 복직했지만, 내 글을 쓰고 싶은 순간마다 아이가 미웠다.

내 게으름과 실력 부족 탓이었지만, 아이 때문에 못 쓰고 있는 것이라며 책임을 전가하고 싶었다. 하필 예민하고 손이 많이 가는 아이라 매 순간이 고비였다. 작가로서의 길이 끝났다고 절망하는 순간에도 아이의 눈만큼은 예뻤다. 다시 회사의 바쁜 업무에 적응해갈 무렵, 아이가 온전히 예뻐 보였다. 세상 모든 사람들이 이렇게 길러졌겠구나 하는 생각에 함께 일하는 모든 이가 귀하게 느껴졌다.

미스터리를 유희로 즐겨온 나는 누군가의 죽음에서 트릭과 사건을 먼저 보았지, 그 생에는 관심이 없었다. 모두가 귀하게 길러진 사람들이었다. 소모될 죽음은 없었다.

그래서, 처음에는 아무도 죽지 않는 미스터리를 쓰고 싶었다. 그로 인해 이 이야기가 다소 시시하게 느껴질 수도 있다. 장편소설로 계획했으나 공모 마감 일주일 전에서야 이야기가 정리됐다. 어차피 물리적인 시간은 부족하니 이 기획의 가능성이라도 단편소설 형태로 확인받고 싶었다. 일주일 만에 쓴 소설임을 말하고 싶은 게 아니다. 독자분들이 실망하지 않았으면 하는 마음에 밝혀둔다. 언젠가 장편으로 풀어내고 싶은 인물들의 전사, 궁중의 생활상을 담은 에피소드와 트릭, 그리고 오악이 정체에 관한 진짜 반전까지 기대해주시면 감사하겠다. 앞으로 내 임무들이 모두 끝난 밤과 새벽에, 치열하고 치밀하게 쓰며 기회를 만들 계획이다.

가급적 개인적인 이야기는 쓰고 싶지 않았으나, 회사생활을 하지 않았다면 내 작품을 쓰고 싶다는 생각은 못했을 것이다. 아이를 낳고 겪은 지독한 산후 우울과 절망이 아니었다면, 이 이야기는 시작되지 않았을 것이다. 도저히 이 이야기의 시작을 밝히지 않고는 다른 할말이 없어 적어둔다.

바라건대 이 작품을 통해 내가 갱생되기를 바란다. 엘릭시르에는 십일 년 전 계약했지만 끝내 넘기지 못한 원고가 있다. 죄인의 심정으로 그 작품을 단 한순간도 잊지 않고 등짐처럼 짊어지며 함께 살았다. 단편으로라도 다른 작품을 지면에 실을 기회를 준 엘릭시르에 진심으로 감사하다.

아이는 말문이 트인 지 오래지만, 날 아직도 '누나'라고 부른다. 맞는 말이다. 엄마의 도움을 받아 기르고 있으니 아이와 나는 형제와 같은 관계다. 부끄럽지만 이게 나의 최선이다. 집안일을 도맡아 하는 남편도, 엄마를 실어 나르는 아빠도 고생이다. 주말마다 아이를 봐주시는 시댁 어른들에게도 감사를 전한다.

나는 여전히 가족의 품안에서 오악이로, '사람'으로 길러지고 있다. 너무 부족한 인간이다.

이런 나의 품에서도 예쁘게 자라고 있는 내 아이야.

네가 나의 오악이란다.

김지윤

설원해담

김지윤

미스터리 애호가. 모리 히로시의 'S&M' 시리즈를 좋아한다. 아마도 본격 미스터리를 지향하고 있다. 《계간 미스터리》에서 주최한 '미스터리 장르 초단편소설 공모'에서 「만 오천팔백 원의 신간은 환불당한다」로 입상했다.

이상한 사람이 화단 앞에 주저앉아 있었다.

여느 때처럼 커피를 한 잔 내린 후 창밖을 관망하며 다음 수업의 주제를 생각하던 양 교수는 광장 화단에 눈길을 사로잡혔다. 이상한 사람이라고 할까, 어쩐지 눈에 익은 학생이 화단 앞에 무릎을 꿇고 앉아 있었던 것이다.

양 교수의 연구실이 있는 인문사회동은 조망이 썩 괜찮은 위치에 자리잡고 있다. 볕이 잘 드는 연구실 창문 앞에 서면, 저 멀리 승용차와 셔틀버스가 드나드는 정문 앞 주차장부터, 주차장 옆에 세워진 기숙사 건물, 그리고 학교 정중앙에 위치한 중앙 광장까지 한눈에 들어온다.

그 학생은 이제 막 꽃봉오리가 개화하기 시작한 중앙 광장의 울긋불긋한 화단 앞에 있었다.

흘긋 보이는 학생의 옆얼굴에는 기이한 각도의 미소가 새겨져 있다. 이마며 콧대로 이어지는 선을 보니 역시 언젠가 강의실에서 얼굴을 보았던 학생이다. 양 교수는 창문에서 등을 돌리곤 강의 출석부를 꺼내 들었다.

민속학과 조교수 양석민이 이번 1학기에 담당하는 과목은 두 가지다. '민속 종교의 이해', 그리고 '무속과 신화'. 전자는 2학년 대상의 기초 과목이고 후자는 4학년 대상의 심화 과목이다.

학생의 얼굴은 '민속 종교의 이해' 강의 출석부에 붙은 사진으로 확인할 수 있었다. 입대로 휴학을 했다가 올해 복학한 2학년. 이름은 김규진. 위로 갸름하게 올라간 눈꼬리 외에는 별다른 특징이 없는 얼굴이었다.

양 교수는 출석부를 덮고 다시 창가로 발을 옮겼다. 규진은 여전히 화단 앞에 꿇어앉아 붉은색 철쭉을 손으로 툭툭 건드리다가 자주색 철쭉에 코를 박고 향기를 맡고 있었다. 양 교수는 강의 때의 광경을 떠올려봤다. 특별히 눈에 띄는 학생은 아니었던 것 같다. 물론 저런 특이한 행동을 하지도 않았다.

꽃향기를 맡던 규진은 자주색 철쭉을 따 들었다. 봄을 맞아 활짝 개화한 봉오리는 아름답게 다섯 갈래로 나뉘어 있었다. 그는 손안에 똑 떨어진 철쭉을 이리저리 굴리다가, 이젠 꽃잎을 하나하나 떼어내기 시작했다.

꽃점이라도 보는 건가? 하지만 철쭉은 잎이 다섯 개뿐이니 어떻게 해도 답은 긍정밖에 나오지 않을 텐데.

세번째 꽃잎이 떨어지고 네번째 꽃잎도 떨어지고, 끝내 마지막 꽃잎까지 팔랑팔랑 떨어진다. 규진은 암술과 수술과 그것을 고정하는 꽃받침만이 남은 철쭉을 손에 들고 슬슬 웃었다. 기이한 각도의 입꼬리를 더욱 올려 비실비실 웃던 규진은 곧,

남은 부속물을 입안으로 던져 넣었다.

오물오물, 오물오물, 오물오물.

목울대가 움직였다.

아, 이건 이상한 일이다. 양 교수는 창틀에서 손을 떼었다.

순간 4월의 따스한 바람이 볼을 스쳤다. 휘몰아부는 바람에 창가의 연한 물빛 커튼이 덩달아 펄럭인다. 희미한 꽃향기를 싣고 오는, 일 년에 두세 달뿐인 각별한 온기다.

시간은 어느덧 정오를 지나, 해는 천천히 인문사회동 건물 뒤로 넘어가고 있다. 저 멀리 기숙사 건물의 줄지어 있는 창문이 햇빛을 받아 번쩍였다. 오후 수업을 위해 기숙사 정문을 나서는 풋풋한 학생들의 모습이 점점이 보이기도 했다.

둥근 금테 안경 너머로 봄날의 캠퍼스를 얼마간 굽어보던 양 교수는, 기둥형 옷걸이 상단에 걸린 흙색 중절모를 대충 뒤집어 쓰고 연구실을 나섰다.

"학생, 여기서 뭐해?"

여전히 화단 앞에 주저앉아 있던 규진은 만개한 꽃봉오리를 손에 들고 있었다. 양 교수의 인기척을 느끼자 곧장 그쪽으로 고개를 돌렸다. 입가에 노란 꽃가루가 묻은 꼴이 우스꽝스럽다면 우스꽝스럽다.

"나요? 나는, 나는……"

변성기가 아득히 지난 성대로 뽑아내는 가느다란 목소리. 위로 올라간 눈매 역시 가늘다. 검은 셔츠에 긴 청바지를 입은, 멀끔한 대학생 차림의 규진은 곧 아양 떨듯 눈꼬리를 살포시 접는가 싶더니.

"오랜만에 산책을 해."

"산책……?"

"응, 산책. 볕도 따뜻하고, 바람도 시원하고, 좋은 날이잖아."

그리 말하고 규진은 꽃가루가 묻은 입가를 혀로 날름거리며 웃었다. 가느다란 눈매가 갈매기처럼 둥글게 휘어진다. 분명 자신이 가르치는 학생인데도 이상하게 거리감이 있었다. 말하는 것만 보아서는 대학생보다는 차라리 초등학생에 가까웠다.

양 교수는 중절모를 몇 번 만지작대다가 주위를 살폈다. 화단에 집착하는 남학생에게 관심을 가지는 구경꾼은 아무도 없었다.

4월 초, 벚꽃도 화려하게 피어난 시기다. 이 대학의 캠퍼스 안에서 학생들에게 가장 인기가 많은 벚꽃 명소는 중앙 광장이 아닌 연못가다. 인문사회동 뒤로, 줄줄이 늘어선 강의동을 지나 야트막한 언덕을 올라가면 연못이 하나 있다. 연못을 둘러싼 벚꽃나무들이 만개하면 그야말로 장관이라 어느 곳에 앉아도 그림이 된다. 그러니 수업을 마친 학생들은 대부분 연못가로 몰려갔으리라.

양 교수는 무릎을 구부려 여전히 화단 앞에 꿇어앉은 규진에게 얼굴을 가까이 했다. 규진은 영 일어날 생각이 없어 보였다. 눈웃음을 치며 자신을 올려다보는 학생에게 양 교수는 낮게 내리깐 목소리로 이렇게 속삭였다.

"너, 이 학생 몸에 빙의를 했구나."

양 교수에게는 이계의 존재를 느낄 수 있는 힘이 있었다.

이계란 평범한 사람들이 발을 붙이고 살아가는 현실 세계와 대치되는 개념이다. 흔히들 말하는 영혼이나 사후 세계와 같은 비현실적인 요소를 총칭하는 개념이라고 하면 설명이 될까. 한국에서는 그것을 무속이라고 불렀으며 서양에서는 오컬트라고 불렀다.

직접적으로 신을 몸에 받들어 소통하는 무속인 수준의 능력은 없었지만, 어느 정도의 이계를 '감지하는' 능력이 양 교수에게는 있었다. 현세로 발을 잘못 들인 이계를 원래 있던 자리로 되돌리는 기초적인 기술 역시 체득하고 있었다. 언제부터였는지는 알 수 없다. 태어났을 때부터 있었던 것도 같고, 민속학과에 진학하여 신화를 연구하기 시작했을 때부터 생긴 것 같기도 하다.

그리고 눈앞의 학생은 명백하게도 제 것이 아닌 영혼을 몸에 품고 있었다.

자아와 생명을 가진 육체에는 그에 맞는 영혼이 존재한다. 영혼은 육체를 잃으면 점차 그 존재를 잃어가다가 완전히 성불하기도 하고, 현세에 남은 미련을 도무지 잊지 못해 배회하기도 한다. 무속인들은 후자의 배회령을 크게 두 가지로 지칭했다. 미련이 약해 살아 있는 인간에게 해를 끼치지 못하는 건 잡귀. 미련이 강해 살아 있는 인간에게 해를 끼치는 건 악귀.

잡귀와 악귀는 모두 자신의 미련을 버리지 못하고 현세를 배회한다. 잡귀는 그저 인간의 몸을 빼앗아 자신의 미련을 호소하다가 제풀에 지쳐 사라진다. 하지만 악귀는 그렇지 않다. 자신의 미련을 해소하기 위해서라면 다른 인간을 해하는 일도 서슴지 않는다.

규진의 몸을 뺏은 배회령은 어느 쪽인가. 양 교수는 눈을 가늘게 뜨고 규진의 기색을 살폈다. 아직 앳된 티가 남은 새하얀 얼굴에는 악한 기운이 서려 있지 않았다. 여우를 닮은 눈은 오히려 순수한 빛을 띠고 있는 것도 같다. 이런 느낌이라면 역시 단순한 잡귀인가……

규진의 낯을 샅샅이 살피던 양 교수가 굽혔던 무릎을 세웠다. 빙의당한 학생은 일어날 생각이 없는 듯했다. 그저 입가에 묻은 노란 꽃가루를 손으로 훔치면서 씩 웃을 뿐이었다.

"아저씨, 무당이야?"

여전히 높은 톤으로 꾸며낸 목소리였다. 이미 한참 전에 변성기가 지난 듯한 규진의 성대와는 영 어울리지 않았다.

"무당은 아니지만, 비슷한 일을 한단다."

"그럼 날 여기서 내쫓을 거야?"

"그래야지. 죄 없는 학생을 괴롭히고 있지 않니. 너는 모르는 가본데, 철쭉의 꽃은 독소가 있어서 먹으면 배가 아프단다."

"정말……?"

잘 쳐줘야 초등학생 수준의 말투로 중얼거리던 규진은 고개를 갸우뚱 기울이더니, 뒤이어 이렇게 물었다.

"나, 내쫓기 전에 부탁 하나만 들어주면 안 돼?"

조그맣고 새카만 눈동자가 핏발 선 흰자 안에서 빙글빙글 움직였다.

"부탁?"

"나, 뺑소니 당하고 버려졌어. 시체를 찾아서 곱게 묻어줘."

양 교수는 우선 그의 손에서 철쭉 봉오리를 떨어냈다. 어느새 새로운 봉오리의 꽃잎을 떼어내 꿀을 파먹으려 들었기 때문이다. 철쭉 꿀의 단맛을 느끼는 건 배회령이지만 아픈 배를 끌어안는 건 몸의 주인인 규진이 될 테니 양 교수로서는 자연스러운 방어였다. 규진 안의 배회령은 싫은 표정을 노골적으로 내비치다가 끝내 꽃봉오리를 화단에 던져두곤 일어섰다.

"뺑소니를 당했다고? 언제 어디서 당했는지는 기억이 나니?"

"얼마 안 됐어. 여기, 학교 안에서 당했는데…… 어딘진 모르겠어."

"학교 안에서? 학교 근처 도로가 아니라?"

"응, 학교 안에서."

학교 캠퍼스 안에서 교통사고가 있었다는 이야기는 물론 들어본 적이 없었다. 규진의 말대로 누군가가 뺑소니를 쳤고, 뺑소니로 사망한 사람의 시신을 몰래 다른 곳에 숨겨두었다면, 즉 뺑소니 사실을 아예 덮어버렸다면 그런 이야기가 들리지 않는 게 당연하긴 했지만.

아무리 그래도 사람이 차에 치이면 도로에 핏자국이 흥건하게 남는다. 그리고 대학 캠퍼스란 언제나 사람이 있는 곳이다. 교직원은 당연하고 하다못해 방학 기간에도 다양한 이유로 기숙사에 남아 있는 학생들이 있지 않은가. 그들의 눈을 피해 뺑소니 흔적을 지우고 시신까지 숨기는 건 심히 어려운 일일 것이다.

양 교수의 의아한 표정은 보이지도 않는지 규진은 화단 위를 팔랑팔랑 날아다니는 노란색 나비를 빤히 바라보고 있었다. 손에 닿을 정도의 거리로 나비가 다가오자 팔을 확 뻗어 주먹을 날리기도 한다.

"……너, 죽었을 때 몇 살이었는지는 기억이 나니?"

"음…… 잘 모르겠는데. 그래도 나, 어른이었어. 그건 알아."

"어른이었다고?"

그런데도 이런 미성숙한 행동을 하는 게 이상한 일은 아니었다.

뜻밖의 사고로 비명횡사한 인간은 사고 당시의 충격으로 인해 품고 있던 영혼이 파편화된다. 물리적인 고통이 정신에도 영향을 끼쳐 영혼 그 자체를 짓뭉개버리는 것이다. 파괴된 영혼 안에 깃들어 있던 기억은 물론 행동 양식마저 조각나 평범한 사람들의 시선으로는 이해되지 않는 행동을 하고는 한다……

그것이 대부분의 괴담의 본질이기는 했다.

"살아 있다는 건 좋은 거네! 나비가 나비로 보이잖아."

배회령은 싱글싱글 웃으며 나비를 향해 원투 펀치를 날렸다. 노란색 나비는 펀치를 잽싸게 피해 철쭉 화단 저 너머로 날아가버렸다.

양 교수는 괜히 주위를 둘러보며 흙색 중절모를 만지작댔다. 생각이 많을 때 저절로 나오는 버릇이다.

배회령이 자신이 가르치는 학생의 몸을 빼앗았다. 얌전한 모습을 보니 악귀보다는 잡귀에 가까운 것 같다. 그러나 아무리 남에게 해를 끼치지 않는다 한들, 죽은 자가 산 자의 몸을 빼앗은 건 좋지 않은 일이다. 그만큼 남들에게 전하고 싶은 말이 있다는 뜻이니까. 삶에 대한 미련이 남아 있다는 뜻이니까.

하지만 이 잡귀는 의외로, 갑작스레 죽음을 맞이했다는 원한이 그렇게까지 크지는 않은 듯했다. 빙의한 후 눈을 뜬 순간 가지고 있던 원한을 대부분 잊고 만 걸까. 하기야 성인으로는 보이지 않는 행동거지를 보니 뺑소니 당시의 충격이 너무 커 자아가 갈기갈기 찢기고 만 게 분명했다. 아마 이대로 가만히 놔두어도 배회령은 얌전히 소멸할 것이다.

그러나 양 교수는 학교 캠퍼스 안에서 일어난 사건이라는 점이 마음에 걸렸다.

학교 공동체에서 가장 많은 비율을 차지하고 있는 건 당연하게도 학생들이다. 만약 학생이 억울하게 뺑소니를 당해 장도 치르지 못하고 버려졌다면 그건 교육자로서, 민속학자로서 지나칠 수 있는 일이 아니었다.

학생이 아닌 다른 사람이 학교 내에서 그런 사고를 당했다고 해도…… 공동체의 일원으로서 그의 미련을 해소해주는 게 마땅한 도리가 아닐까. 어쩌면 이 영혼이 제 눈에 띈 것도 어떤 인연이 아닌가 싶었다.

"혹시 생전의 이름은 기억이 나니?"

"기억 안 나."

"……알았다. 그럼 당분간은 규진 군이라고 부르마."

"이상하게 익숙한 이름이네. 아, 얘 이름이구나?"

규진의 얼굴을 한 배회령은 제 뺨을 가리키고 싱글싱글 웃었다.

"뺑소니요? 아니요. 그런 일이 있었다는 얘기는 못 들었습니다."

피곤한 기색의 안전팀 직원이 말했다. 썩 기대는 하지 않았지만 이렇게 대놓고 부정당하니 양 교수도 난감했다. 안전팀 사무실이 위치한 건물을 나오며 규진의 기색을 살피니 역시나, 얼굴에 온갖 주름을 잡으며 짜증을 여과 없이 드러내고 있었다.

"진짠데. 진짜로 뺑소니 당해서 죽었는데."

"나는 믿어줄 테니 화 풀렴."

범인은 사건 현장을 깨끗하게 치우고 사라진 모양이었다. 뺑소니가 있었다는 사실조차 알려지지 않은 걸 보면.

사건은 분명히 일어났다. 하지만 범인이 누구인지도 모르고 현장이 어디인지도 모른다. 있는 건 자신이 사건의 피해자라며 방방 뛰는 배회령뿐. 이런 상황에서 자신이 더 할 수 있는 일이 있을까. 양 교수는 중절모를 만지작대며 잠시 생각했다.

답은 간단하게 떠올랐다. 학교 안에서 갑자기 사라진 사람을 찾으면 된다. 범인과 피해자가 학교 공동체 안의 사람이라는 확신은 없지만, 만약 어느 날을 기점으로 사라진 사람이 있다면 그가 범인이나 피해자라고 볼 수 있을 거다. 양 교수는 피해자일 가능성이 좀더 높다고 생각했다. 범인은 사건을 완벽하게 덮어버렸으니 도망칠 이유가 없었을 것이다.

"이번에는 교학팀으로 가볼까. 갑자기 모습을 감춘 사람이 있는지 확인해보자꾸나."

양 교수의 세 걸음 앞에서 팔짝거리며 봄날의 산책을 즐기던 규진이 문득 발을 멈추고 그를 돌아보았다. 규진의 검은 셔츠 위에 흰 벚꽃잎이 다닥다닥 붙었다.

"나를 찾으러 가는 거야?"
"이해가 빠르구나. 똘똘한 학생이었을지도 모르겠어."
"으음. 맞아, 맞아맞아. 그런 말을 자주 들었던 것 같기도 하네. 하나를 가르치면 열을 아네! 이런 말도 들었고."
"오호, 기억이 조금 돌아왔나?"

규진은 미간을 찌푸리고 고개를 갸웃거리다가 이내 획획 저었다. 부정의 제스처라기보단 머리 위에 앉은 벚꽃잎을 털어내는 동작으로 보였다.

"아니이? 그냥 그런 느낌이 들 뿐이야."
"신기한 일이구나. 아무리 사고 당시의 충격이 컸다 해도 어느 정도의 기억은 남는 법이다만. 이를테면 이름 같은 게 그렇지. 이름이란 한 인간에게 붙여진 고유한 호칭이자 그 자신을 설명할 수 있는 가장 간단한 단어이니 말이다. 인간이 비명횡사한다손 쳐도 웬만해서는 제 이름을 잊는 일이 없어."

"으응?"

갸름한 눈꼬리를 아래로 내리며 규진은 신음했다. 무슨 소리를 하는 건지 잘 모르겠다는 표정이었다. 양 교수는 어느새 강의 투가 된 어조를 바꿔 말했다.

"그러니까 너에게는 그 소중한 이름을 잊을 정도의 강한 충격이 있었다는 말이다."

"얼마나 세게 치여야 그렇게 되는데?"

"글쎄다. 너처럼 이름을 잊은 녀석은 처음이라 잘 모르겠구나."

그렇다면, 빠르게 달리는 차에 치였다는 말인가? 양 교수는 내심 생각했다. 학교 안에서 차가 속도를 낼 수 있는 곳은 제한되어 있다. 일반 도로와 다르게 학교 안의 도로란 인도를 겸하는 곳이 많기 때문이다.

교학팀이 있는 학생회관 건물을 향해 천천히 걸으며 캠퍼스의 지도를 떠올렸다. 양 교수가 몸담은 대학의 캠퍼스는 결코 좁은 편이 아니었다. 땅값이 그리 높지 않은 지방에 위치한 덕이었다. 봄이면 캠퍼스 이곳저곳에 심긴 벚나무가 화려하게 꽃을 피우고 가을이면 뒷산의 단풍이 아름답게 물든다. 그야말로 외진 자연 속의 캠퍼스다운 조망을 뽐내는 것이다. 그 탓에 '대학가'라고 불리는 역 앞 시가지와는 제법 거리가 있어 동기들과 술이라도 마시려 치면 셔틀버스를 타고 십 분은 나가야 한다는 단점이 있지만.

그러나 넓은 캠퍼스에 비해 학생들이 주로 수업을 듣는 강의동은 제법 오밀조밀 모여 있었다. 양 교수의 연구실이 있는 인문사회동 옆으로 예술체육동이 있고, 뒤로는 자연과학동이, 그 뒤로는 공학동과 건축동이…… 이따금 학생들은 건물이 너무 모여 있어서 조망이 좋지 않다며 투덜거리기도 했다.

도서관이나 학교 식당 같은 편의 시설도 강의동에서 그리 멀지 않은 곳에 위치한 편이었다. 이런 캠퍼스의 중심 구역에서 그나마 멀리 떨어진 주요 시설은 학교 정문 근처에 있는 기숙사뿐이었다.

강의동도 기숙사도 모두 학생이 많은 곳이다. 대학 캠퍼스 안에서 학생이 없는 곳이란 거의 없긴 하지만.

"나비다! 나비가 많아."

규진은 양 교수의 고민은 아는지 모르는지 그저 꽃나무 주위를 날아다니는 나비를 쫓는 데에 여념이 없었다.

결론부터 말하자면 실종된 학생은 정말로 있었다. 생물학과 2학년 여학생이었다.

작년 5월 모일부터 기숙사에서 돌연 사라진 그 학생은 기숙사에 돌아오지 않는 건 물론 학교 강의에도 출석하지 않아 동기들의 우려를 샀다. 어떤 동기가 그녀에게 전화를 해보기도 했지만, 휴대폰이 꺼져 있어 전혀 연락이 되지 않았다고 한다.

학교 측은 그녀의 실종 사실을 깨닫고 보호자에게 연락을 시도했다. 그러나 잘 되지 않았다. 그 여학생에게는 애당초 친족이 없었기 때문이다. 보육원 출신이었던 그녀의 보호자란에는 보육원의 전화번호만이 적혀 있었다. 담당자는 지푸라기라도 잡는 마음으로 보육원에 전화를 걸었지만, 그녀는 이미 보육원을 퇴소했으므로 우리 쪽에서 할일은 없다는 차가운 대답만이 돌아왔다.

실종된 여학생에게는 친족도, 특별히 안위를 살피는 사람도 없었다. 따라서 그녀는 분명히 실종되었지만 실종신고를 할 수 있는 사람이 없었다. 이 건에 대해 당시 학교 측은 나름의 해결책을 찾아보려 했으나, 시간이 흐름에 따라 자연스럽게 잊히고 말았다.

"사건성이 있는 실종이었다면 차라리 경찰이 나설 수도 있었을 텐데요. 그런 것도 아니고 그냥 연기처럼 사라져버렸어."

교학팀의 조언을 듣고 찾아간 기숙사 사감실에서 흰 머리의 사감은 그렇게 말했다. 양 교수에게는 믹스 커피를, 이 리터 우유갑을 보고 눈을 반짝인 규진에게는 우유 한 잔을 내어준 참이었다.

"연기처럼, 말인가요."

양 교수가 벗어둔 중절모를 만지작거리며 물었다.

"연기처럼요. 기숙사 오층에 살고 있었는데, 자기가 쓰던 걸 죄다 내버려두고 어느 날 밤 사라졌어요. 그래도 휴대폰은 챙겨 갔더라고요. 충전기는 안 챙겨 갔고……"

"휴대폰? 그걸로 사진도 찍고 그러지? 나도 알아."

우유를 들이켜던 규진이 어린아이 같은 말투로 대뜸 물었다. 흰 머리의 사감은 어안이 벙벙한 얼굴로 입가를 하얗게 물들인 규진을 쳐다보다가, 무언가를 묻는 듯한 눈으로 양 교수를 쳐다보았다.

"아, 아아…… 좀 특이한 학생입니다. 제가 데리고 다니면서 교육하고 있는 학생이라…… 무시하셔도 됩니다."

"우유 맛있어! 더 마셔도 돼?"

"그래서 사감 선생님, 그 아이가 사라졌을 때 뭔가 다른 일은 없었습니까?"

양 교수가 웃는 얼굴로 이 리터 우유갑을 들어 규진의 잔을 채웠다. 마시면서 얌전히 있으라는 무언의 압력을 보냈지만, 규진은 그의 텔레파시 따위 전혀 눈치채지 못한 듯 싱글싱글 웃으며 희게 물든 잔을 기울였다. 사감은 주름진 눈을 몇 번 끔뻑이다가 이내 이해를 관두고 양 교수의 물음에 답했다.

"글쎄요…… 혈기왕성한 애들 몇백 명이랑 같이 지내다보면 항상 일이 터지는 법이라 말입니다. 작년 5월인가, 한번 볼까요……"

사감은 손님용 소파에서 일어나 사감실 안쪽 책상 앞으로 다가갔다. 서랍에서 두꺼운 파일철을 꺼내는가 싶더니 돋보기안경을 쓰고 뒤적였다. 파일철 표지에 적힌 '사감일지'라는 두꺼운 글자를 양 교수는 빤히 바라보고 있었다.

"더 마셔도 돼?"

양 교수는 규진에게 우유갑을 밀어주었다.

"하기야 목이 마르겠지."

"응? 나?"

"제 것이 아닌 몸에 억지로 들어가 앉아 있으니 불편하지 않니? 목이 타지 않고 배기나."

"으음. 손이 손이 아닌 거 같고 발이 발이 아닌 거 같긴 한데 많이 불편하진 않아."

"보통은 그런 걸 불편하다고 한단다."

두 사람이 속닥거리던 와중 사감일지를 살피던 사감의 입에서 신음이 흘러나왔다. 고개를 젓는 걸 보니 학생이 실종되던 날 별일은 없었던 듯했다.

"으음…… 기숙사 뒤에 있는 길고양이 집이 강풍으로 날아간 거 외에는 특별한 일이, 아아, 맞아. 비바람이 엄청 부는 날이었습니다. 집을 잃은 고양이들이 쫄딱 젖은 채 기숙사 건물 안으로 들어와서 난리였었죠."

학교 캠퍼스 안을 돌아다니는 고양이들이라면 양 교수도 몇 번 마주친 적이 있다. 한두 마리도 아니고 거의 여섯 마리는 있는 것 같았다. 그중 노란색 고양이와 검은색 고양이는 늘 한 쌍으로 함께 다니는데, 아내가 없는 양 교수가 보기에도 두 마리는 아주 금실이 좋아 보였다.

그 외에도 회색 고양이나 갈색 고양이, 삼색 고양이…… 강의동만 나가면 보이는 게 고양이니 이게 사람 다니는 학교인지 고양이 학교인지 헷갈린다는 우스갯소리도 있었다.

"고양이들 집이 여기 있었던가요?"

"예에. 기숙사니까요. 어쩌다보니 고양이들 집도 기숙사에서 관리하고 있습니다."

"바람에 집이 날아갔다니 고양이들한테는 날벼락이었겠습니다. 지금은 새로 지어주셨습니까?"

"집이라고 해봤자 빈 박스를 몇 개 세워둔 거긴 했지만요. 비바람이 잦아든 후에 아주 단단한 박스로 새로 지어줬습니다. 코팅된 택배 박스로요."

기숙사 뒤편에는 정말로 튼튼한 고양이 집이 있었다. 코팅된 택배 박스를 잘 접고 이어붙여 만든 은신처 안에는 푹신한 쿠션이며 이불이 깔려 포근해 보였다. 이런 봄날에는 조금 더울지도 모르겠지만, 밤이면 또 서늘해지니 고양이들에게는 안성맞춤인 요새일 터였다.

규진은 사감에게서 받은 이 리터 우유갑으로 고양이들의 물그릇을 채워주었다. 이불 위에 배를 깔고 엎드려 있던 하얀 고양이가 우유를 쪼르르 따르는 소리를 듣고 다가왔다. 다른 고양이

들은 벚꽃 철을 맞아 외출중인지 보이지 않았다.

"내가 나눠주는 거야. 맛있게 먹어!"

하얀 고양이는 우유는 먹을 생각도 않고 갸릉갸릉 하며 규진의 발치에 머리를 비볐다. 규진은 그 모습이 마음에 드는지 깔깔거리며 웃다가 팔을 뻗어 고양이를 덥석 쓰다듬었다. 흰 털이 규진의 청바지에 잔뜩 달라붙을 때쯤, 그는 굽혔던 몸을 벌떡 일으키더니 중절모를 만지작거리던 양 교수에게로 허겁지겁 다가왔다.

"나, 얘를 전에도 여기서 봤던 거 같아."

"뭐라고?"

양 교수가 중절모에서 손을 떼고 되물었다. 그리 말하는 규진의 얼굴에는 당황과 놀라움이 이상한 비율로 혼합된 묘한 표정이 떠올라 있었다.

"봤어, 분명히 봤어. 얘는 기숙사 근처를 잘 안 떠나. 그래서, 그래서 내가 이 주위만 빙빙 돌아다니면서 같이 놀아줬어. 맛있는 것도 같이 먹고, 저기 올라가서 예쁜 노을도 같이 보고, 하늘의 별도 같이 올려다보고…… 아, 기억났어!"

그러더니 규진은 말을 다 끝마치지도 않고 대뜸 기숙사 뒤편의 산을 올랐다. 날쌔게 달려간 규진을 쫓아 양 교수도 허겁지겁 달렸다. 포장되지도 않고 다져지지도 않은 산길을 규진은 아주 익숙하게 뛰어올랐다.

무언가 기억난 걸까. 기억을 잃은 영혼이 특정한 대상을 계기로 기억의 편린을 되찾는 건 흔한 일이기는 하지만. 하얀 고양이와 함께했던 기억이라…… 죽은 학생이 고양이들과 친하게 지내기라도 했던 걸까.

기숙사 뒷산에는 정상까지 오르는 찻길이 따로 있다. 기숙사 앞의 도로를 지나 한참을 나아가다가 캠퍼스 반대편 도로까지 빠지면 점점 고도가 높아지는 외길이 운전자를 반긴다. 완만하게 굽어진 외길은 결국 왔던 길을 크게 되돌아가 기숙사 뒷산 정상까지 이어진다…… 그곳이 바로 양 교수가 생각했던 '학교 안에서 속도를 낼 수 있는 도로' 중 한 곳이다.

캠퍼스 부지이기는 하지만 사용처가 마땅치 않아 버려진, 산이라고 하기에는 좀 낮고 언덕이라고 하기에는 꽤 높은 둔덕이다. 그러니 사람의 왕래도 무척이나 적다. 이곳에 오는 사람의 대다수는 캠퍼스 안쪽으로 들어가는 길을 착각한 초보 운전자다. 기숙사 바로 뒷산이기는 하지만 다져진 산책로도 없어 산행을 하는 사람들도 없다. 찻길로 오르려면 오를 수는 있겠으나, 산으로 이어진 찻길은 캠퍼스 반대편까지 깊게 들어가야만 나온다. 볼 것도 없는 산 하나를 오르기 위해 그 정도의 거리를 걸어갈 사람은 없다……

만약 이런 곳에서 우연히 뺑소니가 일어났다면, 아무도 모르게 처리할 수 있을 법도 하다.

십 분 정도 가파른 산길을 올랐을까. 규진은 어느새 양 교수의 시야에서 보이지 않았다. 이미 정상에 도달해버린 것이다. 중절모를 눌러쓰며 헉헉거리던 양 교수는 무거워진 다리를 재촉하며 겨우 정상에 올랐다.

정상은 울타리 하나 없는 평지였다. 맞은편 절벽 아래로는 학교 앞 이차선 도로가 내려다보였다. 도로 근처에는 새파란 교통 표지판만이 몇 개 꽂혀 있을 뿐 대학가다운 시설은 전혀 없었다.

양 교수와 규진이 올라온 방면으로는 초목이 무성하게 나 있고, 왼편에는 초목 사이로 그나마 정돈된 찻길이 덩그러니 하나 나 있었다. 뒤를 돌면 울창한 나무 사이로 기숙사 건물의 옥상이 겨우 보였다. 억세고 푸르른 나무들이 시야에 방해가 되었다.

양 교수는 허벅지에 양손을 올리고 숨을 가다듬으며 규진을 찾았다. 규진은 오른편 수풀을 엉금엉금 기어다니고 있었다.

"뭐하는 거니, 거기서."

성큼 다가가자 지면을 기던 규진이 목만 돌려 양 교수를 바라보았다. 손가락이며 손톱 밑이 흙으로 더러워져 있는 걸 양 교수는 알아챘다. 규진의 바로 앞 땅이 미묘하게 파여 있는 것도.

어쩐지 울상을 지은 규진은 양 교수에게서 고개를 돌리고 계속해서 땅을 파냈다. 손목 스냅을 능숙하게 이용해 맨손으로 흙을 파고드는 것이, 사람의 동작으로는 전혀 보이지 않았다.

"여기야, 여기야. 나는 알아. 나는 여기서 눈을 떴으니까."

"눈을 떴다고?"

"까먹고 있었는데, 기억났어. 나, 아까 여기서 눈을 떴어. 잠깐 잠들었다가 깬 줄 알았어. 그런데 그게 아니었어."

힘차게 땅을 파던 규진의 목소리에 울음기가 섞였다. 좋지 않은 예감이 머리를 스친 양 교수는 주위를 둘러보다가, 넓적한 돌을 하나 주워 규진을 거들었다.

"그게 아니었어, 아니었다고."

끊임없이 흙을 파낸다. 어느새 성인 남성의 주먹 하나 정도는 거뜬히 들어갈 정도의 깊이가 되었다.

"나, 나는, 일어나서, 할일이 있었던 거 같아서, 이 언덕을 내려갔어. 내려가서 친구들한테 인사했어. 그런데, 그런데 아무도 나를 안 봐주는 거 있지."

그제야 자신이 죽은 걸 알았다. 그제야 자신에게 육체가 없다는 걸 알았다. 무섭게도 서늘하고 아릿한 감각이 그의 자아를 덮쳤다. 울고 싶었지만 눈물이 나오지 않고 발버둥치고 싶었지만 사지가 없었다. 의식과 기억의 파편만이 허공을 둥둥 떠다니는 기이한 감각.

"짜증났어! 화도 났어. 그리고 슬펐어. 너무 슬퍼서 견딜 수가 없었어. 근데 아무한테도 전할 수가 없어. 나는 마지막 순간을 기억하고 있는데. 자동차가 날 깔아뭉개던 순간의 끔찍한 고통이 아직도 기억나는데."

시간이 갈수록 기억은 점점 더 흐려져갔다. 남은 거라곤 뺑소니를 당했다는 처참한 자각뿐. 희미한 억울과 슬픔만이 그렇게 천천히 풍파되어 가다가, 그는 캠퍼스 안을 돌아다니던 학생의 몸을 빼앗았다.

"얘한테는 미안하게 됐지만, 이, 이렇게라도 안 하면 내 얘기를 아무도 안 들어줄 것 같았단 말이야."

정작 몸을 되찾은 후에는 살아 있다는 감각에 그저 취해서, 모든 원념을 잠시 잊고 따스한 봄날의 햇빛을 받으며 중앙 광장에서 삶의 행복을 누리고 말았지만.

양 교수는 묵묵히 그의 이야기를 들었다. 이따금 한이 서린 영혼은 그 한을 들어주는 것만으로 한결 편해지고는 한다. 경청은 한풀이에 도움이 된다……

땅을 파던 양 교수의 돌에 무언가 단단한 게 닿았다. 땅속에 박힌 바위이겠거니 싶어 그는 다른 손으로 그것을 뽑아내려 들었다. 하지만 손이 닿는 순간, 무언가 질감이 다르다고, 양 교수는 직감적으로 느꼈다.

"……잠깐만, 손 좀 치워보겠니?"

하늘이 보라색으로 물들었다. 해가 막 지려고 하는 참이었다. 낮과 밤, 삶과 죽음의 경계가 애매해지는 시간. 배회령의 눈물 젖은 옆얼굴이 푸르게 빛났다.

양 교수는 손에 닿은 그것을 힘껏 뽑아냈다.

그리고 흠칫 놀라고야 말았다.

짐승의 작은 두개골이 양 교수를 향해 공허한 두 눈구멍을 보이고 있었다.

양 교수는 그제야 모든 것이 이해되었다.

규진에게 빙의한 배회령이 초등학생 수준의 행동을 보인 건 그럴 만한 이유가 있었다. 애당초 그는 인간이 아니었기 때문이다. 인간이 아니라 고양이이기에 그는 철쭉의 꿀을 빨아먹고 팔랑팔랑 날아다니는 나비를 향해 주먹을 날렸으며 우유를 몇 잔씩이나 마셨다.

자신의 이름을 기억하지 못하는 것도 당연했다. 고양이에게 이름이 없어서가 아니다. 고양이는 인간보다 훨씬 작고 연약한 생물이다. 그러니 만일 고양이가 차에 치여 뺑소니를 당한다면, 고양이는 인간보다 훨씬 더 심한 충격을 받게 된다. 배회령의 말마따나 차가 고양이의 위를 밟고 지나갔다면 그 고통은 이루 말할 수 없을 지경이었을 것이다. 그런 최악의 고통을 겪으며 죽은 고양이는 심한 충격으로 제 이름마저 기억할 수 없었던 것이다……

기숙사 뒤편에서 있었던 일도 그렇다. 하얀 고양이는 기숙사 근처를 떠나는 일이 없어, 배회령 그 자신이 친구가 되어 함께 밥을 먹고 노을을 보고 때로는 별도 보았다고 했다. 분명 배회령

역시 이 학교 캠퍼스 안에서 같이 살던 고양이이기에 행동을 같이 한 게 아니었을까.

규진은 구멍 앞에 주저앉은 채 작은 두개골을 만지작거리고 있었다. 어딘가 달관한 듯한 표정은 차라리 편안해 보이기도 하고 슬퍼 보이기도 했다.

"고양이였구나, 너는."

양 교수가 나지막히 말했다. 규진은 별다른 반응을 보이지 않았다. 그저 손안의 두개골을 손가락으로 몇 번 쓰다듬으며, 푸르게 물든 입가를 작게 일그러뜨릴 뿐이었다.

"이제 되었니?"

규진은 자신의 시신을 찾아 곱게 묻어달라고 부탁했다. 백골화가 진행된 시신은 이미 찾았다. 남은 건 장사를 지내주는 일. 양 교수는 물론 작은 무덤 정도는 만들어줄 생각이었다. 아무도 오가지 않는 뒷산에 고양이 뼈 좀 묻는다고 큰일이 나지는 않을 테니까.

배회령은 두개골을 쓰다듬던 손가락을 멈췄다. 그리고 움푹 팬 구덩이에 잘 넣어두었다. 그는 아무 말 없이 구덩이 옆에 쌓인 흙을 밀어 땅을 되돌리다가, 어느 순간 몸을 우뚝 세웠다.

"고마워, 잘 있어."

그 말을 끝으로 규진의 몸은 옆으로 크게 기울어졌다.

 원고 뭉치를 손에 든 미스터리 작가는 미묘한 얼굴을 하고 있었다. 그 맞은편에 앉은 독고유진은 왠지 불길한 느낌에 괜히 얼음만 남은 아이스 아메리카노를 쪽쪽 빨아 마셨다. 분명히 마지막 장을 넘긴 것 같은데도 미스터리 작가는 마지막 페이지에서 눈을 떼지 못하고 있다.

 고개마저 갸웃거리던 그는 유진이 커피잔을 테이블에 돌려놓은 후에야 원고 뭉치를 덮었다. 언제 보아도 억울해 보이는 얼굴이 조심스레 유진을 향했다.

 "어때?"

 원고의 주인인 유진이 우선 물었다. 미스터리 작가는 바로 대답은 않고, 그저 곱슬기가 있는 검은 머리칼을 쓸어내리면서 정돈하기나 했다.

 "별로야?"

 "아, 아뇨. 그건 아니고……"

 소심한 목소리가 그의 입에서 튀어나왔다. 미스터리 작가 서도진은 시선을 내려 카페의 테이블 위를 이리저리 훑었다. 그의 몫인 복숭아 아이스티는 절반도 채 비워지지 않았다.

 "……재미있어요. 그, 미스터리 잡지에 내실 글이라고 했던가요…… 괜찮다고 생각해요."

단편치고는 조금 짧지만 아마 허용범위일 것이다. 유진은 고개를 끄덕였다. 도진은 목까지 내려오는 긴 머리를 또다시 몇 번 만지작대다가 유진을 바라보았다. 심약하게 처진 눈은 공격성이라고는 하나도 없어 보였다.

"그런데, 그, 궁금한 게 있는데요……"

미스터리 작가는 새카만 눈동자를 빙그르르 굴리며 물었다.

"궁금한 거?"

"그, 숨겨진 진상, 같은 걸 계획하신 건가요?"

"숨겨진 진상?"

유진은 매끈한 턱을 매만졌다. 원래는 잘 정돈된 턱수염을 달고 다니는 그지만, 동료 작가에게 처음으로 원고를 보여주는 자리에서는 그래도 깔끔한 모습을 보이고 싶었다.

원고를 읽느라 한참을 방치된 복숭아 아이스티는 얼음이 완전히 녹아 묽어져 있었다. 도진은 묽은 아이스티를 한 모금 마시더니 별로 맛이 없다는 듯 미간을 찌푸렸다. 맹맹한 아이스티의 맛이 남은 입술을 한번 핥고 그는 이렇게 말했다.

"그 배회령의 정체는 사실 고양이가 아니라, **실종된 학생**이었던 거죠?"

마흔 살의 호러 작가 독고유진은 일이 년 전 장르 소설 앤솔러지 기획 회의에서 처음으로 서도진을 만났다.

그는 미스터리 분야에서 독보적인 인기를 누리고 있었는데, 데뷔작인 『보랏빛 심해』가 이상한 수준의 붐을 일으킨 탓이었다. 환상 소설과 미스터리 소설을 절묘하게 융합한 센스가 비 마니아층에도 어필이 된 것 같다고 출판 관계자는 이야기했다.

정작 도진은 자신의 작품이 세간에서 오르내리고 있다는 사실을 알지 못했다. SNS를 비롯한 인터넷을 거의 눈에 들이지 않는 그는 흥행 성적을 편집자의 입으로 전해듣고 까무러칠 정도로 놀랐다고 한다. 이 시대에 SNS를 둘러보지 않는 작가라니, 상당히 특이한 캐릭터였다.

기획 회의에서, 유진은 제 옆에 앉은 우울하고 의기소침해 보이는 장발의 남자가 서도진이라는 이야기를 듣고 흠칫했다. 도진은 제 옆자리의 작가가 독고유진이라는 소리를 듣고 덩달아 흠칫했다.

"작가님 소설 정말 잘 보고 있습니다……"

뺨을 붉게 물들인 도진은 기어들어가는 목소리로 말했다.

그게 그와의 첫 대화였다.

함께 앤솔러지에 참여한 이후로 두 사람은 급격하게 가까워졌다. 사는 곳은 다르지만 메신저와 이메일로 서로의 안부를 주고받았다. 그러는 사이 자연스럽게 서로의 차기작을 궁금해했다. 도진은 유진의 호러 소설을 궁금해했고 유진은 도진의 환상 소설을 궁금해했다. 그때까지만 해도 도진은 작가로서 자신의 정체성이 미스터리에 있다고는 생각하지 않았다.

하지만 서로의 초고를 바꿔 읽으며 피드백하는 모임을 가지면서 도진의 방향성은 명확해졌다.

"이건 이상한 거 같아요…… 논리적으로 조금 말이 안 되지 않나요?"

그에게는 미스터리 작가의 소질이 있었다. 그 자신은 자각하지 못한 논리성과 합리성이 음울하고 새카만 눈동자 뒤에 숨어 있었다. 소설에 등장한 소재가 결말부에서 깔끔하게 맺어지지 않으면 이상하게 여긴다. 그런 정합성을 도진은 무의식중에 추구하고 있었다. 그의 데뷔작이 일각에서는 미스터리 소설로 평가된 이유를 알 것 같다고 유진은 생각했다.

호러 작가인 유진에게 정합성은, 실은 크게 필요하지 않았다. 호러의 세계는 언제나 비현실적이고 비합리적이며 이치를 따르지 않는다. 인간은 상식에서 벗어난 무언가를 보면 공포에 질린다. 그것이 호러의 본질이 아닌가. 따라서 유진은 도진의 피드백을 진지하게 받아들이는 일이 별로 없었다.

하지만 이번 작품은……

이번 작품 『설원해담雪冤解談』은 달랐다.

우연한 계기로 미스터리 잡지에 지면을 얻은 유진이 호러의 형식을 잠시 내려두고 미스터리의 형식을 취한 이례적인 글이기도 했지만은. 그래서 미스터리 작가인 도진에게 피드백을 넘어

합평 수준의 평가를 해달라고 구태여 요청하기도 했지만은……

그런 작품 외적인 이야기와는 비교할 수 없는 비밀이 작품 내부에 숨겨져 있었다.

『설원해담』은 유진이 대학생 시절에 실제로 겪었던 일을 바탕으로 집필한 작품이었다.

김규진이라는 이름의 주인공은 다름 아닌 독고유진 그 자신이 모델이었다. 작품 속의 민속학과 교수 양석민 역시 실존하는 인물이며, 그는 지금도 충남 모처의 대학교에서 신화 연구를 이어나가고 있었다.

"규진이라는 학생의 몸에 들어간 배회령은 이렇게 말했어요. '하얀 고양이랑 같이 높은 곳에 올라가서 노을을 봤다'라고."

도진이 원고 뭉치의 페이지를 펄럭펄럭 넘기며 말했다. 규진이며 양 교수라는 단어가 종이 위를 흘러갔다. 유진은 테이블 밑으로 두 손을 숨겨 맞잡았다. 이상한 긴장이 유진의 신경을 기어 다니고 있었다.

유진의 모계에는 무속의 피가 흐른다. 격세유전으로 내려오는 무속의 피는 유진에게 전해졌다. 그러나 유진은 자신의 운명을 거슬렀다. 박수무당으로 살라니 말도 안 되는 일이었다. 유진은 외할머니의 조언을 무시하고 점집을 뛰쳐나갔다. 신내림을 거부한 것이다. 신을 거스른 유진은 그뒤로 온갖 잡귀에게 시달리게 되었다. 흔히들 말하는 신병이었다.

유진이 민속학과로 진학한 건 그 영향이었다. 만약 민속학과에 무속을 전문적으로 연구하는 학자가 있다면, 학술적으로 자신의 문제를 해결할 수 있는 학자가 있다면 그 밑에서 가르침을 받고 싶었다. 정말로 그런 학자는 있었다. 무속이 아니라 신화를 전문으로 연구하는 학자였지만, 유진의 눈에는 크게 다르지 않았다. 그가 바로 양석민 교수였다.

유진과 그 은사의 실화담을 뒤적이던 도진의 손이 특정 페이지에서 멈췄다. 손가락은 어떤 문장을 가리키고 있다. '맛있는 것도 같이 먹고, 저기 올라가서 예쁜 노을도 같이 보고, 하늘의 별도 같이 올려다보고……'

"배회령은 하얀 고양이랑 어디서 노을을 본 걸까요?"

"기숙사 건물 근처에서 본 거 아니야? 하얀 고양이는 기숙사 주위를 벗어나는 일이 없다고 썼던 것 같은데."

유진이 매끈한 턱을 매만지면서 말했다. 도진은 천천히 고개를 저었다.

"아니에요. 일단 '저기 올라가서'라는 어구가 무시된 건 둘째치더라도…… 하얀 고양이는 기숙사 근처에서 노을을 볼 수 없어요."

"왜?"

"기숙사는 **서쪽**을 보고 있으니까요."

서쪽을 보고 있다고? 내가 그런 문장을 썼던가. 유진은 잠시 자신의 머릿속에서 초고를 뒤졌다. 특별히 방위를 제시했던 적은 없는 것 같은데.

아니, 애초에 서쪽을 보고 있다면 고양이는 충분히 노을을 볼 수 있다. 해는 동쪽에서 떠서 서쪽으로 지니까. 노을은 언제나 서쪽 하늘에 진다는 말이다. 도진이 방위를 착각하고 있는 모양이라고 유진은 짐작했다.

하지만 묽은 아이스티를 한 모금 마신 도진은 믿을 수 없는 이야기를 시작했다.

"양 교수의 연구실 창문에서는 학교 정문과 주차장, 그 옆에 있는 기숙사, 그리고 중앙 광장이 보여요. 제일 첫 페이지의 서술이죠. 그리고 원고를 읽다보면 이런 문장도 나와요. '시간은 어느덧 정오를 넘어 해는 천천히 인문사회동 건물 뒤로 넘어가고 있다. 저 멀리 기숙사 건물의 줄지어 있는 창문이 햇빛을 받아 번쩍였다. 오후 수업을 위해 기숙사 정문을 나서는 풋풋한 학생들의 모습이 점점이 보이기도 했다.' 해는 동쪽에서 떠서 서쪽으로 지잖아요. 그러니 양 교수가 서 있는 창가는 동쪽을 바라보고 있는 거고, **햇빛을 받아 번쩍이는 기숙사 창문과 학생들이 나오는 기숙사 정문은 반대로 서쪽을 바라보고 있는 게 돼요.**"

"……그렇지?"

"그러면, 기숙사 주변에서 벗어나지 않는 고양이는 절대 노을을 볼 수 없어요. 기숙사 근처에서 보이는 서쪽 하늘은 인문사회동이 막고 있을 테니까요."

"무슨 소리야, 그게? 인문사회동 하나로 하늘이 전부 막힐 리가……"

도진의 지적에 반론하던 유진이 한순간 말을 잃었다.

유진은 알고 있었다. 자신이 다니던 대학의 캠퍼스는 강의동이 한 곳에 오밀조밀 몰려 있었다. 조망이 참 좋지 못한 학교였다.

그러니까, 서쪽에는 인문사회동만 있는 게 아니었다……

"아니요. 기숙사 서쪽에는 인문사회동을 비롯한 여러 강의동이 모여 있어요. 이런 문장도 있잖아요. '양 교수의 연구실이 있는 인문사회동 옆으로는 예술체육동이, 뒤로는 자연과학동이, 그 뒤로는 공학동과 건축동이……' 인문사회동 근처에는 수많은 강의동이 있다는 말이에요."

태클을 걸지 않는 유진을 확인하고, 도진은 '추리'를 이어갔다.

"게다가, 만약 그 배회령이 고양이였다고 해봐요. **고양이는 사람과 다르게 시야가 아주 낮아요.** 사람이었다면 강의동 꼭대기에 겨우 걸린 노을을 볼 수 있었을지도 모르겠지만, 땅에 납작 붙어서 네 발로 기어다니는 고양이는 다르다는 말이에요. 고양이는 서쪽 하늘이 강의동으로 꽉 막힌 기숙사 근처에서 절대 노을을 보지 못해요……"

"기숙사 뒤에 산이 있잖아. 고양이 사체가 묻혀 있었던 신 말이야. 거기로 올라가서 노을을 봤다고 하면 어때?"

돌파구를 찾은 유진이 손가락을 딱 튕기며 말했다. 하지만 도진은 여전히 심약한 표정으로 고개를 절레절레 저었다.

"그것도 아니에요. 이런 문장들이 있잖아요. 기숙사 뒷산을 묘사하는 문단이에요. '양 교수와 규진이 올라온 방면으로는 초목이 무성하게 나 있고, 왼편에는 초목 사이로 그나마 정돈된 찻길이 덩그러니 하나 나 있었다. 뒤를 돌면 울창한 나무 사이로 겨우 기숙사 건물의 옥상이 보인다. 억세고 푸르른 나무들이 시야에 방해가 되는 것이다.' **서쪽을 바라보는 기숙사 방면으로는 억센 나무들이 서 있어요**. 이래서는 고양이는커녕 사람도 노을을 보기 힘들죠."

그러니까, 하고 도진은 유진이 끼어들 틈을 주지 않고 추리를 계속했다.

"규진의 몸을 빼앗은 배회령은 고양이가 아니라 실종된 생물학과 여학생이었던 거예요. 그 학생은 **기숙사 오층**에 살고 있었잖아요. 그 정도 높이라면 충분히 노을이 보일 법도 하죠. 기숙사는 동물 반입 금지겠지만…… 하얀 고양이랑 밥도 같이 먹고 별도 같이 봤다는 거 보니 어지간히 친하게 지낸 모양이잖아요. 아마 한두 번 정도 기숙사에 몰래 들여왔던 게 아닐까요?"

"잠깐만, 잠깐만."

유진이 손을 휘휘 내저었다. 도진은 갑작스러운 제지에 흠칫 놀라 눈을 조금 크게 뜬다.

"네 말이 다 맞다고 해도, 정말로 기숙사 뒷산에서 고양이 사체가 발견됐잖아. 배회령은 그걸 보고 한이 풀려서 사라졌고."

"아니요…… 한이 풀려서 사라진 게 아닐 거예요."

도진은 테이블 위에 올린 두 손을 꿈지럭대면서 반론했다.

"배회령은 뺑소니 후 버려진 자신의 시신을 찾아달라고 부탁했어요. 양 교수와 함께하면서 배회령은 중간중간 생전의 기억을 묘하게 떠올리는 모습을 보였죠. 마지막으로는 기숙사 뒷산에 올라 특정한 장소를 파헤치기도 했고요. 배회령은 아마 그곳에 자신의 시신이 묻혀 있다고 생각했을 거예요. 하지만 나온 건 고양이의 두개골뿐……"

미스터리 작가의 새카만 눈동자가 불안하게 움직였다.

"실종된 생물학과 여학생은 하얀 고양이를 좋아했어요. 좋아하다 못해 자기 기숙사에도 들였을 정도니 아마 다른 고양이도 좋아했을 거예요. 그런데, 여학생이 실종된 날 비바람 때문에 박스로 만든 고양이 집이 날아갔다고 했죠? 전 이렇게 생각해요. 그 여학생은, **기숙사 뒷산으로 날아가버린 고양이 집을 찾으려다가 길을 잘못 든 차에 치여 변을 당한 거라고.**"

유진은 자신이 썼던 원고 뭉치의 페이지를 뒤적였다.

'기숙사 뒷산은 정상까지 오르는 찻길이 따로 있다. (……) 그곳이 바로 양 교수가 생각했던 '학교 안에서 속도를 낼 수 있는 도로' 중 한 곳이다. (……) 이곳에 오는 사람의 대다수는 캠퍼스 안쪽으로 들어가는 길을 착각한 초보 운전자다. 기숙사 바로 뒷산이기는 하지만 산길도 없어 산행을 하는 사람들도 없다……'

"정리하자면…… 캠퍼스 안으로 들어가려고 했던 차가 길을 잘못 들어서 뒷산으로 향해요. 외길을 오르다보니 캠퍼스 건물은 전혀 보이질 않고 마지막에는 무슨 울타리 하나 없는 절벽이 차주를 반기겠죠. 차주는 욕을 한마디 뱉고 길을 돌아나가요. 빗줄기가 거세고 고양이 집을 날릴 정도의 돌풍이 부는 날, 급하게 산을 내려가는 차. 그 앞에 학생이 갑자기 튀어나오는 거예요……"

평지도 아닌 산 위에서, 빗물에 미끄러지며 빠른 속도로 달려오는 차. 운전자는 운전자대로 워낙 인기척이 없으니 전방 주시에 태만했을 것이다. 거친 빗줄기가 시야를 가렸을 가능성 또한 충분히 있다.

산 위로 날아간 고양이 집을 되찾으러 온 학생은 순식간에 비명횡사한다.

규진의 몸에 빙의한 배회령은 고양이의 몸으로 교통사고를 당한 게 아니다. **순전히 인간의 몸으로, 산 위에서 돌진해오는 차에 갑작스럽게 치여 숨지고 만 것이다.** '뜻밖의 사고로 비명횡사한 인간은 사고 당시의 충격으로 인해 품고 있던 영혼이 파편화된다. 물리적인 고통이 정신에도 영향을 끼쳐 영혼 그 자체를 짓뭉개버리는 것'이라는 서술에도 충분히 부합하는 내용이다.

원고 뭉치를 손에 쥔 유진은 깨달았다.

눈앞의 미스터리 작가는 오로지 글의 서술만을 추리의 재료로 삼고 있다.

미스터리란 본래 글로 꾸며진 문제를 해결하는 문학의 한 갈래. 그렇다면, 그것을 짓는 작가란, 글 속의 모든 문장을 문제 해결의 단서로 활용하는 데 도가 튼 인간일 수밖에 없다.

설령 그 글이라는 게 픽션이 아닌 실화를 기반으로 한 것이라도……

"사람을 치고 패닉에 빠진 차주는 이 사건을 덮어버리려고 해요. 마침 차에 삽이 있었는지, 아니면 피가 묻은 보닛을 닦고 언덕 아래로 내려가 삽을 따로 구해왔는지는 모르겠어요. 후자는 목격당할 리스크가 크니 아마 전자였을 거라는 생각이 들기는 하네요. 그럼 차주는 삽을 차에 싣고 다니는 특이한 부류의 사람이라는 게 되니 용의자도 어느 정도 제한되고…… 이를테면 삽질을 자주 하는 농학대 사람이라든가…… 아, 앗, 아니, 여기까지는 역시 오버인가요……"

무언가에 씌인 듯이 주절주절 잘만 말하던 도진이 문득 정신을 차리고 유진의 눈치를 보았다.

무속인의 기질이 있는 유진이 보았을 때 그에게 씌인 건……

그저 논리의 유령 같았다.

"하하, 아냐. 그래도 역시 용의자까지는 생각을 못 해봤네. 호러의 세계에서 사건의 범인 같은 건 명확하게 밝혀지지 않을 때가 많거든…… 그러니 그건 나중에 좀더 물어보기로 하고. 계속해줄래?"

유진은 애써 입꼬리를 올려 웃었다. 한참 이쪽의 눈치를 보던 도진의 표정이 한층 누그러졌다. 곱슬거리는 긴 머리카락을 손가락으로 배배 꼬던 미스터리 작가는 손을 가만히 두고 추리를 이어나갔다.

"그, 그러면. 어디까지 했더라. 아, 여학생을 쳐버린 차주. 삽을 든 차주는 시신을 곧장 뒷산에 매장하려는 계획을 세운 것 같아요. 하지만 시신을 그냥 매장하기에는 위험 부담이 커요. 설령 학생이 죽어서 묻힌 걸 아무도 모른다 해도, 산속에는 산짐승들이며 곤충들이 사니까 금세 파헤쳐진다는 말이죠."

그래서 그는 또다른 시신을 준비했다. 그것이 고양이의 사체다.

"학교 안에는 수많은 고양이가 살고 있었어요. 그중 하나가 기숙사 뒷산을 자기 영역으로 삼고 있었어도 이상하진 않아요. 아니면 비바람이 치는 날이었다고 하니 어쩌면 길을 잃은 고양이가 있었을지도 모르고요. 어느 쪽이든, 마침 기숙사 뒷산을 오르던 고양이는 몰아치는 비바람 속에서 사람을 발견하고 종종대며 다가와요. 기숙사에 고양이 집까지 있었을 정도면 학생들은 대체로 고양이한테 우호적이었을 거예요. 그러니 고양이도 인간에게 우호적이었겠죠. **규진이의 발치에 머리를 비빈 하얀 고양이처럼.**"

차주는 **고양이를 삽으로 때려 죽이고 이미 매장한 학생의 시신 위에 묻는다.**

"학생의 시신은 아마 최대한 깊게 묻었을 거예요. 그리고 고양이의 시신은 상대적으로 얕게 묻어요. 그러면 산짐승들이 시체 썩는 냄새를 맡고 달려와서 땅을 파헤쳐도, 빗물에 미처 쓸려나가지 않은 혈흔을 발견한 사람들이 사건의 기운을 느끼고 다가와서 삽머리를 박아도…… 고양이의 사체라는 방어선이 있으니 학생의 시체가 있는 깊은 곳까지는 파헤치지 않을 공산이 커요."

그래서 배회령은 자신의 시신 위에 묻힌 고양이의 사체를 보고 모든 미련을 버렸다.

자신이 뺑소니를 당한 탓에 죄 없는 고양이가 한 마리 더 죽어 버렸다. 그런 사실을 한순간에 깨닫고 만 배회령은, 자신을 도와주려고 힘쓴 양 교수에게 짤막한 감사의 말만을 남기고 현세를 떠나고 말았다.

유진은 아무 말도 할 수 없었다.

그때 자신에게 빙의했던 영혼이, 실은 고양이가 아니라 인간이었다는 말인가. 정말로 학교 안에서 학생이 죽어 묻혔다는 말인가……

그리 생각하니 등줄기에 오한이 서렸다.

참기 어려운 토기가 단전에서 식도를 타고 올랐다. 유진은 턱을 매만지는 척 입가를 눌렀다. 거울을 보지 않아도 알 수 있었다. 제 얼굴이 파랗게 질렸다는 사실을.

도진의 음울한 시선이 유진의 뺨을 훑었다. 나름의 걱정이 담긴 시선이었다. 그와 오래 교류한 유진은 알고 있었다.

"……괜찮으세요? 죄송해요. 제, 제가 너무 말도 안 되는 소리를 했죠. 유진 작가님이 열심히 쓰셨는데 제가 또, 주제를 모르고…… 이렇게 기, 기분 나쁜 소리나 하고……"

"아, 아니야. 좋은 피드백이야. 고마워. 참고가 되네…… 그런 생각은 전혀 못 해봤는데……"

얼굴 근육을 강하게 당겨 억지웃음을 만든 유진은 잠시 전화를 하고 오겠다며 자리에서 일어섰다.

"아아, 유진이 왔구나."

양 교수는 예의 창가에 기대어 서 있었다. 소설 속에서 묘사한 풍경과 똑 닮은 광경이 창문 너머로 펼쳐져 있었다. 조금 다른 게 있다면, 무언가 공사를 하는지 중장비의 기동음이 희미하게 들려온다는 점 정도일까.

'이계'를 느낄 수 있는 양 교수의 도움으로 신병 하나 없이 무사히 대학을 졸업한 유진은 이따금 그의 민속학 답사를 돕고는 했다. 오늘도 은사의 답사를 돕기 위해 모교 정문으로 발을 들인 유진이지만, 얼마 전 도진에게서 무서운 이야기를 들어서 그런지 기분이 썩 좋지 않았다.

"원고는 잘 되어가니? 무슨 탐정 소설 잡지에 글을 싣는다고 하지 않았어."

"예, 뭐…… 어디 공사해요? 되게 소란스럽네요."

유진은 왠지 모를 불길한 예감을 뒤로 하고 커피포트에 물을 올렸다. 믹스 커피를 들어 양 교수의 의향을 물으니 그는 괜찮다는 듯 고개를 저었다. 제 몫만 준비해도 될 모양이다.

"저기, 기숙사 너머에 야트막한 산이 하나 있었지? 그걸 깎아서 농대 온실을 새로 짓는다고 하더라."

"……그래요?"

"그런데…… 산을 깎다보니 웬 백골이 하나 나왔다던데."

믹스 커피를 뜯어 종이컵에 붓던 유진의 손이 뚝 멈췄다. 뒤를 돌아보자 양 교수는 고동빛의 머리칼을 살살 매만지며 입가를 비죽이고 있었다. 등까지 내려오는 구불구불한 머리칼은 예나 지금이나 바뀌지 않았다.

"……예?"

"큰일이지 않니. 무덤도 없는 곳에서 사람 뼈라니. 범죄의 냄새가 솔솔 나는데도 학교 측에서는 슬쩍 은폐하려드는 것 같아."

김지윤 설원해담

"……"

"학교 기기분석센터에서 살펴보니 거의 이십 년 전에 사망한 사람의 유골이라더구나. 순순히 경찰에 넘기자니 기자가 붙을 거 같고 기자가 붙으면 학교의 평판이 떨어질 것 같고…… 사후 처리가 참 곤란한 모양이야. 흐음, 아무리 그래도 인간된 도리로 은폐하는 건 좀 아니지 싶은데."

"……"

"근데 또 이상한 건 말이다. 온실 건설을 반대한 농대 이 교수가 특히나 은폐 의견을 열성적으로 내고 있다는 건데…… 응? 왜 그러니, 유진아. 물이 다 끓었는데 가만히 있고."

"……교, 교수님, 실은 그게……"

작가노트

언제나 곁에서 집필을 응원해준 소중한 친구에게 감사의 말을 전합니다.

미스터리 소설, 개중에서도 작자와 독자의 공정한 두뇌 겨루기를 위시하는 본격 미스터리 계열에 대해서 저는 언제나 의구심을 가지곤 했습니다. 수많은 텍스트 안에서 단어 하나와 서술한 줄을 억지로 건져올려 한순간 역전되는 세상을 멍하니 지켜봐야 하는 불합리란…… 그 유명한 '후기 퀸 문제' 등은 제쳐두더라도, '도전장' 뒷면에서 작가가 선택한 진상만이 진실로 구축되는 건 최선을 다한 독자의 입장에서 다소 억울하지 않나요?

진정으로 공정한 겨루기를 위해서는 독자 또한 스쳐지나간

단어 하나와 서술 한 줄을 끌어올려 응당 대적할 수 있어야 하지만, 책이라는 매체의 일방향성은 보통 그런 걸 허용하지 않습니다. 그러나 상호소통이 가능한 특수한 독자의 위치에 선 서도진은 기민하게 서술을 취사 선택해 작가인 독고유진에게 역방향의 '도전장'을 내밉니다. 작가인 네가 결정한 불완전한 진상보다 좀 더 완전한 설명이 가능한 진상이 있는데 어떻게 생각해, 라고 말이죠.

다시 말해 「설원해담」은 독자가 다중해결이라는 칼을 들고 작가를 향해 직접 반격하는 꿈같은 이야기입니다. 뜻하지 않은 해결편으로 반격당하고 설득당한 가련한 작가의 말로를 결말에서 꼭 확인해주시길.

신기 탓에 고된 인생을 보내고 있는 독고유진과 '이계'를 보는 힘이 있는 양석민 교수. 사제의 연으로 이어진 두 사람은 지금까지도 함께 '이계'에 얽힌 사건을 해결하고는 합니다. 즉 「설원해담」은 이들 서사의 프리퀄에 해당하는 이야기라고 할 수 있습니다. 본 작품에서는 '원귀' 등의 무속적인 요소를 차용했지만, 본격적인 무속이라기보다는 무속의 형태를 빌린 어반 판타지 계열의 인물들로 상정했습니다.

미스터리 작가 서도진의 경우 완전히 결이 다른 인물인데요. '이계'와는 아무런 관련이 없는 일반인인 그는 의외로 제 세계에서 주인공 탐정 역을 맡고 있습니다. 탐정 역으로 미스터리 작가란 꽤 흔하잖아요? 그의 소소한 활약담은 올봄 발행된 《계간 미스터리》(2025 봄호)의 '미스터리 장르 초단편소설 공모' 우수작 「만 오천팔백 원의 신간은 환불당한다」에서 확인하실 수 있습니다.

이상 배포만 가득한 작가의 부족한 이야기를 읽어주셔서 감사합니다. 훗날 '이계'의 특수한 미스터리 혹은 '현실'의 정통적인 미스터리로 다시 한번 만날 수 있기를 바랍니다.

송수예

조선 영아 발목 절단 사건

송수예

「조선 영아 발목 절단 사건」이 제8회 엘릭시르 미스터리 대상 단편부문에 입상하며 작품 활동을 시작했다.

발목이 파묻힐 만큼 며칠 내리 눈이 내리더니 녹을 때는 반나절도 걸리지 않았다. 귀성은 옹달진 자리에 남은 눈을 자근자근 밟다가 측간 문이 부서져라 두드렸다.

"아비 오줌보 터지겠다. 똥통에 빠지기라도 했느냐."

금방 나온대서 어린 딸에게 양보해줬더니 한참이 지났는데도 소식이 없었다. 귀성은 바지춤을 붙잡은 채 담 너머 앞집을 살폈다. 눈을 사납게 치뜨는 앞집 무녀가 마음에 걸렸지만 상황이 급했다. 귀성은 담벼락 앞에서 바지춤을 까집다 말았다. 제 발목을 다 움켜잡지도 못하는 작은 손이 달라붙어 다리를 털어도 떨어

작중 등장인물은 '젖을 먹는 어린아이'를 가리키는 '영아'가 아니라 유아기의 아이에 해당하나, 중종 28년 2월 28일 기록을 따라 '영아'로 표기한다(『중종실록』, 권73, 28년 2월 28일 신축).

송수예 조선 영아 발목 절단 사건

지지 않았다.

"어허, 아비 놀리지 마라."

이상했다. 보배는 장난기가 넘쳐도 아비가 으름장을 놓으면 그만두는 아이였다. 하지만 보배가 아니라면 누가 그에게 이런 장난을 친단 말인가.

"도와주세요."

가뭄으로 마른 논바닥처럼 쩍쩍 갈라진 목소리를 듣고 놀라 오줌도 들어갔다. 귀성은 바지춤을 올리며 고개를 돌렸다. 땅바닥을 기어와 흙투성이인 아이가 귀성의 발목을 붙들고 매달렸다. 귀성은 아이를 머리부터 훑다가 발목 언저리에서 시선을 멈출 수밖에 없었다. 아이의 발목 아래로 아무것도 없었다.

"서울 삼강가 인근 백성이 여러 목장에 드나들어 가죽과 고기를 취하기 위해 말을 해치고 있사옵니다. 앞으로 여행자에게 행장을 주되 그가 가는 지명을 기입하여 훗날 조사할 때 가서 안 될 곳에 간 자는 구금하여 죄를 다스리게 하소서."

영의정 정광필이 낮고 차분한 목소리로 아뢰었다. 사관은 단정하고 날렵한 서체로 받아적은 뒤에도 붓놀림을 멈추지 않았다. 목소리만 듣고도 누가 누구인지를 구분할 만큼 노련한 사관은 왕이 할 말을 미리 적었다.

"아뢴 대로 하라."

옥음이 당상관이 모인 편전 위로 흩어졌다. 왕은 과연 사관이 적은 그대로 전교하였다.

"용산강 무녀 집 뒤 어린아이가 두 발이 잘린 채 버려졌사옵니다. 그 아이가 '나를 업고 가면 내 발을 자른 집을 알려주겠다'고 하였는데, 죄인이 도피하기 전에 체포하소서."

한성부 판윤의 목소리에는 강기가 서려 있었다.

"아이의 두 발을 잘랐으니 비록 죽이지 않았어도 상해한 마음은 살해한 것이나 다름없다. 속히 포도대장을 불러 체포하고, 본래 형조가 추문해야 하지만 의금부에서 추문하도록 하라. 아이를 치료하지 않으면 죽을지도 모르니 신중히 간호하라."

사관은 흐트러진 붓을 고쳐 잡고 잘못 쓴 글자를 지웠다. 사관은 옥음에 띤 노기를 감지했으나 조회 내내 발끝만 쳐다보던 왕이 고개를 들었다는 사실은 알아채지 못했다.

그날 밤 왕은 홀로 어두운 궁궐 안을 거닐었다. 내관이나 궁녀가 한 명도 따라붙지 않는 밤산책은 실로 오랜만이라 숨통이 트였다. 왕래가 드물지만 반가운 손님처럼 해방감을 맞이하느라 왕은 텅 빈 궁궐을 기이하다 느끼지 못했다. 침전을 향한 발걸음이 정전 앞으로 되돌아온 횟수가 세 번을 넘자 왕은 차츰 두려워졌다. 궁에서 나고 자란 그가 귀신에게 홀린 게 아닌 이상 이리 길을 헤맬 리 없었다. 지쳐버린 왕이 하는 수 없이 들어선 정전 안에도 사람은 보이지 않았다. 어좌만이 그가 오기를 기다렸다는 듯 우러러 보이는 위치에 놓여 있었다. 주위를 둘러봐도 달리 앉을 만한 자리가 없었기에 왕은 계단을 딛고 어좌를 향해 올라갔다.

 어좌에 앉아 시름하는 사이 어디서 빗물이라도 새는지 똑똑 물방울 떨어지는 소리가 들렸다. 일정한 간격으로 이어지던 소리는 왕의 이마에서 그쳤다. 뜨뜻미지근한 액체를 훔쳐낸 손끝이 붉었다. 절대 위를 쳐다보지 말라고 직감이 외쳤으나 왕은 이미 고개를 젖힌 뒤였다. 저 높은 대들보 한가운데 목을 맨 그가 있었다. 왕은 비명을 지르며 계단을 뛰어내려갔다. 중간에 발을 헛디뎌 굴러떨어졌지만 통증을 참으며 일어섰다. 뒤돌아보자 어좌로 떨어지는 피는 계단을 타고 흘러내리고 있었다. 이제 보니 피웅덩이에 비친 왕은 어렸다. 주름 한 가닥 잡히지 않은 손이 보였고 수염 한 올 나지 않은 턱이 만져졌다. 겁에 질린 왕은 비틀거리는 몸으로 사력을 다해 도망쳤다. 수십 개의 문과 수백 개의 기둥을 지나치면서 왕은 점점 지쳐갔다. 달리는 데 거추장스러운 익선관과 옥대는 벗어던진 지 오래였다. 옷자락이 무겁고 다리에 자꾸만 감겨 확인해보니 붉은 곤룡포에서 핏방울이 떨어지고 있었다. 왕은 숨을 헐떡거리며 단단히 매듭진 옷고름을 풀었다. 비단 소매 아래로 검버섯이 핀 손등이 드러났다. 어느 순간부터 혀에 걸리는 돌덩이를 뱉어보니 닳고 누레진 어금니였다. 제발 바깥이 나오기를 빌면서 열어젖힌 문 너머에는 여봐란 듯이 똑같은 문이 닫혀 있었다.

"전하, 의녀 장금이옵니다."

왕은 귀에 익은 목소리를 듣고 악몽에서 깨어났다.

"들라 하라."

머리카락 한 올도 빠짐없이 단정히 빗어넘긴 의녀가 가까이 다가오자 희미하게 약재 냄새가 났다. 필시 찬 바람을 맞으며 침전까지 왔을 터인데도 날아가지 않은 냄새가 악몽 속 피비린내를 덮어주는 듯했다. 왕이 손을 내밀자 장금은 능숙하게 소매를 걷어 맥을 짚었다.

"전하, 누차 말씀드리지만 심열증은……"

"다스려야 하는 병이라 하였지."

질리도록 들었다는 얼굴로 왕이 이어 말했다. 천왕보심단을 올리겠다는 처방에 왕은 그건 쓰다고 투덜거렸다.

"입에 쓴 약이 몸에 좋은 법이옵니다."

"쓴소리만 하는 너는 좋은 의녀더냐."

"직언하는 신하가 충신이오니 소인도 그렇겠지요."

왕은 갑작스러운 농도 잘 받아치는 장금에게 웃어 보였다. 누구든 의심해야 하는 궁에서 장금은 왕이 신뢰하는 의원이었다.

"장금아. 네게 부탁 하나만 하마."

"하명하시옵소서."

왕은 서안 위로 지도 한 장을 펼치고 바둑돌 몇 알을 올렸다. 장금이 자세히 살피니 사대문 용산강 인근을 그린 지도였다. 흑돌 여러 알이 민가 위로 흩어진 반면 백돌은 한 알만 강 근처 언덕길 옆에 외따로이 놓여 있었다. 왕은 도성 안팎으로 파다한 사건을 아느냐 물었고 장금은 자세히는 알지 못한다고 답했다. 맥을 잡히지 않은 쪽 소매까지 걷어올리며 왕이 백돌을 가리켰다.

"이 아이는 개춘이라 한다. 갑사 김귀성이 두 발이 잘린 채 버려진 아이를 발견하였는데, 아이는 자신을 업고 가면 제 발을 자른 범인이 사는 집을 알려주겠다고 하였다."

왕은 백돌을 가장 멀리 떨어진 흑돌 옆으로 옮겼다.

"아이는 이 집 사비 한덕을 범인으로 지목했다. 한덕은 자식이 없어 정월 열흘에 길에서 아이를 주워왔다가 주인이 꾸짖자 다음날 도로 버렸다고 하더구나. 같은 집에서 부리는 종 다섯도 한덕이 수양딸로 데려온 아이를 봤다고 증언했다."

"부모나 돌봐줄 친척이 없는 아이였습니까?"

장금이 묻자 왕이 고개를 저으며 한덕이 사는 집 근처 흑돌을 가리켰다.

"이곳은 사비 중덕의 집이다. 중덕은 김귀성이 발이 잘린 아이를 업고 갔다는 소문을 듣고 쫓아와 지난해 9월 29일 잃어버린 제 자식이라고 주장했다."

장금은 지난해 9월부터 몇 달이 지났는지 속으로 세어보았다.

"중덕이 아이를 잃은 날과 한덕이 아이를 얻은 날이 거의 다섯 달이나 차이가 납니다."

"내 말이 그 말이다. 그동안 어디에 있었는지 아이에게 물어봤지만 기억이 나지 않는다 하더구나. 그런 변고를 당했으니 정신이 온전할 리 있겠느냐."

못내 안타까운 왕이 혀를 찼다.

"중덕은 생모가 맞았습니까?"

왕은 두 눈을 지그시 감은 채 고개를 끄덕였다.

"상해당한 아이의 어미라 나서서 득 될 게 무어 있겠느냐. 중덕을 당연히 생모라 여기고 아이를 보내어 성심껏 돌보도록 하려 했다."

장금은 왕이 번갈아 가리키는 흑돌 두 알이 가까이 놓여 있다는 점을 빠르게 파악했다.

"보거라. 두 집은 거리가 그다지 멀지 않은데 중덕은 아이의 소재를 알지 못했다. 중덕이 생모인지 의심스럽다는 의견을 받아들여 확실히 알 때까지 그치를 가두었다. 조사해보니 아이가 제 언니라고 말한 '어리가이'가 중덕이 키우는 큰딸이었다. 중덕이 말하기로는 아이 이름은 '옥가이'라고 하더구나."

"옥가이는 언제 발이 잘렸습니까?"

왕은 물음에 답하기 전에 백돌을 흑돌 서너 알 옆으로 옮겼다.

"옥가이는 한덕의 집을 나와 서너 집을 거치다 마지막은 무녀 귀덕이 데려갔다. 여러 명이 귀덕이 옥가이를 데려왔을 때 두 발이 붙어 있었다고 증언했다. 귀덕은 옥가이의 발이 동상으로 빠졌다고 주장하고, 증인 모두 무녀가 아이를 살리는 모습은 보았을 뿐 발이 빠졌을 때는 알지 못한다고 진술했다."

"그렇다면 귀덕이 옥가이의 발을 자르지 않았겠습니까?"

장금은 다시 언덕길 위로 돌아온 백돌을 바라보다가 옥안을 살폈다. 왕은 지도 위 바둑알을 쪼개질 듯이 노려보다 한숨을 내쉬었다.

"문제가 그리 간단치 않다. 옥가이는 '어미가 내 발을 잘랐다'라고 말했고, 한덕과 중덕은 물론이고 귀덕까지 옥가이에게 데려가 누가 발을 잘랐느냐 물었더니 일관되게 한덕을 가리켰다. 아이가 무슨 사사로운 감정이 있어 그렇게 말했겠느냐."

"아뢰옵기 송구하오나 어린아이가 다른 사람을 범인으로 착각했을 수도 있사옵니다."

왕은 손톱을 잘근잘근 물어뜯기 시작했다. 복잡한 사안에 골몰할 때마다 튀어나오는 버릇이었다.

"아니다. 옥가이는 발이 잘릴 때 상황까지 자세히 설명했다. 한낮 방안에서 두 손이 결박당하고 솜으로 입이 틀어막힌 채 칼로 발이 잘렸다고 말했다. 어린아이가 직접 겪지도 않은 일을 이리 상세히 고할 수는 없다."

불안과 조급증에 시달리는 왕은 언제 어디서나 보는 눈이 있으니 간과되기 쉬운 방식으로 스스로를 해쳤다. 화타가 와도 버릇이 고쳐질 리 만무하니 장금은 궁인으로서 명령을 받기 전에 앞서 여쭈었다.

"제가 무얼 하면 되겠사옵니까?"

그제야 왕은 애꿎은 손톱을 괴롭히기를 멈췄다.

"내일 금부도사와 의원이 옥가이를 보호하고 있는 김귀성의 집을 방문할 것이다. 너도 따라가서 며칠 동안 아이를 간호하며 작은 단서라도 좋으니 모아보거라."

"일개 의녀인 소인이 의금부에서 맡는 사건을 어찌 해결하겠사옵니까."

장금이 대답하자 창호지에 드리운 의녀의 그림자가 고개를 숙였다. 다른 그림자가 왕을 따라 의녀의 어깨에 손을 얹었다.

"장금아. 나는 의금부가 해야 할 일을 네게 맡기는 게 아니다. 의금부에서 하지 못하는 일을 부탁하는 것이다."

"명 받들겠사옵니다."

그 말을 끝으로 의녀의 그림자가 침전 너머 바람이 부는 바깥으로 사라졌다.

*

"정말 제가 하지 않았습니다."

한덕은 며칠 내리 매를 맞으면서도 혐의를 부인했다. 지의금부사 유보가 한덕과 나란히 문초당하는 귀덕을 향해 눈길을 돌렸다.

"이미 고하지 않았습니까. 아이의 발은 동상에 걸려 저절로 빠진 겁니다."

"쳐라."

그들의 비명이 의금부 도사 이창무가 있는 관청 안까지 들려왔다. 형신을 당하는 이들이 내지르는 비명이 듣기 좋을 리도 없었거니와 눈앞에 앉아 있는 동지의금부사 심언경 때문에 바깥의 소리에 집중하지 못했다.

"둘 다 입을 열지 않더군."

종구품 도사인 이창무로서는 까마득히 높은 상관이 여간 까다로운 게 아니었다. 심언경은 뻣뻣하게 굳은 이창무를 옆에 두고 혼잣말하듯 중얼거렸다.

"전하께서 신경쓰지만 않으셨어도 이리 길게 끌지 않았을 것을."

심언경이 대답하기 애매한 문장만 늘어놓는 탓에 이창무는 선뜻 끼어들기 어려웠다.

"자네는 어찌 생각하는가?"

"둘 중 하나는 범인일 테니 머지않아 실토할 겁니다."

인생에서 고비라고는 아직 무과 급제가 전부인 이창무에게는 세상이 흑과 백처럼 명확했다. 이창무는 용의자라면 모두 아이 앞으로 데려갔고, 아이는 매번 망설임 없이 한덕을 가리켰다. 어른의 기억도 부정확하기 부지기수였고 지난 며칠은 집안에서도 얼어죽겠다 싶을 만큼 추웠다. 상관 앞이어서 진범이 가려지리라고 대답했을 뿐 이창무는 아이의 발은 동상으로 빠졌다고 확신했다.

"의녀도 따라갈 걸세."

"의원 한 명으로 충분합니다."

심언경이 못마땅한 한숨을 쉬자 이창무는 괜히 대꾸했나 걱정됐다.

"자네와 동행할 의녀는 전하께서 신임하는 자일세."

이창무는 왕에게 신임을 얻어봤자 의녀 아닌가 하는 생각이 앞섰지만 구태여 입 밖에 내지는 않았다. 관리는 그저 시키는 일이나 잘하면 그만이었다.

"그자를 반드시 잡아오겠습니다."

*

"어떻소?"

나이든 의원은 잘린 발목을 가늘게 뜬 눈으로 자세히 살폈다. 이창무는 의원과 장금에게서 한 발짝 물러나 진단을 기다렸다.

"동상으로 빠진 곳은 두 발 안팎 복사뼈와 골구가 완전합니다. 살은 썩어도 힘줄이 남는 편인데, 이 아이는 끊어진 곳이 다릅니다. 정강이뼈가 부러진 곳이 날짜가 오래되어 새살이 나고 살가죽이 줄어들었으니, 칼로 자른 게 명백합니다."

옥가이는 낯선 어른에게 발목을 보이기가 꺼려지는지 자꾸만 버둥거렸다. 의원이 손을 놓자 끝이 뭉툭한 발목은 치마 안으로 자취를 감췄다.

"말씀하신 대로 보고하겠네."

의원이 뒤로 물러나자 장금이 옥가이의 소매를 걷어 맥을 짚었다. 어린아이는 어른보다 맥박이 빨라 주의를 기울여야 했는데, 그 점과는 별개로 장금은 제 손끝에서 잡히는 맥이 믿기지 않아서 눈썹을 찌푸렸다. 장금이 오랫동안 지켜본 환자에게 물려받았나 싶을 만큼 비슷한 맥이었다. 성별과 신분, 나이 무엇 하나 같지 않은데 어떻게 대여섯 살쯤 먹어 보이는 아이가 이토록 한이 많은가.

"어디 이상하오? 저희는 성심껏 돌보라는 어명을 받아서 이 아이가 잘못되면 죽습니다."

귀성이 우는소리를 하자 그의 처 순매가 팔꿈치로 지아비의 옆구리를 찔렀다.

"몸이 많이 상했지만 끼니를 잘 챙기고 보신만 잘 하면 차차 나아지겠나이다."

거짓말이었다. 설령 왕이어도 응어리진 마음이 풀리지 않으면 산 귀신이 되는 것을 장금은 알았다. 허나 한시름 놓았다는 눈빛을 주고받는 귀성과 순매를 보자니 몸과 달리 마음은 영영 고치지 못할지도 모른다 말하기가 어려웠다. 젊은 부부는 어쩌다 가여운 아이를 발견해 관아로 데려간 것으로 최소한의 도리는 다한 셈이었다. 옥가이가 죽으면 엄벌하겠다는 어명이 없었다면 저들도 아이를 책임지지 않았으리라는 가정을 장금은 접어두기로 했다.

"아이에게 몇 가지 묻고자 하니 다들 잠깐 비켜주십시오."

이창무의 부탁을 듣고 장금과 마당으로 나온 의원이 기지개를 켜며 은근슬쩍 말을 붙였다.

"요즘 별일은 없고?"

"어르신께서는요?"

장금이 순순히 답해주지 않자 의원은 못 이긴 척 대놓고 물었다.

"자네 밀보인 건 아닌가?"

"밀보였으면 이리 바깥바람을 쐬러 나왔겠습니까."

"내 말은 자네처럼 전하 곁을 지키는 의녀가 왜 사대문 바깥을 나왔냐 이거지."

왕이 무얼 부탁했든 장금은 제 직분에 충실하고 싶었다. 삼정승 육판서도 아닌 의녀가 아무리 세 할일을 질 해낸들 역시에 이름 석 자 남기겠느냐마는 장금은 그랬다.

"전하께서 용산강 일대 백성을 돌보고 오라 하셨습니다."

거짓말은 아니었다. 장금은 용산강 근처 마을 사람들을 진찰할 작정이었다. 가난한 이들은 의원을 만나지도 못하고 죽어가는 형편이었다. 궁에서 일하는 의녀가 대가 없이 진맥해준다는 얘기가 돌면 사람들이 제 발로 모여들 터였다. 사람이 모이면 소문도 따라오기 마련이고, 소문은 한 알의 진실에서 뻗어나간다. 쌀 한 줌을 얻기 위해서 모래를 걸러내듯이 진실을 밝히는 데는 수고를 마다하지 않을 가치가 있었다.

"아이고, 우리 전하는 성인군자……"

의원이 말을 끝맺기 전에 방안에서 큰소리가 났다.

"어허, 모른다 하지 말고 좀 떠올려보거라."

이창무가 언성을 높이자마자 터지는 아이 우는 소리에 장금과 의원이 달려갔다. 문을 열자 딸꾹질하며 울음을 삼키는 옥가이와 어찌할 줄 모르는 이창무가 마주 앉아 있었다. 장금이 옥가이의 등을 쓸어주는 사이 이창무가 무안한 듯 자리에서 일어났다.

"그래도 나쁜 양반은 아니야, 아직은."

툇마루에 비스듬히 걸터앉은 의원이 중얼거렸다.

"좋으면 좋고, 나쁘면 나쁜 거지 아직 나쁘지 않은 건 또 뭐예요."

옥가이가 훌쩍이며 반박하자 의원이 모른다 말고 다른 말도 할 줄 알았느냐고 놀렸다. 장금이 잔뜩 골이 난 아이를 토닥이며 그렇게 생각한 이유를 묻자 무심한 투로 답했다.

"좀 젊다고 우리를 늙은이 취급해주지 않나. 머리에 피도 안 마른 관리도 하대하는데 저 정도면 양반인 게지. 근데 또 몰라. 십 년, 이십 년 뒤에도 저렇다는 법은 없거든. 양반 상놈은 날 때 정해져도 성정은 변하니까."

"처음부터 나쁜 사람도 있어요."

옥가이가 딱 잘라 말했다. 방금까지 울던 아이는 온데간데없고 형형한 눈빛으로 노인을 응시했다. 아이의 두 눈은 젖살이 빠지지 않은 볼 위의 눈물 자국과 대조되어 장금은 가슴이 콱 막혔다. 아이가 말하는 악인이란 제 발목을 자른 진범인가.

"오냐, 너 잘났다."

의원은 세월에 내려앉은 눈꺼풀을 끔뻑이더니 한 손으로 자그만 머리통을 마구 쓰다듬었다. 아이가 헝클어진 머리칼을 정리하는 사이 의원은 눈인사만 건네고 귀성의 집을 떠났다.

*

"제가 아이에게 귀덕을 보이며 '이 사람을 아느냐' 물으니 고개를 끄덕였고, '이 사람이 네 발을 잘랐느냐' 물으니 대답하지 않았습니다. '이 사람이 너를 살렸느냐' 물으니 고개를 끄덕였고, '이 사람이 너를 데려갔을 때 발이 이미 잘린 뒤였느냐' 물으니 아니라고 하였사옵니다. 아이를 귀덕보다 먼저 데려갔던 한덕은 범인이 아니옵니다."

지의금부사 유보가 조사한 바를 아뢰었다.

"한데 다른 사람을 아이에게 보이며 '이 사람이 네 발을 잘랐느냐' 물으면 모두 아니라고 답한다. 아이가 한덕만 가리키며 발을 잘랐다고 하니, 귀덕과 한덕에게 무슨 애증이 있어 그렇게 말하겠는가. 단지 얼굴을 보고 그자를 기억하기 때문이다."

왕이 모처럼 신하와 배치되는 소견을 피력했으나 편전 안 분위기는 미적지근했다.

"미욱한 아이의 말만 믿고 형추하는 일은 옳지 않사옵니다. 율에 따르면 여든 살 이후와 열 살 이전 사람의 말은 사실로 받아들여서는 안 된다고 하였사옵니다."

동지의금부사 심언경이 반론하자 다른 신하도 수긍하는 기색이었다.

"아뢴 뜻은 알겠다. 귀덕을 먼저 형추해야 옳다. 그러나 내 생각에 한덕이 다른 사람을 모해하고자 아이를 버린 뒤 찾아가서 발을 자른 게 아닌가 한다."

왕은 한발 물러서는 듯하면서도 의견을 굽히지 않았다.

"전하, 전하께서 다스릴 백성은 그 아이 하나가 아니옵고 온 조정이 이 사건에만 매달릴 수는 없사옵니다. 의심스러운 옥사는 끝까지 밝혀내지 않더라도 해로울 게 없사옵니다."

영의정 정광필이 나서서 만류했다.

"발을 자른 짓은 잔혹하여 세상에 드문 일이다. 백성을 구휼하는 정사로서 어린아이를 구하는 것보다 더 급한 일은 없다."

왕이 어좌를 박차고 일어나자 모든 신하가 머리를 수그렸다. 분명 한 겹일 터인 곤룡포가 왕의 어깨를 무겁게 짓눌렀다.

*

이창무는 나이 지긋한 내관이 그를 찾자 엉겁결에 따라나서고 말았다. 내관이 어디서 왔는지, 누가 그를 찾는지 여러 차례 물었지만 두루뭉술한 대답만 돌아왔다. 내관은 복잡한 경로를 훤히 꿰고 있는지 멈추거나 두리번거리지 않고 앞만 바라보며 걸어갔다. 이창무가 내관에게 이끌려 다다른 곳은 저도 모르는 사이 궁궐 바깥으로 나왔는가 의심할 만큼 수수한 전각이었다. 꾸준히 사람 손을 탔으나 지나치게 적막해서 귀신의 발걸음 소리도 들릴 듯했다. 이윽고 내관은 이창무를 어전으로 데려갔다.

"자네가 금부도사 이창무인가?"

"그렇사옵니다."

이창무는 왕과 독대하리라고는 상상도 못했기에 목소리가 살짝 떨렸다.

"옥가이는 괜찮은가?"

이창무는 옥가이가 누구인지 떠올리느라 잠시 머뭇거렸다.

"발이 잘린 아이라면 많이 나아졌사옵니다."

"바람을 쐬어도 될 정도인가?"

"옥정에서 아이에게 증언과 관련되어 미진한 점을 자세히 물으시겠다면 당장 데려오겠사옵니다."

이창무는 나름대로 뜻을 헤아려보았으나 왕은 마뜩잖은 표정이었다. 왕이 내관을 부르자 곧 지밀나인 두 명이 들어와 발을 내리고 옷시중을 들었다. 지밀나인 하나가 곤룡포를 벗기고 다른 한 명이 챙겨온 미복으로 갈아입혔다. 지밀나인이 뒷걸음질쳐 사라지자 왕이 이창무 코앞으로 다가왔다.

"뭐하는 겐가? 앞장서지 않고."

"아뢰옵기 송구하오나 어디를 앞장서야 하는지 소신은 도통 모르겠사옵니다."

"갈 곳이 김귀성의 집 말고 더 있느냐?"

이창무가 엉거주춤 일어서자 왕이 도포 자락을 너풀거리며 밖으로 나아갔다.

*

 장금은 소문을 듣고 진찰받으러 온 이들에게서 얻은 정보를 추려 며칠 동안 옥가이를 데려간 서너 집을 찾아갔다. 의녀라 밝히자 사람들은 경계심을 풀었고 아프거나 다친 데를 봐주겠다고 하자 마다하지 않았다.

"어린아이의 두 발이 동상 때문에 검게 부어올라서 집으로 데려왔습니다. 주인이 꾸짖지만 않았어도 버리지 않았을 겁니다."

"종이 업고 온 아이를 보니 두 발 다 동상에 걸렸고 형체가 더러워 버리라 했습니다."

"한덕을 귀찮게 구는 남정네야 많았지만 서방도 자식도 없이 살았습니다. 그러다 어느 날 갑자기 수양딸 삼겠다고 아이를 주워왔지 뭡니까. 주인이 버리라면 버려야지 노비가 별수 있겠습니까."

옥가이를 길에서 데려왔거나 목격한 이들은 장금에게 비슷한 얘기를 늘어놓았다. 하나같이 동정심에 아이를 데려왔다가 주인이나 가족이 반대하자 도로 버렸다는 식이었다. 장금은 중덕의 집에 들르기 전 우물가에서 길을 묻다가 여인 몇 명이 수군거리는 소리를 엿들었다.

"다섯 달 넘게 어디 버려뒀다가 일이 커진 뒤 쫓아가면 뭐하나."

"배 아파 낳은 새끼하고 업둥이는 다르다니까."

"어리가이가 이제 병치레도 안 하는데 없는 살림에 한 입이라도 줄이고 싶었겠지."

장금은 물을 긷는 척 미적거리다 화제가 바뀌자 슬며시 자리를 떴다. 장금이 중덕을 만나 조심스럽게 우물가에서 들은 얘기를 전하자 중덕은 가슴을 치며 토로했다.

"옥가이는 업둥이가 맞습니다. 큰애가 잔병치레가 끊이지 않았을 때 무당이 업둥이를 들이면 낫는다니 데려왔습니다. 옥가이를 잃어버린 뒤로 마을 여편네들이 함부로 지껄이는데 속에서 천불이 나 죽겠습니다."

"그 무당이 누구인가?"

"이 근처 무당은 귀덕밖에 없지요. 요즘에는 신통력이 떨어졌지만 몇 년 전까지만 해도 용하기로 소문이 자자했습니다."

장금은 중덕과 귀덕 모두 미심쩍었지만 잠시 미뤄두고 가장 의심스러운 점부터 캐내기 시작했다.

"아이 생사를 다섯 달이나 몰랐으니 마음고생이 심했겠네. 아이가 사라지기 전에 이상한 사람을 봤다든가 그런 말을 한 적은 없는가?"

"그리 말했다면 어미인 제가 기억했겠지요. 잃어버리기 며칠 전 애가 밥을 안 먹겠다고 투정 부린 일도 생생한데 그걸 못 떠올리겠습니까."

장금은 실마리라도 붙잡는 심정으로 물었다. 부모에게 말하지 않았어도 실종의 전조가 행동으로 드러났을 수도 있었다.

"평소와 다르게 자네와 떨어지려 하지 않았다든가 어리광을 부리지는 않았는가?"

중덕은 고심하다 입을 열었다.

"작은애가 마을 어귀까지 저희 부부를 마중 나온 적이 있습니다. 곧 해가 지는데 왜 집에서 기다리지 않았느냐고 나무랐습니다."

"아이가 실종된 날은 어땠나?"

"다른 날과 똑같았습니다. 큰애에게 작은애를 맡기고 남편과 밭일하러 나갔습니다. 큰애 말로는 마을 아이들과 놀다가 한눈 판 사이에 동생이 없어졌다고 했습니다. 작은애가 업둥이라 놀림받으면 무리에서 떨어져서 혼자 시간을 보내다 돌아올 때가 있습니다. 그날도 알아서 집으로 돌아오겠거니 여기다 오지 않아서 남편과 작은애를 찾으러 나갔습니다."

밤이 깊어지자 부부는 하는 수 없이 집으로 돌아왔지만 다음 날에도 아이는 찾지 못했다. 장금은 중덕이 몇 달 동안 아이를 찾고 기다리며 고생한 이야기를 들었다. 문득 시선이 느껴져 마당 쪽으로 고개를 돌렸더니 한 여자아이와 눈이 마주쳤다. 옥가이보다 서너 살 많아 보이는 모습에 장금은 그 아이가 누군지 눈치챘다.

"네가 어리가이구나."

"또 어딜 싸돌아다니다……"

중덕은 어리가이를 한 대 쥐어박으려다 장금을 보고는 손을 내렸다. 어리가이는 어디를 뛰어다녔는지 머리가 흐트러진 채였다. 중덕이 집안일을 할 동안 장금은 마루 위에서 어리가이의 머리를 만져줬다.

"이게 궁궐 생각시가 하는 머리야."

어리가이는 거울 앞에서 머리를 매만지다가 자세를 바꿔 장금을 마주보았다.

"저 놀러 다닌 거 아니에요. 동생 보러 갔어요."

옥가이를 구경하러 온 아이들이야 시시때때로 귀성의 집 너머를 기웃댔지만 설마하니 어리가이가 있으리라고는 생각지 못했다.

"그랬구나. 동생은 봤니?"

"이름 부르고 돌멩이도 던져봤는데 눈도 못 마주쳤어요. 너무 오래 머물면 그 집 어른이 애들을 쫓아내서 돌아왔어요."

돌멩이를 던지는 아이를 잡겠다고 벼르는 순매에게 미안하지만 장금은 어리가이의 자백을 못 들은 셈 치기로 했다.

"놀 때 동생이 귀찮게 굴어서 짜증냈지만 그게 집으로 돌아오지 말란 소리는 아니었어요."

어리가이는 지난 몇 달 동안 부모에게 많이 혼났다며 동생이

다시 돌아오면 잘 돌보겠다 재잘거렸다.

"이건 비밀인데요. 동생은 도깨비를 만났대요."

"도깨비?"

장금이 되묻자 어리가이가 손가락을 입술에 갖다 대고 주위를 돌아봤다.

"저도 만나게 해주겠다고 약속했는데 말을 바꿨어요."

장금은 도깨비를 믿을 만큼 순진한 아이가 발이 잘린 동생이 돌아올 때 받을 충격이 걱정됐다. 동시에 옥가이도 원래 제 언니처럼 말수가 많은 아이였을지 궁금해졌다. 장금은 사건을 해결할 단서를 얻으러 갔다가 의문만 더 늘어난 채로 귀성의 집으로 가는 길목에 들어섰다. 며칠 지냈다고 익숙해진 탓인지 가까워질수록 민가에서 들릴 리 없는 목소리가 귓가에 어른거렸다. 마당에 들어선 장금은 마루에 앉은 왕을 보고 무슨 상황인지 파악했다. 왕은 생과방에서 만들었을 간식을 옥가이에게 건네느라 여념이 없었다. 이창무가 장금이 왔노라 알려주고 나서야 왕은 알은체했다.

"장금아, 너도 하나 먹거라."

장금은 두 손으로 다과를 받은 뒤 왕이 옥가이를 돌아보는 사이 소매에 넣었다. 왕은 아이 입가에 묻은 부스러기를 직접 떼어주고 있었다.

"나리, 드릴 말씀이 있사옵니다."

자리를 피하자는 장금의 눈짓을 읽은 왕이 마루에서 일어났다. 왕은 따라오려는 이창무에게 가만히 있으라 손을 내저은 뒤 장금과 언덕길 위에 나란히 섰다.

"말해보거라."

"제가 보내는 서찰을 기다리겠다 하지 않으셨사옵니까?"

태평한 왕에게 장금은 따져 묻지 않으려 애썼다.

"나도 그러려고 했다."

왕은 먼산을 보는 척 뒷짐을 지고 대꾸했다. 내 말을 듣는 신하가 없다, 다들 사건을 빨리 끝내려고만 든다고 한참 푸념하더니 장금에게 물었다.

"달리 알아낸 게 있느냐?"

장금은 추국으로 알아내지 못한 사실만 추려서 소상히 고했다.

"알았다. 며칠간 네가 애써주었구나."

"아뢰옵기 송구하오나 예까지 걸음하신 연유를 여쭤도 되겠습니까."

"아이가 사건의 전모를 알지만 아직 말하지 못하는 게 있는 듯하구나. 그러니 일단 아이의 마음을 열어야 하지 않겠느냐."

왕은 잠시 고심하더니 궁궐에서 한 번도 보지 못한 빠른 걸음걸이로 돌아갔다. 장금이 귀성의 집 마당에 들어설 때 왕은 이미 옥가이 앞에 도착한 뒤였다.

"바람 쐬고 싶지 않으냐?"

옥가이는 전혀 생각지 못한 일이었다는 듯 두 눈을 크게 떴다. 이슬처럼 맑은 눈망울이 왕을 올려다봤다가 이내 발밑을 향했다. 치마 아래로 잘린 두 발목이 살짝 나왔다가 들어갔다.

"말을 타면 된다. 말에서 내릴 때는 내가 업고 가마."

"전…… 나리, 아이는 제가 업겠사옵니다."

왕 곁에서 어정쩡하게 서 있던 이창무가 기겁하며 나섰다. 이창무와 귀성이 말 두 마리를 끌고 와 옥가이를 안장 위에 올리는 사이 왕은 장금에게 일렀다.

"내가 아이를 데리고 다녀올 동안 너는 귀덕의 집을 살펴보거라."

장금이 고개를 숙이자 왕은 뒤돌아 옥가이가 탄 말에게 다가갔다. 왕은 말에 올라 아이를 감싸듯 뻗은 두 팔로 고삐를 단단히 쥐었다. 옥가이는 말이 움직이자 붙잡을 곳을 찾다가 도포 자락을 움켜쥐었다. 더러운 손을 댔다는 호통이 내려지리라는 예상과 달리 옥가이의 귓가에는 바람 소리만 스쳐갔다. 눈을 뜨자 빠르게 지나가는 풍경이 펼쳐졌다. 옥가이는 난생처음 보는 풍경을 홀린 듯 바라보다 자신을 에워싼 팔에 시선이 닿았다. 정말 이상하게도 찬 바람이 시원하게 느껴졌고 나부끼는 도포 자락이 단단한 벽처럼 든든했다.

"꽉 잡거라."

왕이 앞서 나가자 이창무가 조마조마한 심정으로 뒤따랐다.

왕은 어느 갈대밭 앞에서 말을 멈췄다. 이창무가 한사코 말렸는데도 왕은 몸소 옥가이를 업었다. 옥가이는 부드러운 비단에 뺨을 번갈아 대며 주변을 둘러봤다. 어른에게 업혀서 마주한 광경은 아이가 두 다리로 걸어다닐 때와 또 달랐다. 겨울 끝자락에 부는 바람이 갈대밭을 너울처럼 나부끼게 만들며 내달렸다. 옥가이는 두 눈으로 바람을 쫓다가 등에서 떨어질 뻔했다.

"불편한 게냐?"

"그게 아니옵고 이리 업힌 적이 처음입니다."

왕은 바람이 불어오는 방향으로 발걸음을 옮기며 소리 내어 웃었다. 이창무가 종종거리며 왕을 따랐다.

"처음은 무슨. 기억을 못해서 그렇지 네 부모가 널 업어 키웠을 거다."

"아닙니다. 참말입니다."

"알았다, 알았어."

왕은 못 이기는 척 옥가이가 부리는 투정을 받아주었다. 옥가이는 살며시 왕에게 쩔쩔매는 이창무를 곁눈질했다. 궁에서 왔다는 관리가 저러니 자신을 업은 어른은 높으신 분이 분명했다. 옥가이는 어렸으나 사람에게도 귀천이 있다는 걸 알았다. 자신은 더없이 미천하다는 사실도 빠르게 받아들였다. 그래서 더욱 왜 눈앞의 어른이 자신처럼 천한 아이를 손수 업는지 이해되지 않았다. 두 발이 있었더라면 내렸을 텐데, 이대로는 갈대밭을 기어가야 할 판이니 걷겠다고 말할 수도 없는 노릇이었다.

"무겁지 않으세요?"

"내가 젊었을 적에는 아내를 업고 여기를 뛰어다녔다."

"거짓말."

이창무가 못마땅한 얼굴로 주의를 주자 옥가이는 움츠러들었다.

"괜찮네. 애가 그럴 수도 있지."

왕이 개의치 않고 넘기자 이창무가 마지못해 머리를 수그렸다. 고개를 들자 옥가이가 이창무를 향해 혀를 내밀었으나 뭐라 할 수 없었다.

"참말이다. 아내가 이곳에 와서 내 등에 업히기를 좋아했다."

"집에서도 업어주시면 되잖아요."

이창무는 옥가이가 여간 맹랑하지 않다고 여겼다. 왕은 옥가이가 이제야 편해진 듯해 마음이 놓였다.

"체면이다 체통이다 신경쓰느라 그리 못했다. 답답할 때면 아내와 여기로 와서 바람을 쐬곤 했다. 갈대밭이 다 가려주니 보는 눈도 없지 않으냐."

"지금은 못 업으세요?"

왕은 헤어진 지 삼십 년이 되어가는 아내 신씨를 떠올렸다. 그에게 흰 머리가 희끗 나기 시작했으니 그보다 한 살 많은 아내가 예전 그대로일 리는 없었다. 기억 속에 남은 옛 모습이나마 그리려 해도 잘 그려지지 않았다. 잘 지내는지 안부라도 묻고 싶었으나 사사로운 행동 하나에 빌미가 잡힐까 저어했다. 그는 조강지처를 지키지 못한 지아비였으니 다시 볼 면목도 없었다.

"이제 못 업는다."

"힘이 없어서요?"

옥가이는 질문에 바로 대답해주는 어른이 우뚝 멈춰 선 채 말이 없어지자 당황했다.

"전…… 나리, 어린아이가 한 말이옵니다."

왕은 옥가이를 고쳐 업더니 허리를 기울였다.

"너 업고 달릴 힘은 있다."

왕이 갈대밭 사이를 가로지르며 달음박질쳤다. 뒤에서 이창무가 쫓아오면서 멈춰달라 외쳤지만 웃음소리에 묻혀 들리지 않았다. 옥가이는 어린아이처럼 웃는 왕을 따라 저도 모르게 소리 내어 웃었다. 귀밑머리가 바람을 따라 이리저리 흔들렸다. 강바람은 차가웠지만 매달린 등이 따뜻했다.

"아이는 소신이 업겠사옵니다."

얼마 못 가 이창무에게 따라잡힌 왕은 옥가이를 넘겨주고도 숨을 몰아쉬었다.

"어떠냐, 가슴이 탁 트이지 않느냐?"

왕은 이마에 맺힌 땀을 훔친 뒤 강물 쪽으로 눈짓했다. 옥가이가 이창무의 어깨 너머로 한강을 내려다보았다. 검은 강물 위 물결에 이따금 햇빛이 비쳐 마치 별이 뜬 밤하늘 같았다. 강가에는 세 사람뿐이었다. 왕은 지금은 없으나 삼십여 년 전에는 있었던 사람을 떠올렸다. 이곳에 그를 데려온 사람은 아내 신씨였다. 폐주에게 언제 죽을지 모른다는 두려움에 떨며 산 시절이었다. 폐주가 장검을 쥐고 자순대비를 찾아갔다는 소식을 들은 다음날도 부부는 갈대밭으로 왔다. 왕은 신씨와 강가에 나란히 앉아, 그녀를 죄인의 아내로 만들지 않으리라 약조했다. 사약을 받기 전에 자진하겠다 털어놓자 신씨는 그를 말렸다. 반정군을 폐주가 보낸 군사로 오인한 그가 목을 매려 들었을 때도 신씨는 지아비를 붙들었다. 그가 신씨의 손에 이끌려 나왔을 때 반정군은 그들이 옹립할 허수아비를 지키고 있었다. 그는 신씨 덕분에 살아서 왕이 되었고, 신씨는 이레 만에 폐비가 되어 사가로 쫓겨났다.

"내게 힘이 있었더라면 좋았을 것을."

왕은 옥가이를 업은 이창무와 돌아가는 길에 중얼거렸다.

"소신은 괜찮습니다. 전…… 나리."

제게 건네는 말이라 착각한 이창무가 대답했다. 이창무 등에 업힌 옥가이가 무언가 궁금하다는 표정으로 왕을 바라봤다.

"하고 싶은 말이라도 있느냐?"

"나리께서는 왜 아무것도 묻지 않으십니까?"

이창무나 다른 의금부 관원이 그랬듯이 사건과 관련해서 문초하지 않느냐는 의미 같았다.

"그럼 하나만 물어봐도 되겠느냐?"

옥가이는 저를 동정하는 어른은 많이 봤어도 허락을 구하는 어른은 생경했다. 옥가이가 말없이 고개를 끄덕이자 왕은 짧은 침묵 끝에 물었다.

"지금은 괜찮으냐?"

옥가이는 추운 겨울에 길바닥을 헤매며 보낸 지난날을 더듬었다. 손끝은 입김으로 녹일 수 있었지만 발끝은 달리 방도가 없었다. 차갑다는 감각마저 얼어붙었을 즈음 한덕이 손을 잡고 어느 집으로 데려갔다. 한덕은 옥가이에게 솜이불을 덮어주고 화로를 가까이 놔주었다. 머리맡에서 한덕이 다듬이질하는 소리가 듣기 좋았다. 내일도 모레도 그 소리를 들으며 잠들기를 기도할 때 어떤 이가 한덕을 찾아왔다. 자는 척했지만 내일 길에 버리겠다는 대화를 다 듣고 있었다. 다음날 한덕은 길 한가운데서 옥가이의 손을 뿌리치고 뒤돌아보지 않았다. 그 이후로 서너 명이 옥가이를 데려갔지만 모두 다음날 도로 버렸다. 그때보다 지금이 나으니 괜찮다 하거나, 그런 일을 겪었으니 괜찮지 않다거나 해야 하는데 아무 말도 나오지 않았다. 심장 아래 응어리진 감정이 혀뿌리에 걸려서 날숨만이 혀끝에서 부스러졌다. 왕은 대답을 종용하지 않은 채 천천히 갈대밭을 벗어났다.

*

 장금은 옥가이와 어딘가를 다녀오겠다는 왕을 배웅한 뒤 귀덕의 집으로 향했다. 옥가이가 마지막으로 거쳐 간 곳이었고, 유력한 용의자의 거처였다. 집안은 귀덕이 끌려가고 오래 비워진 탓에 먼지가 심하게 날렸다. 의금부 관원이 한차례 들추고 갔는지 온갖 세간살이와 무구가 어지러이 널려 있었다. 장금은 궁녀가 감찰상궁에게 들키지 말아야 할 물건을 숨기는 요령을 떠올리며 집안 곳곳을 뒤졌다. 작은 단서라도 잡아내겠다는 각오가 무색하게 증좌는 나오지 않았다.

 장금은 옥가이가 두 발이 잘렸을 방 한가운데 가만히 앉아 옛일을 되새겼다. 젊은 시절 심한 동상에 걸린 환자의 신체 일부를 절단하는 일을 종종 거들었다. 잘린 손가락이나 발가락은 한때 살아 있는 사람의 일부였다고 믿기지 않을 만큼 꺼림칙했다. 몸에서 떨어져나간 이상 무엇이든 부패하기 마련이니 벌레가 꼬이기 전에 처리해야 했다. 겨울에는 땅이 얼어 흙을 파내기 어려워 아궁이에 던지고 남은 뼈를 수습했었다. 장금은 부엌으로 건너가 아궁이를 살폈다. 타다 만 장작을 뒤적거리다 잿더미 속에서 하얀 뼛조각을 발견했다. 궁에서 챙겨온 무명천 위에 뼛조각을 하나씩 옮겨 담았다. 자리에서 일어나 부엌을 나서려 할 때 쥐 한 마리가 치마를 스치고 지나갔다. 쥐를 눈으로 쫓자 부엌 구석

쥐구멍이 시야에 잡혔다. 쥐구멍 바깥으로 매듭 달린 끈이 나와 있었다.

"복주머니?"

본래 자투리천을 얼기설기 기워 만든 복주머니였거니와 흙먼지가 잔뜩 묻어 지저분했다. 장금은 작은 주머니에 손가락을 억지로 밀어넣으며 무언가를 꺼냈다. 어린아이의 손가락이었다. 장금은 숨을 천천히 고르며 복주머니를 거꾸로 뒤집어 새 무명천 위로 내용물을 쏟았다. 나머지 아홉 손가락과 세모진 낱알들이 하얀 천을 수놓았다. 잘린 지 오래 지났는지 썩어버린 살점 사이로 하얀 뼈가 드러났다. 옥가이는 두 발이 잘렸지 두 손은 멀쩡했다. 도대체 이건 누구의 손가락이란 말인가. 불길한 예감과 심상치 않은 직감에 몸이 굳었다. 장금은 문 너머로 들리는 말발굽 소리에 정신을 차렸다. 열 손가락과 낱알을 따로 나누어 무명천으로 감싼 뒤 소매 안에 집어넣었다. 짐작 가는 구석조차 없었지만 왕에게 알리는 게 급선무였다. 장금은 발을 재게 놀리며 말발굽 자국을 따라갔다. 귀성의 집 근처에서 왕과 이창무는 말을 세웠다. 이창무가 먼저 말에서 내려 왕이 건네는 옥가이를 받아 안았다. 왕은 머리가 흐트러진 장금을 보고 농을 던졌다.

"말을 이기고 싶었느냐. 이 녀석이 주인을 잘못 만나 그렇지 명마이거늘."

왕은 이창무에게 옥가이를 집안으로 데려가라 시켰다. 이창무가 집안으로 들어갈 때까지 지켜보더니 장금에게 물었다.

"증좌를 찾았느냐?"

장금이 놀라지 마시라 당부하며 증거물을 하나씩 넘겼다. 복주머니와 정체 모를 낱알에는 의연했으나 열 손가락을 보고는 옥안이 새하얗게 질렸다.

"이, 무슨…… 이게 무엇이냐?"

장금은 다만 어디서 복주머니를 찾았는지만 알렸다.

"귀덕이 범인이었구나. 옥가이만이 아니었어. 한 아이만 당한 게 아니었다."

"한데 이상하옵니다. 옥가이는 두 손이 그대로이지 않습니까. 귀덕이 다른 아이 손가락을 잘랐다가 옥가이는 발을 자른 까닭을 모르겠사옵니다."

장금은 아궁이에서 옥가이의 두 발이었을 뼛조각도 가져왔다고 덧붙였다. 복주머니 안 손가락과 다르게 발은 불태운 점이 걸렸다. 아이의 발을 잘라 저주에 쓸 요량이었다면 아궁이로 던졌어도 뼛조각을 가져가지 않았겠는가. 장금은 비록 저주는 잘 몰랐으나 옥가이의 발은 제물로 쓰이지 않았으리라는 확신이 들었다.

"무당에게 묻는 게 가장 빠르겠지."

"하명하신다면 금부도사에게 증좌를 넘기겠습니다."

왕이 의금부를 통해 귀덕을 추궁할 계획이라면 금부도사인

이창무에게 알려 절차를 밟아야 했다.

"장금이 네가 이 근처 다른 무당을 찾아가 무슨 저주인지 알아오거라."

"하오나, 전하. 증좌를 찾지 않았사옵니까."

"금부도사에게는 무엇을 찾았는지 알리지 마라."

장금은 진범이 밝혀졌는데 무고한 한덕을 계속 옥에 가둬서는 안 된다고 설득했지만 왕은 완고했다.

"관리는 아니 된다. 금부도사든 누구든 귀덕을 문초해서 범인이라는 자백만 받아내면 수사를 종결지을 것이다. 그게 끝났다고 할 수 있느냐? 내 생각으로는 옥가이의 두 발을 돌려주거나 원통을 풀어주지 않으면 이 사건은 끝나지 못한다. 내 잘린 발목을 붙여줄 재주가 없어 어린것의 한이라도 풀어주려 한다."

진범을 잡는 일만이 아이를 위하는 줄로 여겼던 장금은 간과한 점을 깨달았다. 의금부는 사건을 빠르게 해결하겠지만 옥가이의 증언은 묵살해버릴 터였다. 귀덕이 진범이 맞더라도 아이가 착각했을 만한 정황을 알아낸 뒤 옥가이를 납득시켜야 했다.

"사람은 왜 이런 화를 어쩌다 당했는지 알아야 하는 법이다. 대군 시절 나보다 한참 어린아이가 남은 평생 울분을 떠안고 살아가게 생겼는데 나더러 그걸 내버려두란 말이냐?"

"소인의 생각이 짧았습니다."

장금이 머리를 수그리자 심장 근처 옷깃을 쥐어뜯을 듯이 잡고 있는 옥수가 보였다. 두 사람은 이창무가 문을 열고 나오는 소리에 마당으로 고개를 돌렸다. 이창무는 난처한 기색을 드러내며 왕에게 다가왔다.

"전하, 떠나시기 전에 아이가 드릴 말씀이 있다 하옵니다."

이창무는 할말을 대신 전해주겠다고 아이를 설득했으나 통하지 않았다는 사족을 붙였다.

"내 직접 가마."

왕이 마당 안으로 들어서자 이창무가 앞서 뛰어가 옥가이를 방안에서 데리고 나왔다.

"내게 할말이 무어냐."

옥가이는 작은 손으로 왕의 소맷자락을 붙잡고 물었다.

"다음에도 오십니까?"

왕은 아랫입술을 살짝 깨문 옥가이에게서 낯익은 표정을 봤다. 어찌할 수 없는 현실에 체념하고도 일말의 기대감을 저버리지 못한 눈빛이 그가 이따금 거울에서 본 그대로였다.

"그러마. 내일은 안 되겠지만 모레나 글피에 다시 만나자꾸나."

순간이지만 옥가이의 두 눈이 여느 아이처럼 해맑게 빛났다. 왕은 온화하게 미소 지었다가 이내 허리를 굽혀 옥가이의 귓가에 무어라 속삭였다. 뒤돌아 떠나는 왕을 이창무가 호위하겠다며 따라나섰다. 장금은 왕이 옥가이에게만 한 밀이 궁금해 물었다.

송수예 조선 영아 발목 절단 사건 317

"나리께서 뭐라 하셨느냐?"

옥가이는 당과를 혼자 먹으려 숨기는 아이처럼 주저했다. 장금은 아무에게도 말하지 않겠다고 세 번이나 약조한 뒤에야 비밀이 무엇인지 들을 수 있었다.

"제가 가고 싶은 데가 도성 근처면 어디든 데려가줄 테니 미리 생각해보라 하셨어요."

*

장금은 다음날 아침 일찍 귀성의 집에서 출발했다. 궁녀 사이에서 용하다 소문난 무당의 집은 귀성의 집에서 한나절은 부지런히 걸어야 닿는 곳이었다. 장금은 귀덕의 집에서 발견한 증좌를 잘 챙겼는지 확인한 뒤 대문을 넘었다. 마당까지는 여느 민가와 다를 바 없었다. 인기척이 없는 방문 앞에 선 장금이 제대로 찾아왔나 머뭇거릴 정도였다.

"들어오시오."

장금이 조심스럽게 문을 열고 마주한 무당은 앳된 목소리에 비해 제법 나이 든 외견이었다. 무명 치마저고리를 입은 채 단정히 앉은 모습이 가부좌를 튼 수행자 같았다. 무당 어깨 너머로 널린 무신도에는 화려한 의복을 갖춘 어린아이가 정면을 바라보고 있었다.

"흉물스러운 걸 들고 오셨소."

장금은 무당 앞까지 조심스럽게 발을 내딛고 복주머니를 내밀었다.

"이게 부정한 줄은 아오. 돌아가라 말만 하면 내 이대로 뒤돌아 가리다."

저주에 사용된 제물을 무당에게 들고 갔다가 그자가 모시는 신을 노하게 만들면 쫓겨난다는 얘기쯤은 장금도 알았다. 장금은 무당이 증좌가 무엇인지 가르쳐주지 않고 쫓아낼까 우려스러웠다.

"어차피 쫓아낼 거라면 문지방을 넘어서게 내버려두었겠소. 편히 앉으시게."

장금은 굳은 얼굴로 무당 맞은편 방석에 다소곳이 앉았다. 무당은 장금에게 무명천과 복주머니를 건네받아 서안 위에 펼쳤다. 무당은 잘린 손가락을 거리낌 없이 만지며 혀를 찼다.

"누군지 몰라도 이런 몹쓸 짓을……"
"무슨 저주인지 아시겠소?"

무당은 장금을 물끄러미 쳐다보더니 툭 던지듯 말했다.

"이건 염매요."
"염매가 무엇이오?"

장금이 되묻자 무당은 답답해하며 중얼거렸다.

"맥은 잘 잡더니 이건 감을 못 잡는구려. 염매가 무엇인지 딱

한 번만 설명해줄 터이니 그대로 전하시오. 납치한 어린아이를 가두고 죽지 않을 만큼만 먹을 걸 주오. 그리 몇 달 굶기고 죽통에 음식을 가득 넣어 주면 아이가 어찌하겠소?"

장금은 의녀라 밝히지 않았는데도 알아낸 무당이 당혹스러웠지만 차분히 대답했다.

"그야 당연히 죽통에 손을 뻗지 않겠소."

"그때 손가락을 자르고 아이는 찔러 죽이오. 끔찍하게 죽은 아이가 가진 원기는 죽통에 담기는데 저주를 행한 자는 그 죽통을 들고 돌아다니오. 죽통 안 원혼을 꺼내 온 집안이나 마을이 줄초상을 치르게 만드오. 아직 죽지 않은 자들이 전 재산을 다 털어서 무당을 부르면 그제야 원혼을 죽통 안에 가두오."

장금은 허기를 참지 못하고 흙을 파먹던 어린 시절을 곱씹었다. 입궁한 이후로 끼니를 거를 걱정이 사라졌는데도 종종 과식해 체하고 앓아누웠다. 살아남은 사람에게도 굶주림은 수십 년이 지나도 잊히지 않거늘 죽은 어린아이가 당한 고통은 가늠조차 할 수 없었다. 순간 서안 위 잘린 손가락이 움직인 듯했다. 눈을 질끈 감았다 뜨며 장금은 이해되지 않는 점을 물었다.

"이 손가락은 왜 죽통이 아니라 복주머니에 든 겐가?"

"그건 나도 모르겠소. 알려준 값이나 치르시게."

무당이 장금에게 손을 내밀었다. 장금이 값을 치르기 위해 챙겨온 보따리에 손을 댔다.

"그건 됐네. 내가 모시는 분께서는 자네 소매 안에 든 걸 달라고 하시는데."

장금이 소매 안에 손을 넣자 무언가 잡혔다. 꺼내보니 왕이 귀성의 집에 방문했을 때 장금에게 건넨 다과였다. 장금이 다과를 내밀자 무당은 냉큼 가져가 입안에 넣었다.

"뭐하나? 썩 물러가지 않고."

무당은 아이처럼 다과를 입안에서 굴리며 말했다. 장금은 증좌를 무명천으로 다시 감싸고 복주머니를 챙겨 황급히 집밖으로 나섰다. 장금은 보자기 안에 복주머니를 넣다가 밑부분에 쓰인 자투리 천에 시선이 갔다. 침방과 수방 소속 궁녀처럼 옷감이나 자수를 잘 기억하는 편은 아니었지만 어디서 본 듯했다. 장금은 복주머니를 유심히 살피다 어리가이가 맨 댕기를 떠올렸다.

*

"아무도 없는가?"

장금은 중덕의 집 마당에 들어서며 사람을 불렀다. 중덕이 어리가이와 함께 마루를 닦다가 장금을 보고 맨발로 뛰쳐나왔다.

"옥가이는 잘 지냅니까? 언제 저희 집으로 돌아옵니까?"

중덕은 애가 타는 눈으로 장금을 붙잡고 물었다.

"잘 지내네. 내 알기로는 옥가이는 수사가 끝나야 이 집으로 돌아올 걸세."

"제가 어미라고 밝혀졌는데, 앞으로 얼마나 더 기다려야 합니까."

장금이 곤란해하자 중덕이 붙잡은 소매를 놓으며 사과했다.

"죄송합니다. 몇 달 동안 새끼 잃어버린 어미 마음에 그만……"

장금은 중덕을 이해하고도 남았다. 반년 가까이 아이를 찾지 못했는데 다시 만났을 때는 아이의 두 발이 잘려 있고, 어미라고 나섰더니 옥에 갇혔다. 다행히 금방 옥에서 나왔지만 아이는 아직까지 귀성의 집에서 보호받는 상황이었다.

"아닐세. 내 옥가이가 하루빨리 자네 집으로 돌아오도록 돕겠네."

장금은 한때 중덕이 범행에 가담했다고 의심한 게 미안했다. 중덕은 장금이 놓았던 손을 가져가 감싸자 연신 감사하다 인사했다.

"한데 어쩐 일로 오셨습니까?"

장금은 보자기에서 복주머니를 꺼내 중덕에게 내밀었다.

"이걸 본 적 있는가?"

"저도 똑같은 거 있어요."

두 사람 주위에서 기웃거리던 어리가이가 끼어들었다.

"어른이 얘기하는데 어딜……"

어리가이는 중덕에게 야단맞기도 전에 집안으로 뛰어가더니 작은 복주머니를 쥐고 돌아왔다. 장금이 찾은 것과 세세한 부분은 달랐지만 만듦새는 비슷했다. 심지어 복주머니에 쓰인 자투리 천 몇 조각은 똑같았다. 중덕은 해지고 때 묻은 복주머니를 상심한 얼굴로 내려다보았다. 색이 거의 바래지 않은 복주머니와 나란히 두고 보니 더 볼품없었다.

"지난 단오 때 큰애가 만들어달라 조르지 뭡니까. 애들은 같은 걸 줘야 싸우지 않으니까 작은애 것도 만들어줬습니다. 보다시피 큰애는 뭐든 흥미를 빨리 잃어서 집에 두고 다니는데, 작은애는 항상 지니고 다녔습니다."

"제가 잠깐만 빌려달라고 해도 안 줬어요. 어떻게 받아오셨어요?"

장금은 어리가이를 보자 옥가이의 언니라면 복주머니 안 낱알이 무엇인지 알지도 모른다는 생각이 들었다.

"복주머니 안에 이런 게 들어있던데, 뭔지 알겠니?"

돌아가는 길 농부나 만나면 물어볼 요량으로 소매 안에 넣어둔 낱알을 꺼냈다. 어리가이가 입을 열기도 전에 한눈에 알아본 중덕이 말했다.

"그건 메밀 아닙니까?"

장금이 복주머니 안에 있었다고 밝히자 어리가이는 고개를 갸웃거렸다.

"걔는 복주머니 안에 아무것도 안 넣고 다녀요. 그냥 들고 다니는 게 좋대요."

어리가이가 대답하자 중덕이 복주머니에 얼굴을 파묻고 흐느꼈다.

"아이가 새 걸 만들어달라고 합니까?"

장금은 중덕의 맨발을 보니 사실대로 전할 엄두가 나지 않았다. 하나만 보고 판단하기는 일렀지만 똑 닮은 복주머니 한 쌍이 업둥이인 옥가이를 차별하지 않으려 했다는 증거였다.

"귀덕의 집에서 찾았는데 옥가이가 속상해하기에 내 가져왔네."

장금은 선의라도 거짓말을 하자니 마음이 편치 않았다.

"다시 만들어주면 아이가 부모 얼굴을 봐줄까요?"

"그게 무슨 소리인가."

중덕이 옷고름 끝으로 눈물을 훔치며 대답했다.

"옥에서 나와서 바로 옥가이를 보러 갔습니다. 부모가 원망스러운지 만나지 않겠다고 하더군요. 그뒤로 몇 차례나 더 찾아갔지만 헛걸음이었습니다."

"아이가 아직 혼란스러워 그러지 않았겠는가. 머지않아 이 집으로 돌아올 걸세."

장금은 중덕이 눈물을 그칠 때까지 위로했다. 장금은 옥가이에게 새 복주머니를 만들어주겠다는 말을 전하기로 약조하고 중덕의 집을 떠났다.

*

왕은 이번에도 미복 차림으로 귀성의 집을 찾아왔다. 순매가 씻던 그릇을 든 채로 나와 딸을 불렀다.

"보배야, 옥가이 데리고 나와라."

마당에 나와 있던 보배가 짚신을 아무렇게나 벗어두고 방문을 열었다. 바닥에 치마가 쓸리는 소리가 나더니 옥가이가 열린 방문 너머로 얼굴을 내밀었다. 옥가이는 마당에 선 왕을 보고는 두 눈을 크게 떴다. 보배가 옥가이를 부축해 문턱을 넘으려 할 때 왕이 달려와 옥가이를 안아들었다.

"그간 잘 지냈느냐?"

옥가이가 말없이 고개를 끄덕였다.

"옥가이가 나리께서 오시는 날이 며칠 남았느냐 자꾸 물었습니다."

탕약을 달이느라 한발 늦게 부엌에서 나온 장금이 왕에게 귀띔해주었다.

"그랬느냐? 오늘 어딜 가고 싶으냐?"

"육의전에 가고 싶습니다."

"그래, 잘 생각했다. 어서 가자꾸나."

왕이 소리 내어 웃으며 옥가이를 데리고 말을 세워둔 곳으로 갔다. 말 근처에서 기다리넌 이창무는 육의전으로 간다고 하자

난색을 비쳤다.

"육의전은 인파가 많아 저 혼자 호위하기 어렵사옵니다."

"괜찮네, 괜찮아."

왕은 옥가이를 안고 말 위에 올라 배웅하는 장금을 빤히 쳐다보았다.

"뭐하느냐? 너도 말을 타지 않고."

왕이 이창무 뒤에 앉으라고 채근하자 이창무와 장금은 당황한 표정으로 서로를 마주봤다.

"나리, 궁녀가 어찌 그럴 수 있겠사옵니까."

"내가 허락했는데 누가 문제 삼겠느냐. 어서 타거라."

장금이 귀성의 집에 있겠노라 거절하자 왕은 아이 핑계를 대기 시작했다.

"옥가이가 오늘만을 기다렸을 텐데, 네가 이리 늑장을 부리면 되겠느냐."

"제 뒤에 타시지요."

옥가이가 애원하듯이 쳐다보고 이창무도 가세하자 장금은 못 이기는 척 안장 위에 앉았다. 말은 두 사람을 태우고도 거뜬히 달렸다. 이창무를 어색하게 붙잡은 장금과 달리 옥가이는 왕에게 편히 기댔다. 왕이 조심스럽게 말을 모는 모습이 영락없이 손녀를 데리고 외출하는 노인이었다. 그 모습은 마치 그가 왕이 되지 않았을 세상의 한 조각만 오려내어 이 순간과 감침질한 듯했다. 장금은 궁녀로서 불손하게도 왕에게는 어좌보다 어린아이를 앞에 태운 안장이 제자리처럼 보였다.

"너를 태울 작정으로 내 가장 순한 말로 데려왔는데 어떠냐."

"좋습니다."

장금은 왕과 옥가이가 나누는 대화에 귀기울였다. 진실이 어떠하든 두 사람이 맞이할 결말은 정해져 있었다. 왕은 궁궐로 돌아가고 옥가이는 중덕의 집으로 돌아간다. 왕은 곤룡포 아래로 심열증을 숨기고, 옥가이는 치마 아래로 잘린 두 발을 감추며 살아갈 것이다. 특히 옥가이는 사람 구실하지 못한다는 눈총을 받을지도 몰랐다. 세상은 계집에게 모질고, 불구에게는 더 가혹한 법이었다. 옥가이는 계집아이에 두 발이 잘렸으니 몇 배로 혹독한 세상을 마주할 터였다. 육의전으로 가는 길은 옥가이에게 동짓날 낮처럼 찰나에 불과했다. 장금은 잡히지 않는다는 걸 알면서도 이 순간을 손안에 움켜쥐고 싶었다.

"조심히 내리십시오."

육의전 근처에 도착하자 이창무가 먼저 말에서 내렸다. 이창무는 장금이 말에서 안전하게 내리도록 거든 뒤 옥가이를 업으러 갔다. 장금이 출발할 때부터 느꼈지만 눈에 띄지 않기가 힘든 조합이었다. 미복을 입어 신분을 숨긴 왕이나 장금과 달리 이창무는 관복 차림이었다. 무관이 아이를 업은 채 머리가 희끗한 노인과 동행하니 지나치는 행인마다 힐끔거렸다.

"사고 싶은 게 있거든 주저 말고 말하거라. 내 뭐든 네 손에 쥐여주마."

"전…… 나리, 과분한 처사이옵니다."

"자네에게 사준다 한 적은 없네만."

이창무는 옥가이가 버릇없이 값비싼 물건을 사달라 떼쓸까 말했겠지만, 장금이 걱정하는 점은 따로 있었다. 이창무가 왕이 시키는 대로 앞서자 장금이 왕에게 바짝 다가갔다.

"나리, 송구하오나 얼마나 가져오셨는지 여쭤도 되겠사옵니까."

왕은 챙겨온 돈을 소매에서 슬쩍 꺼내 보였다.

"부족하느냐?"

"나리, 그 돈이면 비단옷 스무 벌은 지을 수 있사옵니다."

"그러냐?"

장금은 왕이 절대 상인과 흥정하지 못하게 막겠다고 다짐했다. 두 사람은 옥가이를 업은 이창무와 거리를 두고 천천히 따라갔다. 옥가이가 이창무의 어깨 위에서 사당패를 구경하는 사이 왕이 장금에게 넌지시 물었다.

"알아보라는 건 어찌 되었느냐."

"무당 말로는 귀덕이 '염매'라는 저주를 행했다고 하옵니다."

장금이 주위를 살핀 뒤 목소리를 낮추어 말했다.

"염매?"

왕이 되묻자 장금이 무당이 알려준 이야기를 간추려 전했다. 장금의 보고가 이어질수록 옥안에 드리우는 그늘이 짙어졌다. 왕은 허공에서 외줄 타는 광대에게 시선이 빼앗긴 옥가이를 바라봤다.

"저만한 아이에게 그런 변괴를 저질렀구나."

"소인은 손가락이 아니라 두 발을 자른 점이 꺼림칙하옵니다."

"나도 그 점이 의심스럽다. 같은 저주에 다른 신체 부위를 제물로 쓴 게 아니겠느냐?"

장금은 염매가 아사 직전인 아이의 원한을 이용한다는 점을 다시 언급하며 발목을 자를 이유가 없다고 답했다. 설혹 장금이 찾아간 무당도 모르는 저주 때문에 두 발이 잘렸다 한들 다른 의문이 앞을 가로막았다.

"어린아이의 발도 필요했다면 들킬 위험을 감수하고 아이를 두 명이나 납치할 이유가 없지 않겠사옵니까."

스무 손가락과 네 발이라면 모를까 귀덕에게는 먼저 납치한 아이의 발을 자르는 편이 더 수월하고 안전했을 것이다. 옥가이가 사는 마을처럼 작은 부락에서는 아이 하나만 사라져도 소문이 빨리 돌았다.

"아이를 가둬놓는다 하지 않았느냐. 그래, 도망치지 못하게 발을 자른 것이다."

왕이 잠시간 찌푸린 미간을 펴면서 말했다.

"하오나 귀덕은 옥가이를 버리지 않았사옵니까."

왕은 허점 없는 추리를 내놓으려 골몰했지만 관자놀이만 욱신거렸다.

"어서 저 아이를 집으로 돌려보내야 할 터인데."

"나리, 옥가이는 부모를 만나고 싶어하지 않사옵니다."

"어미를 보고 싶어하지 않는 아이가 어디 있단 말이냐."

장금은 복주머니를 들고 중덕을 만나 들은 이야기를 고했다.

"귀덕의 집에 죽통은 없었느냐?"

장금은 귀덕의 집안을 조사했을 때 기억을 차분히 되짚었지만 죽통은 없었다. 옥가이의 발을 잘랐을 만한 날붙이 위주로 살펴본 게 후회됐다.

"내 생각하기로는 귀덕은 관원이 들이닥치자 저주를 행한 일이 들통날까 두려워 죽통은 없애고 잘린 손가락은 후일 이용하기 위해 복주머니 안에 넣어 숨기지 않았나 싶구나."

귀덕도 염매가 역모에 준하는 처벌을 받으리라는 사실쯤은 알았을 것이다. 의금부 관원을 보고 당황한 귀덕이 복주머니 안에 잘린 손가락을 옮겨 담고 쥐구멍에 숨기는 장면이 저절로 그려졌다.

"죽통 대용으로 굳이 옥가이의 복주머니를 쓴 이유는 두 가지 범죄를 한꺼번에 숨기기 위해서가 아니겠느냐?"

왕이 다시 옥가이가 있는 방향으로 고개를 돌렸을 때는 외줄 타던 광대는 사라지고 이창무가 아이를 등에 업은 채로 다가오고 있었다.

"배고프지 않느냐?"

왕이 묻자 이창무 어깨 너머로 옥가이가 아는 곳이 있다고 기어들어가는 목소리로 어물거렸다.

"자신 없는 걸 보아하니 별로 맛이 없는가보구나."

옥가이는 고개를 세차게 저었다. 왕은 너털웃음을 터뜨리며 옥가이와 이창무가 앞장 서게 만들었다.

*

"뭐 드실 거요?"

주인이 묻자 궁궐에서만 살아 어색한 왕과 장금은 이창무만 빤히 쳐다봤다. 일제히 쏟아지는 시선에 주인까지 가세하자 이창무는 버벅거렸다.

"여기서 가장 맛나가는 게 뭐요?"

이창무는 가장 맛있거나 잘 나가는 음식을 물으려다 그만 말이 헛나가고 말았다.

"저쪽 아저씨들이 먹는 거 주세요."

이창무가 민망해서 눈도 못 드는 사이에 옥가이가 잽싸게 음식을 시켰다. 옥가이가 가리킨 방향에 마주앉은 두 남성은 국에 밥을 말아먹고 있었다. 주인은 네 사람을 오래 기다리게 하지 않고 금방 한 상을 내왔다. 막상 한 상에 둘러앉으니 이창무에게는 상차림은 눈에 들어오지 않았다. 왕과 겸상하기 난처해 국에서 올라오는 김이 옅어지는 걸 구경하며 수저도 들지 못했다. 옆자리를 곁눈질하자 장금도 마찬가지인지 한 숟갈도 뜨지 않은 채였다.

"밥이 국에 말아서 나오는구나."

"미리 만들어서 식은 밥을 따뜻하게 먹으라고 그런 거예요."

처음 먹어보는 음식을 신기해하는 왕에게 옥가이가 입안에 든 밥을 재빨리 삼키며 말했다.

"넌 아는 게 참 많다."

왕은 어른보다 먼저 수저를 든 옥가이를 꾸짖지 않고 밥을 후후 불어가며 먹는 모습을 흐뭇하게 지켜보았다. 옥가이는 자신이 세 숟갈이나 뜨는 동안에도 두 어른이 가만히 있자 의아하게 여겼다.

"다 식겠어요."

곤혹스러워하는 두 사람을 그제서야 눈치챈 왕이 먹으라고 작게 소근거렸다. 장금이 모래 섞인 쌀을 먹는다면 이창무는 돌을 씹듯이 밥을 삼켰다. 왕은 옥가이가 잘 먹는다, 한창 클 때다 등 여러 이유를 대며 밥 위에 반찬을 올려주었다. 옥가이가 그릇을 비우고 왕이 덜어준 밥까지 다 먹자 세 사람은 자리에서 일어났다. 이창무가 자세를 낮추고 등을 내보이자 옥가이는 옆에 선 장금의 치맛자락을 잡아당겼다.

"측간 좀 같이 가주세요."

장금이 옥가이를 데리고 가자 이창무는 왕과 단둘이 남은 탓에 신경이 곤두섰다. 왕은 시선을 담 너머로 향한 채 대수롭지 않게 물었다.

"동지의금부사가 자네에게 장금을 깍듯이 대하라 시키던가?"

"시키지는 않으셨고, 정암 선생이 하인을 존중하였다는 일화를 듣고 비록 소신이 무관이지만 어떻게든 가르침을 새기고 싶어 그리합니다."

이창무는 쑥스러운 듯 말을 더듬었다. 왕은 젊은 관리의 대답에서 일개 의녀도 임금의 측근이라면 주시하겠다는 동지의금부사의 의도를 읽어냈다. 경고하지 않은 이유는 순전히 이창무가 정암 조광조를 언급했기 때문이었다. 이창무가 야망이 넘치고 여기저기 줄을 대려는 자였다면 왕에게 조광조를 존경한다고 밝히지 않았으리라.

"조선을 걱정하는 신하는 그밖에 없었지."

이창무는 어조에서 드러나는 미묘한 차이를 구별하기에는 아직 젊었다. 왕은 이창무가 성군을 모신다고 착각하게 내버려두었다.

"전…… 나리, 소신이 한 말씀만 올려도 되겠습니까."

왕은 두 눈을 감고 고개를 까딱였다.

"백성 한 명 한 명 귀히 여기시는 뜻을 알겠사오나 뒷일은 제게 맡기시고 돌아가시면 안 되겠사옵니까."

왕이 그리해야 하는 까닭을 묻자 뻔한 내용이 이어졌다. 정사를 미뤄둘 만큼 중대한 사건이 아니라는 지점에서 왕은 이창무의 말을 잘랐다.

"중대사는 내가 아니더라도 모두가 알아서 신경쓰기 마련이네. 자네는 임금이 이번 사건을 신경쓰지 않았다면 누군가 공을 들여 조사했을 거라 확신하는가?"

왕은 본의 아니게 아들뻘인 관리를 꾸짖는 구도가 잡히자 괜한 헛기침을 했다. 이창무는 한 대 얻어맞은 듯한 표정을 지었다가 정중하게 사과했다.

"송구하옵니다. 소신의 생각이 미처 거기까지 닿지 못하였사옵니다."

왕이 장금과 옥가이가 어서 오기만을 기다릴 동안 이창무는 생각에 잠긴 채로 주변을 살폈다. 날이 풀리지 않은 탓에 털모자를 쓴 사람이 저잣거리에 간간이 보였다. 구석에서 밥을 몇 숟갈 뜨는 둥 마는 둥 하던 남자도 털모자를 쓰고 있었다. 이창무는 설마 쫓던 용의자를 이런 순간에 맞닥뜨리는 우연이 일어나리라고는 생각도 하지 못했다. 해서 털모자 쓴 사내가 일어나 옥가이와 장금이 간 방향으로 걸어가도 붙잡지 않았다. 하지만 불길한 예감 때문에 땀이 배어나는 손바닥으로 칼자루를 감쌌다. 장금의 비명이 들렸을 때, 이창무는 예상이 빗나가기를 바라며 뛰어갔다. 주막 뒤편에서는 장금이 쓰러진 몸을 일으키고, 털모자를 쓴 사내는 옥가이를 둘러업은 채 담을 넘고 있었다. 이창무는 담을 가뿐히 뛰어넘고 사내를 쫓았다. 사내는 털모자가 떨어질 정도로 달렸지만 아이를 든 채로는 이창무를 따돌릴 수 없었다. 땀으로 얼룩진 뒷덜미를 잡히기 직전에 사내는 옥가이를 짐 덩어리처럼 놔버렸다. 이창무는 사내를 놓치지 말아야 한다고 생각하면서도 옥가이를 향해 두 팔을 뻗었다. 이창무가 옥가이를 감싸안고 흙바닥을 두세 바퀴 구르다 일어났을 때 사내는 이미 저 잣거리 인파 사이로 사라진 뒤였다.

"괜찮으십니까?"

두 손으로 치맛자락을 붙잡고 뛰어오는 장금이 멀리서 애타는 목소리로 외쳤다. 이창무는 대답하는 대신 옥가이를 어깨 위로 들어 보였다. 장금의 뒤를 헐떡이며 따라오는 사람이 누구인가 싶었는데 왕이었다. 이창무는 뒤늦게 호위 임무를 제쳐두고 멋대로 행동한 것을 자각했다.

"송구하옵니다. 나리 곁을 비워놓고 괴한도 놓쳤사옵니다."
"아니다, 아이가 무사하니 되었다."

왕은 이창무의 어깨를 가볍게 두드리면서 눈으로는 옥가이를 살폈다.

"다친 데는 없는 듯하고, 많이 놀랐느냐?"

옥가이가 이창무의 목에 팔을 두른 채로 고개를 절레절레 저었다. 왕이 안심하는 사이 장금은 눈썰미 좋게 이창무의 관복에 묻은 흙먼지를 알아차렸다.

"나리, 이만 김 갑사네로 돌아가시죠."

왕은 옥가이에게 무척 미안해하다 장금이 든 털모자를 보고 물었다.

"장금아, 손에 그건 무엇이냐?"

*

"제가 발이 잘릴 때 보았던 사람이 쓴 모자와 비슷해요."

옥가이는 사내가 떨어뜨린 털모자를 찬찬히 뜯어보고 말했다. 왕은 귀성네 마루에서 습관처럼 손톱을 물어뜯으려다 말았다. 이창무는 왕보다 한 발짝 뒤에서 관복만 벗은 차림으로 앉아 있었다. 장금은 마루 끝에 걸터앉아 관복에 묻은 흙먼지를 털어내면서도 상반신은 세 사람을 향해 있었다. 조악한 모피 여러 개를 엉성하게 꿰매 만든 모자였다. 왕은 이런 모자가 초면이어서 이창무에게 넘겼고, 이창무 역시 아는 바가 없어 장금에게 건넸다. 장금이라고 무슨 뾰족한 수가 있지 않아서 모자를 까뒤집는 게 그나마 새로운 관찰 방법이었다. 장금은 관복에 끈질기게 매달린 흙먼지가 햇빛에 반짝거리자 낮도깨비에게 홀린 듯 마당 한가운데로 향했다. 설익은 겨울 햇볕 아래 장금은 털모자 안쪽에서 붉은 머리카락 한 올을 발견했다.

"나리, 이것 좀 보십시오."

장금이 마루로 돌아가기 전에 왕이 비단신을 구겨 신고 마당으로 나왔다.

"사람 머리털이 이리 붉을 수 있느냐?"

인상을 찌푸린 왕의 어깨 너머로 이창무가 눈을 가늘게 뜨더니 입을 열었다.

"그자는 백정이었나 봅니다."

붉은 머리칼과 백정이 무슨 상관인지 이해하지 못한 왕에게 이창무가 차근차근 설명했다.

"궁에는 신분이 확실한 이들만 들이니 대면하신 적은 없겠사오나 백정 사이에서는 붉은 머리인 자가 많사옵니다."

왕은 이창무가 짐작한 대로 대군 시절에도 백정을 직접 만난 적이 없었다. 즉위한 이래로는 어전회의에서 백정을 교화하고 정착시킬 방안을 논의할 때 거론한 게 고작이었다. 백정은 떠돌아다니며 사냥으로 생계를 이어갔고, 장금이 말한 대로 어디 정착하더라도 도축업에 종사했다.

"그래서 방안에서도 털모자를 썼구나."

드디어 의문 하나가 풀린 왕은 장금과 이창무의 시선에도 아랑곳하지 않고 중얼거렸다. 두 사람이 무슨 소리인지 당최 알아듣지 못하자 왕은 답답해했다.

"옥가이는 대낮 방안에서 발이 잘렸다고 증언했다. 보통 방안으로 들어오면 털모자를 벗을 텐데, 그러지 않은 이유가 무엇이었겠느냐. 필시 붉은 머리털을 들키지 않기 위해서가 아니겠느냐."

"붉은 머리는 흔치 않으니 만일 봤다면 아이가 어떻게든 기억했겠습니다. 신분이 유추되니 수색 범위도 줄어들 터이고……"

"도성 일대 푸줏간이나 백정이 모여 사는 마을을 수색하도록 의금부에 보고하겠습니다."

이창무가 관복을 다시 걸치는 동안 귀성이 보배를 무동 태운 채 귀가했다. 귀성은 마루 위에 보배를 내려주면서 털모자를 보고 아는 체했다.

"이 모자는 앞집 무녀 집에서 가져오셨습니까?"

귀성의 발언에 이창무는 옷고름을 매다가 말았다. 귀성은 털모자를 집어들고 보배 눈앞에서 흔들며 딸을 놀렸다.

"너 기억나느냐? 네가 몇 해 전에 이거 가지고 싶다고 온종일 마루에 엎드려 울었다."

귀성이 어린아이가 칭얼대는 말투를 흉내내자 보배가 그런 기억이 없다며 펄쩍 뛰었다. 자신에게 쏟아지는 시선을 한 박자 늦게 의식한 귀성이 주춤거렸다.

"아비가 딸 좀 놀리면 안 된다고 나라 법으로 정해놨습니까?"

"우리는 이 모자를 저잣거리에서 주웠네. 앞집에서 가져왔다고 여긴 이유 좀 말해보게나."

이창무가 귀성의 손목을 붙잡고 장금이 털모자를 가져가는 사이 왕이 엄숙히 말했다.

"그야 저런 털모자를 쓰는 사람은 무녀 집에 가끔 묵는 사냥꾼 말고는 없지 않습니까. 몇 해 전 보배가 같은 모자를 가지고 싶다며 떼를 써서 어디서 구했는지 물어봤습니다. 내다 팔고 남은 가죽으로 직접 만들었다고 했습니다."

귀성은 한 마디씩 내뱉을 때마다 세 사람의 신경이 점점 곤두서는 분위기를 감지했다.

"그 사냥꾼과 귀덕이 무슨 사이인지 아는가?"

"거기까지는 잘 모르겠습니다. 보배 엄마 말로는 서방 각시하는 사이는 아니라던데······"

귀성은 그 기억마저 정확하지 않은 듯 말끝을 흐렸다. 왕이 더 말해보라는 듯이 눈짓하자 귀성은 기억을 짜내어 대답했다.

"앞집 무녀는 며칠이고 집을 비울 때가 잦아 이 동네에서 무녀 얼굴이 가물가물한 사람도 있을 겁니다."

장금이 귀성에게 저잣거리에서 겪은 일을 전하는 사이 왕은 마룻바닥 무늬를 응시하며 생각에 잠겼다. 옥가이는 한덕에게 발이 잘릴 때 방안에 공범이 있었다고 증언했다. 왕은 한덕이 반비라는 여인과 같이 산다는 정보를 접한 뒤라 그가 공범이리라 여겼다. 반비가 아니라면 잔인한 범행을 기꺼이 숨겨줄 만큼 한덕과 가까운 사이겠거니 했다. 옥가이는 털모자를 썼다고만 말했을 뿐인데 왕은 공범을 당연히 한덕과 친밀한 여인이라고 단정 지은 까닭을 되짚었다. 만일 공범도 발목을 절단하는 데 직접 관여했다면 옥가이도 그를 단지 '보았다'라고 진술하지 않았을 터였다. 범행 장소가 실내였더라도 방문객이 범행을 목격하거나 방해해서는 안 되니 공범이 망을 보았으리라. 어린아이의 발목이라도 생살을 가르고 뼈를 부러뜨려 신체 일부를 억지로 떼어내기란 결코 쉽지 않다. 공범이 남자였다면 그가 발목을 자르고 한덕은 망을 섰을 것이다. 심지어 옥가이를 납치하려던 자는 사냥꾼이었다. 도저히 이해되지 않는 게 바로 이 지점이었다. 공범이 남자인데다 사냥꾼이라면 그가 나서는 편이 더 능숙하게 범행을 마무리짓고 들킬 위험을 줄일 수 있었다. 왕은 손끝을 입술에 갖다댄 채로 달싹거리다 결정을 내렸다.

"어찌 되었든 사냥꾼이 무녀 집으로 찾아올 테니 오늘밤 그놈을 잡자꾸나."

"나리, 송구하오나 소인은 그리 결정하신 연유를 잘 모르겠사옵니다."

왕은 입안이 쓴 듯 미간을 살짝 일그러뜨리며 운을 뗐다.

"놈은 이미 옥가이를 납치하려다 실패했다. 우리가 경계할 게 불 보듯 뻔한데 이 집 담을 넘는 무모한 짓을 벌이겠느냐. 천치가 아니고서야 금부도사에게 쫓기고 지금쯤 신중하게 행동하려 애쓸 터이니 무녀 집으로 올 것 같구나. 사람은 신변이 위태로우면 잘 아는 장소로 가기 마련이다. 그자는 떠돌이 사냥꾼이니 무녀 집 말고는 달리 머무를 거처도 없을 것이다."

"제가 그놈 같으면 복잡하게 따질 동안 도성 밖으로 달아나고도 남았겠는데요."

왕이 설명하는 내내 팔짱 끼고 듣던 귀성이 딴지를 걸었다. 이창무가 흘겨보자 귀성은 사실이 그렇지 않느냐며 반문했다.

"아니, 사대문 밖을 빠져나오는 데는 예상보다 시간이 걸릴 거다. 근래 삼강가 인근 목장에서 말을 해치는 자가 늘어나 행선지를 알리고 행장을 받는 등 절차가 까다로워졌다. 후환을 피하기 위해서라도 오늘밤 무녀집을 거쳐가지 않겠느냐."

귀성이 고개를 주억거리는 동안 이창무가 옷매무새를 단정히 고치고 대문 방향으로 뛰어갔다. 왕이 의아한 표정으로 어디를 가느냐 묻자 이창무는 당연한 듯이 돌아갈 채비를 한다고 답했다.

"전…… 나리, 나리께옵서는 날이 더 저물기 전에 돌아가셔야 하지 않사옵니까."

"나는 오늘밤 무녀 집에 숨어 그 사냥꾼을 기다릴 생각이다만."

여상한 말투로 선언한 왕과 나르게 이창무는 놀라 제자리에서 꼼짝 못 했고 장금은 겨우 정신을 다잡고 설득했다.

"나리께옵서 귀택하지 않으시면 많은 이들이 걱정하지 않겠사옵니까. 속히 돌아가시옵소서."

장금이 환궁을 입에 담지 않으려 애쓰며 온 조정이 근심한다고 에둘러 표현했다.

"나를 대신할 사람이야 차고 넘치는데 무슨 걱정이냐."

지존을 대체할 수 있다는 속뜻을 알아들은 두 사람의 낯빛이 새하얗게 질렸다.

"뭐 왕이라도 되십니까?"

왕의 정체를 새까맣게 모르는 귀성이 농으로 받아들이고 맞받아쳤다. 왕은 껄껄 웃으며 두 사람의 간담을 서늘해지게 하는 농담을 귀성과 주거니 받거니 했다. 왕은 믿기지 않을 만큼 허물없이 구는 데 능해서 순매가 저녁상을 내올 때 귀성이 아끼던 술을 꺼내오게 만들었다. 이창무는 잠복을 핑계로 한 잔도 마시지 않았고, 왕은 예의상 몇 잔 받았다. 기분 좋게 취한 귀성이 어느새 커진 목소리로 말할 때마다 옥가이가 움찔거리는 모습을 왕은 놓치지 않았다. 저녁상을 물리고 세 사람이 무녀 집에서 밤을 지새울 작정으로 일어날 때였다. 도포 자락이 어딘가 걸린 듯한 느낌에 왕이 뒤돌아보자 옥가이가 도포를 꼭 붙들고 놔주지 않았다.

"저도 데려가주세요."

"어디를 말이냐?"

왕이 일부러 못 알아들은 척 능청스럽게 되물었다.

"앞집에 가실 거잖아요. 제가 있어야 제 발을 자를 때 본 사람이 맞는지 알 수 있지 않겠어요?"

왕은 털썩 주저앉아 옥가이를 한참 타일렀다. 어린아이라면 저녁 먹고 자야 한다, 사냥꾼을 잡으면 잠든 널 깨워 반드시 무녀 집으로 데려오겠다 등 아무리 설득해도 요지부동이었다. 겉보기에는 어른이 아이에게 잔소리나 늘어놓는 모양새였지만 왕은 정말로 옥가이를 데려가고 싶지 않았다. 우선 아이가 선뜻 나섰다 해도 자신을 납치할 뻔한 자를 마주하게 만드는 것이 좋을 리 없다. 옥가이는 범인으로 한덕을 지목했지만 정황상 진범은 귀덕이었다. 옥가이가 착각했을 뿐 발이 잘린 장소는 무녀 집일지도 몰랐다. 이만하면 옷자락을 놓아주리라는 예상과 달리 옥가이는 왕에게 귀를 달라고 손짓했다.

"안 데려가주시면 임금님이라고 말할 거예요."

왕이 당황한 나머지 아무 말도 못 하는 사이 옥가이의 입술이 달싹였다. 옥가이가 앞니와 아랫니를 붙이고 입술을 벌리는 순간, 왕은 다급한 몸짓으로 조그마한 입을 막았다.

"알았다. 내 데려가마."

*

"그래서 어찌 알았느냐?"

왕은 옥가이를 무녀 집 방 한가운데 즈음 앉혀놓고 물었다. '즈음'이라 여긴 까닭은 촛불을 켜지 못해 왕이나 장금이나 어림짐작하는 데 그쳤기 때문이었다. 바깥으로 향하는 방문은 단단히 봉한 채로 왕은 옥가이와 장금을 방안으로 들여보냈다. 왕이 방과 부엌 사이 문지방에 걸터앉자 장금이 자리를 바꾸기 위해 일어나는 소리가 들렸다. 왕은 치맛자락이 어둠을 쓸고 오기 전에 장금을 말렸다. 헐겁게 닫아둔 부엌문으로 사냥꾼이 숨어들면 등뒤에서 덮쳐 이창무가 올 때까지 버틸 계획이었다. 무녀 집 근처에서 잠복하는 이창무에게는 때가 되면 부엌문을 닫고 가로막은 채로 사냥꾼을 제압하라 지시해두었다. 옥체가 상할까 염려한 장금이 역할을 바꾸자고 청했으나 왕이 단호히 거절했다. 왕이 다치면 장금이 고쳐주겠지만 그 반대는 힘들다는 평계를 댔다. 왕에게는 지금 다치고 말고가 중요한 문제가 아니었다.

"임금님이라고 생각하면 모든 게 이해됐어요."

어둠 속에서 또랑또랑한 목소리가 울렸다. 전후 사정을 모르는 장금이 옥가이에게 오해라 일러주었다. 왕이 옥가이가 계속 말하도록 허락하자 장금은 무슨 상황인지 빠르게 파악하고 말을 멈췄다.

"도사 아저씨께서 자꾸 '전하'라고 부르다 말았잖아요."

이창무는 장금과 비교하지 않아도 유난히 말실수가 잦았다. 왕도 신출내기 무관이 가졌을 부담을 헤아려 지적하지 않고 매번 넘어갔으나 새삼 옥가이에게만 들킨 게 용할 지경이었다.

"순매 아주머니가 임금님을 '전하'라고 부른다고 알려줬어요."

"금부도사가 나를 다르게 부르려 했을 수도 있지 않느냐?"

옥가이는 확신에 찬 목소리로 아니라고 대답했다.

"나리께서 다 같이 말을 타고 육의전으로 가기 전에 그러셨잖아요. 나리께서 허락하면 아무도 문제 삼지 않는다고."

옥가이는 그 순간을 허투루 넘기지 않고 저녁 먹기 전에 세 사람이 잠깐 자리를 비운 사이 귀성에게 몇 가지를 물어본 모양이었다.

"갑사 아저씨가 궁녀는 무슨 일이든 간에 임금님 허락을 받아야 한대요."

성급한 결론이었지만 그릇된 추론은 아니었다. 영특한 아이를 알아보는 데는 촛불이 필요하지 않았다.

"그래, 네가 맞았다. 본래 궁궐 구석에서 썩어야 하지만 사건이 도통 해결될 기미가 안 보여 몰래 빠져나왔다."

옥가이가 한 가지 묻기를 청하자 왕은 흔쾌히 허락했다.

"왜 임금님인 걸 숨기세요? 임금님이면 뭐든지 하실 수 있잖아요."

"왕은 할 수 있는 일보다 할 수 없는 게 더 많다. 그리고 나는 유달리 하지 못한 것들이 많지."

옥가이는 잠잠해지더니 장금의 치마폭에 머리를 묻었다. 장금이 아이를 토닥이며 작고 부드러운 음성으로 자장가를 불러주었다. 옥가이는 그저 졸렸을 텐데 왕은 아이가 제 마음을 이해하고 더는 캐묻지 않은 것 같은 기분이 들었다. 이따금 쥐가 집안 곳곳을 돌아다닐 뿐, 밤이 깊도록 집 근처를 기웃거리는 인기척은 느껴지지 않았다. 의녀인 장금은 밤새 탕약을 달이거나 새벽에 일어나 움직이고는 했기 때문에 밤샘이 어렵지 않았다. 옥가이에게서 색색거리는 숨소리가 들릴 때였다.

"장금아."

"예, 전하. 미편하신 곳은 없으십니까?"

두 사람은 옥가이가 깨지 않도록 서로에게 간신히 닿을 정도로 작은 목소리로 대화했다. 왕은 자세를 고쳐앉으며 문틀에 기댔다.

"뜬눈으로 누워 밤을 지새우는 편보다는 견딜 만하구나."

"환궁하시면 탕약에 들어가는 약재를 바꿔 올리겠사옵니다."

왕은 어두운 방안에서 보이지 않을 텐데도 장금을 향해 손을 내저었다.

"되었다. 얕게 잠들면 꿈을 꾸기 좋다. 아주 가끔은 꿈에 그이가 나오기도 한다."

장금은 왕이 말하는 이가 폐비 신씨라고 요령껏 알아들었다. 장금은 엿듣는 귀가 없는 기회가 다시 오지 않으리라는 예감에 조심스레 운을 떼었다.

"그리도 그리우시면 궁궐로 모셔오면 안 되겠습니까."

"기회야 있었다. 허나 나는 복위 상소가 올라왔을 때조차 그러지 않았어."

왕도 오랜만에 마음 편히 속내를 털어놓기 시작했다.

"누가 시키지 않아도 무얼 내줘야 할지 계산하고 있더구나. 스스로 한심스러운 건 아무렇지도 않았다. 즉위한 이래로 언제고 그랬으니까. 배후가 누굴까, 복위를 빌미로 무슨 수작을 부리지 않을까, 근심이 끊이지 않았다. 아귀도에 아내를 끌어들이느니 조강지처를 저버린 지아비로 남는 편이 낫다."

장금도 궁궐에서 보고 들은 바가 있어 왕의 결심을 궁색한 변명으로 여기지 않았다. 다른 누군가를 지킬 힘이 없는 이상 홀로 궁궐에 남는 게 현명했다.

"저녁을 먹기 전에 이 근처 민가를 둘러보던데 뭔가 알아냈느냐?"

왕이 목청을 가다듬고 화제를 돌렸다. 장금은 순매가 저녁상을 차릴 동안 인근 민가를 다니며 귀덕과 관련된 정보를 수집했다. 귀덕은 몇몇 지인을 제외하고는 이웃끼리 왕래가 뜸해서 새로 알아낸 사실은 많지 않았다.

"귀덕과 사냥꾼은 남매 사이라고 합니다. 사냥꾼은 전국 팔도를 떠돌다가 해마다 겨울이 오면 귀덕을 찾아온다고 합니다. 머무는 며칠 동안 저잣거리로 가죽을 내다 팔거나 낮잠을 잔답니다."

"그것참 태평한 놈이로구나."

왕은 기막혀서 대놓고 못마땅해했다.

"외출하면 해가 질 때 돌아왔고 그렇지 않은 날에는 온종일 잘 테니 방문을 삼가달라고 부탁했답니다. 동생이 백정처럼 사냥으로 생계를 잇는 점을 부끄럽게 여겼는지 이웃에게도 먼저 소개하려 들지 않았답니다. 송구하옵게도 사냥꾼과 관련된 이야기는 이게 전부였습니다."

"되었다. 귀덕이 수상한 행보를 보인 적은 없다더냐?"

장금은 노을빛에 물든 마을 사람들 얼굴을 하나씩 되새기다 어느 노파의 불평을 떠올렸다.

"지난가을부터 먼 마을까지 다녀오는 일이 잦아졌다 합니다. 이 마을에 오래 산 노파 말로는 예전만큼 용하지도 않은데 이제 와서 멀리까지 소문난 게 이상하답니다. 사나흘 넘게 집을 비우기도 해 뒷전으로 취급당했다고 느낀 아녀자 몇 명에게는 반감을 산 듯했습니다."

"옥가이도 다른 마을을 들렀다 데려왔겠구나."

왕은 눈을 감고 의금부에서 올린 보고와 장금이 수소문해 얻은 단서를 차분히 정리했다. 왕이 시름하는 사이 문고리가 거칠게 흔들렸다. 장금은 겨우 창호지 한 겹을 두고 정체 모를 자와 마주하자 옥가이를 품안으로 끌어당겼다.

"문을 잘 닫고 내가 허락하기 전까지는 열어서는 아니 된다."

왕은 줄곧 걸터앉아 있던 문지방에서 일어나며 장금에게 속삭였다. 왕이 예상한 대로라면 도주한 사내는 쉽사리 단념하지 못하고 부엌문을 노릴 것이다. 닫은 문 반대편에서 장금이 제대로 잠겼는지 확인하는 기척을 느낀 뒤 왕은 안심하며 부엌문으로 다가섰다. 왕은 벽 모서리에 몸을 바싹 붙이고 일부러 헐겁게 잠근 문에 온 신경을 기울였다. 널판으로 만든 문이 덜컹거리며 열렸다. 왕은 희미한 달빛에 의지해 인영을 살폈다. 왕보다 크고 이창무보다 작지만 다부진 체격 같았다. 솔직히 왕은 몸싸움을 이길 자신은 없었다. 하지만 저자가 부엌으로 들어온 이상 외통수요, 배수진이었다. 사내가 두리번거리다 아궁이 옆 방문에 희미한 그림자를 드리웠다. 때마침 거센 바람이 불어와 부엌문이 닫히자 왕은 사내를 향해 몸을 날렸다.

사내가 당황한 순간에는 왕도 밀리지 않았지만 일상처럼 힘을 쓰는 장정을 이길 수는 없었다. 도리어 멱살이 잡혀 벽에 부딪치자 장금이 부엌으로 나오려 들었다.

"나오지 마라!"

사내는 왕 말고도 다른 자가 있다는 낌새를 알아채고 방문 쪽으로 달려갔다. 왕은 주인을 잘 만나서 일평생 고생하지 않은 무릎을 오늘만 혹사시키기로 했다. 왕은 무릎이 질질 끌리면서도 사내의 다리를 붙들고 놓지 않았다.

"전……, 나리!"

이창무가 널판이 떨어져라 문을 열어젖히고 오는 데 일각도 걸리지 않았지만 그새 왕의 몰골은 말이 아니게 됐다. 사내가 잡히는 대로 잡아당긴 탓에 갓끈이 떨어져나갔고 갓은 상투에 걸려 있었다. 이창무가 사내를 제압할 동안 왕은 흐트러진 옷매무새를 고쳤다.

"이제 나와도 된다."

방문을 살짝 열고 얼굴만 내민 장금은 곤혹스러운 표정이었다. 왕이 팔다리를 접었다 펴며 멀쩡하다는 사실을 확인시켰지만 장금은 유감이라는 듯이 고개를 가로저었다. 옥가이가 의녀의 귓가에 대고 뭐라 속삭이자 장금이 말을 전했다.

"나리께서 곁에 있어달라고 하옵니다."

왕은 뒤통수를 긁적이며 비단신을 벗었다. 장금이 방에서 촛불과 긴 천을 들고 나오자 이창무는 제압한 사내를 포박했다. 사내는 이창무를 힐끔거리면서 물었다.

"관아에서 오신 분들이오?"

왕이 방으로 들어가 방문 창호지에 귀를 붙이자 옥가이가 두 손으로 방바닥을 짚으며 다가왔다.

"그렇다면 어쩔 것이냐. 누구의 사주를 받았는지 어서 실토해라."

"아이고, 나리. 살려주십시오."

이창무가 엄하게 꾸짖자 사내는 잔뜩 겁에 질린 채 빌었다.

"도사 아저씨가 칼을 뽑아서 낮에 도망친 아저씨 목에 들이댔어요."

옥가이가 상반신만 살짝 옆으로 기울여 소곤거렸다. 왕이 내려다보자 옥가이는 두 눈을 구멍난 창호지에 붙이고 있었다. 어떻게 알았느냐 물으려던 왕은 조용히 검지 끝에 침을 묻혀 창호지에 구멍 두 개를 뚫었다.

"저같이 천하고 못 배운 놈이 뭘 알겠습니까. 그저 높으신 분 시키는 대로 했을 뿐입니다."

사내는 칼을 피해 목을 뒤로 빼며 떨었다. 이창무가 물러난 간격보다 더 가까이 칼날을 갖다붙이자 한 줄기 피가 흐르는 것이 멀리서도 보였다.

"과하십니다. 피가 나지 않습니까."

장금이 금부도사의 장검을 물리게 만든 뒤 깨끗한 천으로 환부를 눌러 지혈했다. 사내는 어물거리며 눈동자를 굴리며 주변을 살폈다. 개 눈처럼 밝은 눈동자가 장금과 이창무를 거쳐 방문 너머 왕에게 향했다. 왕은 두 눈이 마주친 듯해 몸을 뒤로 물렸다.

"무슨 사정인지는 모르지만 털어놓아야 우리도 헤아리지 않겠는가."

"털어봐야 높으신 분들은 죄 빠져나가고 저 같은 놈만 매 맞지 않습니까."

사내가 억울하다는 눈빛을 내비치며 코를 훌쩍였다.

"아이를 납치한 죄가 그럼 가벼울 줄 알았더냐?"

이창무가 다른 손에 여전히 장검을 쥔 채로 사내의 멱살을 잡았다.

"이놈은 그저 빌려준 패물을 돌려받고 싶었을 뿐입니다. 귀덕이 아이를 찾아오지 않으면 귀납 대신 돈을 갚아주지 않겠다 해서……. 아이를 해코지할 생각은 요만큼도 안 했습니다요."

"놓아주어라."

왕이 방문 너머에서 근엄한 목소리로 명했다.

"하오나 전…… 나리께서 이자를 잡기 위해……"

"그놈 말고, 그놈 멱살 말이다."

왕이 미간을 긁으며 이창무의 말을 끊었다. 이창무는 슬그머니 멱살을 놓아주었다.

"하나씩 묻자꾸나. 거기 너는 어디 사는 누구냐?"

"막개라고 합니다. 사냥하며 떠돌아다녀 집은 없습니다."

막개는 이창무에게서 시선을 떼지 못한 채 대답했다. 왕은 작게 한숨 쉬고는 이창무에게 장검을 집어넣으라 말했다. 이창무가 군말 없이 따르자 막개는 문 너머의 누군가가 높으신 분이라는 것을 직감했다. 막개는 머리를 조아리며 바른대로 고할 테니 살려달라 빌었다.

"빌려준 패물은 무엇이며, 귀납은 누구냐?"

"귀납은 이놈처럼 사냥으로 먹고 사는 자였습니다. 그자가 조만간 돈방석에 앉을 테니 패물을 빌려주면 이자를 곱절로 쳐서 돌려주겠다고 약속했습니다. 당연히 그 말만 믿고 빌려주지는 않았고, 귀납이 누이가 사는 집을 알려주며 자신을 만나지 못하면 그곳으로 가서 받으라 시켰습니다."

몰라도 사건을 해결하는 데 지장은 없겠지만 왕은 궁금한 나머지 얼마를 빌려주었느냐 물었다. 막개가 금액을 말하자 장금과 이창무가 숨을 들이켰다.

"전…… 나리, 범을 잡아도 그만큼은 벌 수 없사옵니다. 출처를 밝혀내야 합니다."

당장 의금부로 압송해야 한다는 이창무를 왕이 말리며 형벌을 가하지 않겠노라 약조했다. 막개는 잠시 망설이다 두 눈을 질끈 감고 실토했다.

"삼강가 근처 목장에서 뒷돈을 받고 몰래 말을 잡아주었습니다."

막개가 증언 속 털모자를 쓴 남자라는 확신은 옅어졌지만 왕은 지푸라기라도 잡는 심정으로 장금이 챙겨온 털모자를 쥐었다. 방문을 살짝 열어 장금에게 털모자와 여분의 초를 건넨 뒤 부엌을 대낮처럼 환하게 밝히라고 시켰다. 옥가이가 막개의 이마에 맺힌 땀이 촛농처럼 바닥에 떨어지는 모습까지 보인다고 속삭이자 왕이 미소 지으며 작은 머리를 쓰다듬었다.

"고개를 들어라."

이창무가 막개의 뒷덜미를 잡아 상반신을 들어올리자 장금이 털모자를 머리에 씌웠다. 뒤이어 막개의 얼굴 가까이 촛불을 가져갔다. 왕은 옥가이에게 방문을 넘지 않는 크기로 작게 물었다.

"저자가 네 발을 자를 때 본 사람이냐?"

옥가이는 아예 두 손바닥을 문살에 붙이고 잠시간 구멍에서 두 눈을 떼지 않았다. 왕은 옥가이가 어서 얼굴을 이쪽으로 돌리고 무슨 답이든 주기만을 기다렸다.

"아니에요."

옥가이는 머리카락은 둘째치고 눈동자 색부터 다르다고 덧붙였다. 왕은 막개의 눈을 마주하고 어딘가 어긋났다고 느낀 이유를 납득할 수 있었다. 붉은 머리카락은 털모자로 가릴 수 있어도 눈동자는 숨기기 어려웠다. 눈동자도 붉은 머리카락만큼 유별났다면 옥가이가 기억하지 못할 리가 없었다. 털모자만 언급한 까닭은 그게 남들과 구분되는 유일한 특징이었기 때문이었으리라. 신기루가 실마리인 양 잘난 듯이 떠든 게 무안했다. 왕은 마음을 다잡으며 막개에게서 단서를 얻기 위해 질문을 고르고 골랐다.

장금과 막개가 말한 대로라면 귀납이라는 사냥꾼은 귀덕과 남매였고, 막개는 무고하지 않으나 이번 사건과는 무관해 보였다.

"너는 귀덕과 만난 적이 있느냐?"

"귀덕과는 지난해 겨울 우연히 마주친 귀납의 소개로 처음 만났습니다. 여기서 이틀은 걸어야 닿는 마을이었을 겁니다. 돌림병으로 줄초상을 치른 집에서 귀덕에게 굿을 해달라 부탁했답니다. 어찌나 용한지 그 집 장손이 죽다 살아났습니다. 그 근방에서 부유하기로 소문난 집이라 웃돈도 아낌없이 얹어줬다며 쏠쏠이가 후했습니다. 저도 한 상 얻어먹은 자리에서 자연스레 귀납과 무슨 일로 밥벌이하는지 떠들었습니다."

막개가 머뭇거리는 틈을 놓치지 않고 이창무가 날카롭게 쏘아붙였다.

"필시 삼강가 목장에서 말을 훔치는 일로 크게 벌었다고 자랑했을 겁니다."

"죽을죄를 지었습니다."

막개는 이마가 땅에 닿도록 빌었다. 소 뒷걸음질로 쥐 잡은 격이었지만, 왕이 잡고 싶은 건 쥐가 아니었다.

"네 잘못은 잘 알겠으니 귀납이 어떤 자였는지 더 말해보거라. 네 이야기가 귀납을 잡는 데 보탬이 된다면 네가 받을 형량을 덜어주겠다. 듣자 하니 네 벌이도 나쁘지 않았을 텐데 귀납은 어떻게 빈용했느냐?"

막개가 뜸을 들이자 이창무가 포박당해 움직이지 못하는 팔을 뽑을 듯이 움켜쥐었다. 막개가 비명을 지르면서 간신히 한 문장을 내뱉었다.

"그…… 귀납은 잡을 수 없습니다."

"귀납을 잡을 수 없다니 그 무슨 망발이냐?"

윽박지르는 이창무에게 막개가 흐느끼며 고했다.

"죽은 자를 어찌 잡습니까. 그놈은 이미 염라대왕 소관이니 이승에서는 임금이 와도 못 잡습니다."

"아니, 귀납이 도대체 언제 죽었다는 말이냐?"

장금과 이창무가 당혹스러운 눈빛으로 마주보는 사이 왕이 놀라며 물었다.

"죽은 지는 꽤 됐습지요. 시신을 확인한 관리 말로는 정월 초에 죽었을 거라고 했습니다."

"네 이놈, 어느 안전이라고 귀납의 죄를 덮어주려 하느냐?"

"참말입니다. 관리가 와서 검시도 하고, 집안에 놓인 숟가락 개수까지 적어갔습니다."

막개는 관아로 가서 확인해도 좋다고 장담했다. 왕이 어찌 된 일인지 처음부터 소상히 설명하라 시키자 막개가 술술 불었다.

"어디서 알음알음 소문이 돌았는지 말을 잡아달라는 청탁이 혼자서는 감당하기 어려울 지경이었습니다. 귀납이 사냥 실력은 백정 못지않은 자이니, 벌이가 더 괜찮은 일이 없다면 같이 일하자 제안했습니다. 물욕이 많고 담이 커서 당연히 받아들일 거라 생각했습니다만."

"그러지 않았다?"

복주머니 안 내용물을 확인한 왕으로서는 '더 벌이가 괜찮은 일'이 무엇인지 짐작이 갔다.

"예, 그러더니 요즘 벌이가 괜찮다면 돈을 빌려달라 부탁했습니다. 피차 떠돌아다니는 처지이니 만나지 못하면 귀덕을 찾아가라고 말했습니다. 귀덕을 그 마을로 부른 자도 귀납이 알려준 주소가 맞다고 해서……"

"귀덕을 찾아가 만나기는 했느냐?"

막개가 어렵사리 만났다며 불만을 토로했다. 이창무가 헛기침하자 막개는 댓 발 나온 입을 집어넣었다.

"귀덕은 귀납과 그런 일을 상의한 적이 없다며 잡아떼지 뭡니까. 대신 귀납이 근래 정착한 곳을 알려줄 테니 그리로 가 일렀습니다. 이놈이 귀덕은 또 어찌 믿겠습니까? 귀덕과 동행하는 조건으로 귀납의 집으로 향했습지요."

"집에 가보니 귀납이 죽어 있더냐?"

왕이 옆에 앉은 옥가이의 손을 감싸며 물었다.

"맞습니다. 귀납은 두 손과 두 발이 결박당한 채 죽어 있었습니다. 귀덕이 이놈에게 관리를 불러오라 시키더니 정작 본인은 귀납의 봇짐을 뒤졌습니다. 얼마나 귀한 물건이기에 죽은 동생을 두고 챙기나 싶어 슬쩍 봤더니 평범한 죽통이었습니다. 그때까지 귀납이 설마 죽었으리라고는 생각지 못하고 남매가 작당하고 이놈을 속이려든다 의심하여 집 앞에서 서성거렸습니다. 열린 문틈 사이로 귀덕이 무얼 봤느냐 따지더니 관리에게 허튼소리를 하면 삼강가 말 도둑놈이라 고발하겠다 하지 뭡니까."

귀덕이 빼돌린 죽통이 무엇인지 아는 왕으로서는 머리가 어질어질했다.

"그 집에 어린아이는 없었는가?"

장금이 근심 가득한 눈으로 물었다.

"없었습니다. 귀덕도 갑자기 귀신에 씌었나 집안에 아직 아이가 있을 거라며 이놈 보고 같이 찾으라 했습니다. 집안을 샅샅이 뒤졌지만 아이는 없었고 시신을 방치하자니 등골이 오싹해서 관아로 달려갔습니다."

이창무가 장검을 막개의 코앞에 들이댄 뒤 문초했다.

"온몸이 부어올라 있었다면 독에 당한 게 아니냐?"

"아휴, 아닙니다요. 시신 입에 은비녀까지 넣어봤는데 독살이라면 은비녀의 색이 변한다더니 그대로였습니다. 어떻게 죽었는지 몰라도 천벌받은 겁니다. 그놈은."

죽어서도 산 자에게 앙금을 남긴 귀납이 천벌받을 위인 같긴 했다.

"천벌 따위는 없다. 인과응보라면 어쩌다 있어도."

왕은 쓸쓸한 표정을 지으며 단언했다. 손바닥 아래 옥가이의 손에는 다섯 손가락이 다 붙어 있었다. 또다른 아이 하나는 손가락을 모두 잃은 채 싸늘한 주검으로 남았으리라.

"옥가이를 왜 납치하려 들었느냐."

왕이 토해낸 문장은 질문보다 책망처럼 들렸다.

"옥가이가 누굽니까? 그런 이름은 생전 처음 들어봅니다."

"네놈이 땅바닥에 내던진 아이 말이다."

왕이 노성을 지르자 막개가 움츠러들었다. 이창무가 털모자를 벗겨 들이밀자 막개가 이마를 바닥에 찧으며 빌었다.

"이놈이 착각했습니다요. 귀덕이 찾아오라는 아이와 너무 닮은 나머지 그만…… 귀덕이 아이를 찾아와야 백정놈이라고 천대받으며 모은 재산을 갚아준다니 잠깐 어떻게 됐나봅니다."

"귀덕이 찾아오라는 아이를 본 적이 있다는 말투로구나."

막개는 눈치껏 알아듣고 아는 바를 털어놓기 시작했다.

"귀납이 계집종인지 딸인지를 데리고 나타난 지는 몇 해가 지났지만 저도 가까이서 본 적은 손에 꼽습니다. 아이에 대해 물으면 성을 내며 귀덕을 욕하지 뭡니까. 누이가 오지랖을 부려서 억지로 떠맡았다며 아이를 귀찮게 여겼습니다. 걸핏하면 귀납이 분풀이를 해대니 아이도 되도록 기척을 죽이고 눈에 띄지 않으려 했습니다. 사냥을 나갈 때면 귀납이 일손이 부족한 집에 적당히 맡겨버려서 가끔 그런 애가 있다는 사실도 깜빡할 정도였습니다."

왕은 핏기가 가신 낯빛으로 물었다.

"그 아이를 마지막으로 언제 보았느냐?"

"아무래도 반년은 넘었지 싶습니다."

신문이 이뤄지는 내내 침착하던 장금마저 막개를 다그쳤다.

"더 기억나는 게 정녕 없는가? 하다못해 아이 이름이라도 알려주게."

"양갓집 규수도 아닌데 이름이 있었겠습니까? 예전에 삼월인가 그렇게 불렀던 것도 같습니다요."

왕은 잠시 애도하듯이 이름 모를 아이를 생각했다. 단지 사라지면 찾을 부모가 없다는 이유로 가장 먼저 표적이 된 아이를. 그 아이가 옥가이가 될 수 있었고, 옥가이가 그 아이가 될 수 있었다는 가정에 섬찟했지만 그래도 생각하기를 멈추지 않았다. 왕은 여태껏 수집한 증언을 토대로 사건이 발생한 날짜를 헤아렸다. 옥가이가 발이 잘렸을 때 귀납은 이미 죽은 뒤였다. 가능성은 낮지만 왕은 막개를 귀덕의 공범으로 의심해보았다.

"그 털모자는 어디서 났느냐?"

왕이 떠보자 막개가 우물쭈물 망설였다. 이창무가 눈을 부릅뜨자 이실직고했다.

"말하기 좀 뭐하지만 귀납의 것입니다. 귀덕이 데려오라는 여자아이를 못 찾을 수도 있으니 그나마 값나가는 물건을 슬쩍 했습지요."

"그자를 동이 트기 전까지 광에 가두어라."

당황해하는 막개에게 이창무가 재갈을 물린 뒤 바깥으로 끌고 나갔다. 왕은 주먹 쥔 손을 이마에 대고 고심했다. 막개의 증언을 같이 들었으니 이창무에게도 장금이 수집한 정보를 공유해야 했다. 왕은 어디부터 어디까지 전해야 할지 막막했다. 옥가이가 범인과 다시 마주하기를 두려워하지 않은 덕분에 사냥꾼과 무녀 남매가 저지른 범행도 알아낼 수 있었다. 그러나 이창무를 통해 다른 관리에게 염매와 관련된 보고가 전해지면 옥가이는 뒷전으로 밀릴 터였다. 다들 입을 모아 '사특한 주술을 행한 귀덕을 엄벌하라' 외칠 뿐이고 살아남은 피해자는 관심 밖일 것이다. 왕은 적어도 진실을 규명한 이후에 귀덕의 처벌을 논하고 싶었다. 왕이 근심에 빠져 있을 동안 옥가이는 두 손으로 입을 가리며 흐느꼈다. 납치당할 뻔했을 때조차 태연했던 아이가 소리 죽여 울자 왕은 고민하느라 시간을 지체할 여유가 사라졌다. 호위도 포기하고 아이를 구하기 위해 추격하다 흙먼지를 뒤집어쓴 관리라면 다를지도 몰랐다.

"금부도사에게 우리가 아는 걸 모두 말해주어라."

왕이 방문을 열고 나와 옥가이에게 겉옷을 입히며 짧게 명했다. 장금은 나갈 채비를 마치고 옥가이를 업는 왕을 내버려둘 수 없었다.

"전하, 어딜 가시옵니까."

"아이가 그런 걸 들어서 쓰겠느냐."

왕은 당연한 걸 왜 묻느냐는 어투였다.

"차라리 저희가 나갔다 들어오겠습니다."

지나가는 누군가 엿들으면 안 된다, 멀리 가지 않고 마당에 있 겠다, 새벽 공기를 좀 마시고 싶다 등 온갖 핑계를 동원하자 장금도 왕을 말리지 못했다. 장금과 이창무가 부엌에서 대화할 동안 왕은 옥가이를 업은 채 마당을 서성거렸다.

"춥지 않느냐."

옥가이가 고개를 끄덕였고, 늙어가는 왕의 등에 젖살이 빠지지 않은 뺨이 닿았다. 스스로 생각해도 잠들지 못하는 아이를 어르기 위해 나온 노인 같아서 왕은 자조했다. 제 자식은 품에 안아준 적도 손에 꼽으면서 어설픈 필부 흉내가 우습기 짝이 없었다. 몸싸움 도중에 갓끈이 끊어진 탓에 갓이 자꾸만 이마로 내려왔다.

"제가 고쳐드릴까요?"

마음이 기특해서 왕은 옥가이를 마루에 앉히고 순순히 갓을 내주었다. 옥가이는 고사리손을 꼼지락거리더니 끊어진 부분을 단단히 동여맸다.

"이제 절대 안 풀려요."

"고맙구나."

왕이 갓끈을 당겨보니 풀리지 않고 도리어 단단히 매듭지어졌다. 장난삼아 아이에게 큰 갓을 씌워주니 옥가이가 왕을 따라 웃었다. 동쪽 하늘에 뜬 샛별을 보아하니 슬슬 궁궐로 돌아갈 시간이었다.

"이제 안 오실 거죠?"

상투 틀지 않은 머리 위에 얹어진 갓을 가져가는 왕에게 옥가이가 물었다. 왕은 영민한 아이에게는 거짓말이 통하지 않을 걸 알고 장금이나 이창무를 대신 보내겠노라 약속했다.

"제 이름도 갑사 아저씨네 딸처럼 보물이라는 의미면 좋겠어요."

"네 이름에도 보물이 들어 있다만? 옥은 맑고 고운 빛깔을 띠는 보석이다."

옥가이는 온전히 위로받지 못했을 때 왕이 그러하듯 쓸쓸한 눈빛을 숨기려 들면서 웃어 보였다. 왕은 복을 부르거나 화를 면하는 이름이었다면 더 좋았으리라 안타까워했다. 두 사람이 부엌문을 열고 나오자 왕은 옥가이를 장금의 등에 업혀 귀성의 집으로 돌려보냈다. 이창무에게는 막개를 광에서 꺼내라 시킨 뒤 풀어주었다. 막개가 믿기 힘든 표정을 지으며 주춤거렸다가 대문을 지나서는 뒤도 돌아보지 않고 달아났다.

"아이를 해치지 않았을 뿐이지 저자 역시 부정하게 재물을 모은 죄인입니다."

"되었다. 재물은 잃었고 되찾은들 백정이 어디에 쓸 수 있겠느냐. 혼례를 치를 때 관복도 입지 못하고, 죽어서는 상여를 타거나 무덤을 만들 수도 없거늘."

왕과 이창무는 막개가 도망친 반대 방향으로 말을 몰았다. 궁궐에 당도하자 낮은 해가 굼뜨게 떠오르고 있었다. 말에서 내린 왕이 하명하기 전에 이창무가 다가와 고개를 숙였다.

"나…… 전하, 하나만 여쭈어도 되겠습니까."

"해보거라."

왕은 듣지 않아도 무슨 말일지 훤했지만 허락했고, 이창무는 허락이 떨어졌는데도 머뭇거렸다.

"소신이 많이 미흡했사옵니까?"

"아니다, 그저 신하를 향한 과인의 믿음이 부족하였다."

왕은 대답하면서 신하와 똑바로 마주한 것이 퍽 오랜만이라는 것을 깨달았다. 이창무는 의욕으로 두 눈을 빛내며 말했다.

"소신이 해가 지기 전에 죽은 귀납을 기록한 검안을 가져오겠나이다."

*

동틀 때 궐문 밖으로 나선 이창무는 과연 말한 바를 지켰다. 유난히 긴 하루였고, 왕은 길게 늘어진 그림자를 내려다보며 검안을 기다렸다. 일각이 지나자 이창무를 어전으로 데려왔던 내관이 허락을 받고 왕에게 다가왔다.

"전하께서 찾으신 검안이옵니다."

검안에서 묘사한 귀납의 시신은 막개가 증언한 그대로였다. 결박당한 손목과 발목을 제외하면 시신에서는 멍자국이나 상흔을 찾아볼 수 없었다. 방안에는 물리지 않은 소반이 있어 남은 음식을 닭에게 먹였으나 죽지 않았다. 자살이라 하여도 목을 매지, 사람이 제 손발을 묶을 수 없기에 실로 기이하였다. 그리하여 세 차례나 조사하였으나 타살 흔적은 발견되지 않았고, 은비녀까지 시신의 입안에 넣어보았으나 색이 변하지 않았으니 독살도 아니었다. 왕은 시형도에 이어서 사망 당시 옷차림과 사건 현장을 묘사한 그림을 면밀히 검토하였다. 막개가 관아를 다녀온 사이 귀덕이 증거를 인멸했는지 죽통은 글로도 그림으로도 남아 있지 않았다. 막개는 공연히 범인으로 몰리지 않기 위해서라도 말을 아낀 티가 역력했다. 귀납이 진 빚은 아예 언급되지 않았고, 막개는 기록상 남매의 지인에 불과했다. 심지어 시신을 처음 발견한 두 사람은 방문이 안쪽에서 굳게 잠겨 문을 부수고 들어갔다. 부엌과 이어지는 문도 안에서 잠겼으며 창이 하나 있지만 사람이 드나들기 작은 크기였다. 사건 현장을 기록한 대목부터 손톱을 물어뜯기 시작한 왕은 귀납의 손발을 묘사한 그림에 이르러 피를 보았다. 왕은 피 한 방울이라도 떨어뜨릴까 조심하며 검안을 서안 아래로 내려놓았다.

"여봐라. 어제 쓴 갓을 가져와라."

얼마 지나지 않아 종종걸음으로 다가온 궁녀가 갓을 대령했다. 왕이 묶어서 다시 이은 갓끈을 손바닥 위에 올려놓자 궁녀가 고개를 조아렸다.

"송구하옵니다. 다른 갓을 내오겠습니다."

"아니다. 이 갓끈은 고치지 마라."

왕은 두 손으로 익선관을 벗고 친히 갓을 썼다. 궁녀는 미복을 가지러 뒷걸음질쳤고, 내관은 공손히 몸을 낮추어 어명을 기다렸다.

"가장 빠른 말 두 필을 준비하고, 금부도사 이창무를 불러라."

*

말 두 마리는 착란한 밤을 매끄럽게 가로질렀다.

"전하, 속도를 낮추시옵소서."

앞서 달리는 왕을 이창무가 따라붙으며 외쳤지만, 왕에게는 들리지 않았다.

"그럴 리가 없다. 그럴 리가 없지 않느냐……"

왕은 자신 있었다. 모든 자를 의심하는 일이야말로 그에게 주어진 업이었다. 선왕의 적자로 태어났으나 세자로 자라지 않은 그에게 임금으로서의 자질은 그것밖에 없었다. 의심하고 의심해서 어린아이의 발을 자른 범인을 잡을 수 있노라 믿고 싶었다.

"곧 김 갑사 집입니다."

왕은 완곡하게 속도를 낮춰달라는 간청만은 들어주었다.

"김 갑사 집으로 가서 옥가이와 장금을 무녀 집으로 데려오거라."

왕은 쉬지 않고 달려온 말에서 내리며 이창무에게 명령했다. 이창무는 김 갑사네 가족에게 적당히 둘러대고 아이를 안아들었다. 뒤따라가는 장금이 무슨 영문인지 물었으나 이창무도 귀띔해줄 수 없었다. 귀덕의 집 방문에 앉아 있는 왕의 그림자가 비쳤다.

"전하, 옥가이를 데려왔습니다."

겨울밤 차가운 바람에 졸음이 달아나 아이의 두 눈은 말똥거렸다. 왕은 방 한가운데서 미동도 하지 않고 허공을 응시했다. 장금과 아이를 나란히 앉힌 왕은 이창무에게 문 너머에서 망을 보게 시켰다.

"너는 누구냐."

"전하, 옥가이지 않습니까."

왕은 장금에게 묻지 않았다며 아이에게 다시 물었다.

"네가 귀납을 죽였느냐? 너는 옥가이가 맞느냐?"

장금이 아이 앞을 막아서기 직전, 아이가 입을 열었다.

"제 이름은 개춘으로, 옥가이는 제 동생입니다."

*

저와 옥가이는 한덕의 배에서 나온 쌍생아입니다. 아비는 사냥꾼 귀납이고, 무녀 귀덕은 제 고모입니다. 한덕은 남몰래 이 집에서 몸을 풀고 고모에게 저와 동생을 떠맡겼습니다. 옥가이는 병치레 잦은 아이를 둔 부부가 업둥이로 데려갔지만, 저는 수양딸로 삼아줄 부모를 찾지 못해 허울뿐인 아비와 정처 없이 떠돌며 살아왔습니다. 아비는 저를 들르는 마을 아무 집에나 맡겼고 사냥을 나간다 하였으나 노름판에 들락거릴 때가 더 많았습니다. 아비는 주술에 쓰기 위해 아이를 납치하려다 실패한 무당을 처형하는 광경을 목격하고는 흥미를 보였습니다. 이 마을 저 마을에서 아이를 이용한 주술이 무엇인지 수소문하더니 겨울마다 잠깐 들르는 고모네 집을 초가을에 찾아갔습니다. 아비는 저를 가리키며 누이에게 염매를 행하라고 겁박했고 고모는 거부했습니다.

아비의 발길질을 버티지 못한 고모는 저 대신 옆 마을 부부에게 업둥이로 보낸 제 동생을 대신 쓰자고 제안했습니다. 번거로운 짓이라며 제게 한 발자국씩 다가오는 아비의 발목을 고모가 붙잡았습니다. 아이가 갑자기 사라지면 의심을 살 텐데, 들키면

오라비도 목이 붙어 있지 못한다고 말하자 멈췄습니다. 그날 밤은 고모와 부엌에서 한숨도 자지 못한 채 넘어갔습니다.

며칠 뒤 저는 고모가 시킨 대로 옆 마을로 건너가 동생을 만났습니다. 무리에 섞이지 못해 홀로 떨어져 나온 동생의 뒤를 밟다가 아무도 없는 곳에서 말을 붙였습니다. 쌍둥이 언니가 있다는 사실을 모르는 동생은 저를 도깨비라고 여겼습니다. 동생과 친해지는 데는 이틀도 걸리지 않았고……

제가 옥가이를 귀납의 손에 넘겨주었습니다.

그때까지 저는 염매가 정확히 무엇인지 몰랐고 동생을 돌려보낼 거라는 말을 믿었습니다. 며칠만 동생인 척 지내기로 약속하고 마을 어귀에서 저를 옥가이라고 부르는 부부를 따라갔습니다. 아비는 때때로 제게 업둥이 신세를 면한 걸 감사하라고 생색냈는데, 제가 본 현실은 전혀 달랐습니다. 일하지 않아도 밥을 줬고, 밤에는 광이나 마구간으로 쫓아내지 않았습니다. 혼자만 모든 걸 누린 동생을 시샘했습니다.

저는 도둑이었습니다.

부끄러운 마음에 고모와 약속한 날보다 하루 일찍 고모네 집으로 돌아갔습니다. 고모가 이웃 사람 눈에 띄지 말라고 해서 방문이 아니라 부엌문으로 조용히 들어갔습니다. 아궁이 옆 방문을 당기려는 순간, 방문 너머에서 울음소리가 들렸습니다. 창호지에 구멍을 뚫어 방안을 들여다보니 두 손이 묶인 채 입에 솜을 한가득 문 동생의 열 손가락을 아비가 잘랐고, 고모는 죽으라는 소리를 반복했습니다. 저는 놀란 마음에 옥가이네 집으로 돌아왔지만 그날 저녁상을 한 입도 먹을 수 없었습니다. 다음날 아비는 잘린 손가락이 든 죽통을 들고 저와 이곳을 떠났습니다. 아비는 기와집이 나타나면 죽통을 열었고, 돌림병이 한차례 지나갔다는 소문을 들으면 같은 집을 찾아갔습니다. 조상에게 원한을 가진 귀신이 후손에게 붙었다며 용한 무당인 고모를 소개했습니다.

그래서 저는 아비를 죽이기로 결심하였습니다.

죽이고 싶은 마음만으로는 사람을 죽일 수 없으나, 고모가 아비에게 맞으면서도 외친 말이 기억났습니다. 고모가 자는 네 놈 주둥이에 메밀씨를 부어버리겠다고 말하자 아비가 발길질을 멈추었습니다. 제가 부엌에서 새끼를 돌보는 어미 쥐를 바라보는 줄 몰랐던 아비는 다음날 저와 서둘러 한양을 떠났습니다. 곰곰이 따져보니 아비는 메밀을 입에 대지 않았고 드물게 국수를 먹을 때는 제게 양보했습니다. 그 모습을 본 사람들은 아비가 저를 아낀다고 말하였는데, 그럴 리 없으니 메밀을 먹으면 죽는 게 아닐까 생각했습니다. 아비는 죽통을 들고 저주를 풀고 다니면서도 사냥을 나갔습니다. 저는 사냥하러 떠난 아비가 범에 물려가기를 바라며 잔심부름을 하는 틈틈이 메밀씨를 모았습니다. 옥가이가 자랑하던 복주머니에 메밀씨가 가득 채워지는 데는 몇 달이 걸렸습니다. 아비는 남을 저주하여 번 돈으로 집을 샀고, 술에 취한 채 돌아와 제게 밥상을 차려오라 시켰습니다. 저는 밥을 지으며 그동안 모은 메밀을 쏟아부었습니다. 아비는 밥을 조금 남기고 잠들었고, 저는 혹시 아비가 깨어나면 해코지당할까 두려워 두 손발을 단단히 묶었습니다. 사냥꾼인 아비가 가르쳐준 방법으로 동생을 죽인 자를 잡았습니다. 죽통에서 동생의 손가락을 꺼내 복주머니에 담았고, 불안한 마음이 남아 모든 방문을 잠그고 창문으로 간신히 빠져나왔습니다. 신을 신으려다가 어느 기와집에서 도망친 노비가 시간을 벌기 위해서 짚신을 두고 도망쳤던 일이 떠올랐습니다. 저는 맨발로 그 집을 떠났습니다.

고모네 집도, 옥가이네 집도 어딘지 알았지만 어디에도 갈 수 없었습니다. 문득 생모가 옥가이네 집 멀지 않은 곳에 산다는 얘기가 떠올랐습니다. 아비가 저를 버린 어미가 어디에 사는 누구인지 말하며 헐뜯었기에 찾아갈 수 있었습니다. 한덕이 저를 가장 먼저 데려간 건 절대 우연이 아닙니다.

그리고 한덕은 저를 두 번이나 버렸습니다.

생모는 다르다는데, 생판 남인 이들과 똑같이 저를 주웠다가 하룻밤 만에 버렸습니다. 아비를 죽이고 어미를 옥에 가두었으니 이제 되었습니다. 무슨 벌이든 달게 받겠습니다.

*

개춘은 자백을 마친 뒤 이마를 바닥에 대고 처분을 기다렸다.
"내 몇 가지만 묻자꾸나."

왕은 시종일관 흐트러지지 않은 자세로 자백을 듣다가 나직이 말했다. 개춘이 가지런히 머리 앞으로 내민 두 손은 소매에 반쯤 덮인 채였다. 장금은 소매 밖으로 튀어나온 열 손가락을 세다가 눈길을 돌렸다. 필시 보배에게 빌린 치마저고리가 조금씩 컸으리라. 사람은 저마다 맞지 않는 옷을 입고 무참한 속내를 가리고 사는가.

"네 발은 동상에 걸려 떨어졌느냐, 아니면 누군가 잘랐느냐?"
"동상에 걸린 제 발을 고모가 잘라야 산다며 잘랐습니다."

장금은 노련한 의원의 눈썰미가 틀리지 않았구나 생각했다. 이창무는 문밖에서 듣고는 아이가 왜 귀덕을 두고 자신을 살렸다고 했는지 이해했다. 귀덕은 옥가이를 죽이는 데는 공모했으나 개춘을 두 번 살렸다. 제물로 개춘이 아닌 옥가이를 선택할 때 한 번, 동상이 더욱 심해지기 전에 두 발을 잘라내면서 두 번 구했다.

"귀덕이 너를 살려준 이유를 말해준 적이 있느냐?"
"없습니다."

아마 귀덕은 같은 조카여도 자신을 고모라 부르는 개춘보다는 아무것도 모르는 옥가이를 죽이는 편이 죄책감이 덜했으리라. 귀덕은 사건 현장에서 밥그릇 안에 남은 메밀을 보고 범인이 누구인지 파악했을 것이다. 귀덕은 섬돌 위 작은 짚신을 보고 조카가 집안에 있으리라 착각했으나 그때 개춘은 좁은 보폭으로 가능한 멀리 달아난 뒤였으리라. 정확히 언제였을지 모르지만 막개가 관아로 갔다는 사실을 나중에 눈치챈 귀덕은 짚신과 죽통을 태우든지 해서 인멸하지 않았겠는가.

"우리가 막개를 만난 일도 우연이냐?"

돌이켜보니 왕은 개춘이 이끈 곳에서 막개를 만났다는 점도 걸렸다.

"아닙니다. 그곳은 본래 떠돌이 상인이나 사냥꾼에게 먹을 것과 잠잘 곳을 내주어 아비와 막개 아저씨가 자주 만나는 장소였습니다."

개춘은 막개를 유인하기 위해서 일부러 장금에게 측간에 함께 가달라 부탁했다고 털어놓았다. 자신을 보살핀 의녀까지 휘말리게 만들고 싶지 않았으나 두 발이 없어서 그랬다고 장금에게 사과했다.

"한데 이상하구나. 너는 누가 알아달라는 듯이 단서를 조금씩 흘렸다. 우리가 막개를 통해 귀납이 죽었다는 사실을 알게 만들고, 내 갓끈도 굳이 고쳐주지 않아도 되었다. 도대체 왜 그랬느냐?"

왕은 말할수록 희미하게 목소리가 떨렸다.

"제 말을 들어주셨잖아요."

개춘은 눈물만 흘리며 담담하게 말했다.

"그리하면 네가 모함하려던 어미가 무고하다는 게 밝혀지는데?"

왕이 힘겹게 묻자 개춘은 말없이 고개만 끄덕였다. 우는 개춘을 마주하자 왕은 옥가이가 소리 죽여 운다고 여겼던 순간이 떠올랐다.

"너는 막개에서 아비가 죽었다는 소식을 듣고 울었다. 사람을 죽인 일이 후회되느냐?"

"아니요. 저는 슬퍼서 울지 않았습니다. 너무 기뻐서 두 손으로 입을 가리고 울었나이다."

어린아이가 어떻게 어미를 모함할 수 있는지 왕은 한탄했으나 곧 해답을 얻었다. 자신 때문이었다. 왕이 개춘의 말을 믿었기에 한덕은 옥에 갇혔다. 반대를 무릅쓰고 개춘을 믿은 이유는, 믿고 싶었기 때문이었다. 이유 없이 고통당한 자가 여생을 거짓말처럼 보내더라도 한순간의 기억으로 살아갈 수 있다고 알려주고 싶었다. 목을 매려는 그를 말리던 아내처럼 아이에게도 필사적으로 자신을 도운 자가 있어야 하지 않겠는가. 아내의 얼굴조차 잊어버린 지금까지도 그는 기억했다. 군사가 닥친 바깥으로 지아비를 이끄는 아내의 손도 떨렸다는 사실을.

"아비 말대로 저는 제 어미처럼 태생부터 악하니 이런 짓을 벌였습니다. 무슨 벌이든 받겠습니다."

"알았다. 내 벌을 내리마."

왕이 결단을 내렸다.

"너는 앞으로 옥가이로 살아가라. 이것이 내가 네게 내리는 벌이다."

가혹한 형벌인 동시에 간곡한 부탁이었다. 왕은 계속 살아가는 일보다 무거운 벌이 없다는 걸 알았다. 그러나 알고도 부탁할 수밖에 없었다. 왕은 장금에게 개춘을 며칠만 더 보살피라고 당부한 뒤 이창무와 함께 용산강 무녀 집을 떠났다.

"귀덕을 살려두실지 여쭈어도 되겠습니까."

환궁하는 길 위에서 이창무가 왕에게 물었다. 천천히 말을 몰던 왕은 잠시 고민하더니 답했다.

"귀덕에게 사형은 언도하지 않을 것이다. 내일 풀려날 한덕과 다르게 귀덕은 때를 보아 풀어주겠노라. 끔찍한 주술을 벌였으니 옥에서 나가도 며칠 살지 못하게 하겠다."

옥에 갇힌 귀덕의 상태가 회복하지 못할 만큼 나빠질 때까지 사람을 보내어 확인한 뒤 삼정승을 불러 사건을 매듭지을 작정이었다.

"진실을 밝히시지 않아도 괜찮으시겠습니까."

"여든 살 이후와 열 살 이전 사람의 말은 사실로 받아들여서는 안 된다고 율에서 그러지 않더냐. 이 조선에서는 개춘을 벌할 수 없다."

왕은 이창무에게 비밀을 지키라 당부한 다음날 정원에 전교하였다.

"요사이 여항에서 영아를 잃어버리거나, 산속에서 유인하여 죽이거나, 감추어 길러서 노비로 만드는 자들이 계속하여 나타나는 완악한 풍습이 매우 심하다. 이 뒤로는 부모를 잃은 아이가 있으면 즉시 부에 고해야지 몰래 기르면서 숨기고 소문내지 않거나 노비로 만들었을 경우, 만일 훗날 사실이 발각되면 당사자와 관령을 모두 중법으로 논해야 한다. 그 절목을 마련하여 방을 걸어서 널리 알리게 하라."

작가노트

「조선 영아 발목 절단 사건」은 중종 28년 겨울에 실제 일어난 사건을 바탕으로 했다. 우연히 사건을 접한 뒤 『중종실록』에서 해당 사건과 관련된 기록을 찾아 읽었다. 피해자가 천민 여자아이였기 때문에 나는 『조선왕조실록』의 방대한 분량에도 큰 기대를 갖지 않았다. 피해자의 사회적 지위에 따라 누군가는 쉽게 잊히니 신분제 사회인 조선에서 자세히 기록되지 않았으리라 예상했다. 연산군 재위 기간 동안 몸을 사렸다 한들 왕족으로 나고 자란 중종이 발목 잘린 어린아이의 고통을 이해할 수 있었을까. 내 예상과 다르게 중종은 보름에 걸쳐 사건의 전말을 밝혀내기 위해 여러 차례 명령을 내린다. 특히 중종이 '아이의 두 발을 잘랐으니 비록 죽이지 않아도 상해한 마음은 죽인 것과 같다'라고 말했다는 부분에서 눈을 떼지 못했다.

아이의 진술과 여러 목격자의 증언이 엇갈리면서 사건은 결국 미제로 남는다. 범인은 과연 누구였을지, 범인이 있기나 했는지 진실을 알고 싶었다. 하지만 진실보다는 마음이 더 궁금했다. 모든 목격자가 서로 말을 맞추기는 어려우니 한덕은 범인이 아니었을 것이다. 아이를 거두었다 버린 어른은 한덕만이 아니었는데도 범인으로 한 사람만을 지목한 마음은 무엇이었을까. 두 발이 잘린 채로 의원이 아니라 범인에게 데려가달라고 부탁한 마음을 알고 싶었다. 마음을 알려면 진실이 필요한데 몇백 년 전 당시에도 밝히지 못한 진실을 구할 길이 없었다. 미스터리는 진실을 서사와 함께 쫓아가는 장르이니 내 막연한 추측에 형식이 갖춰질 것 같았다. 처음 도전하는 장르여서 미숙한 점이 많았겠지만, 이 이야기를 누군가 읽는다고 생각하니 기쁘다.

귀납의 사인은 메밀로 인한 아나필락시스 쇼크다. 알레르기를 일으키는 다른 식품을 두고 메밀을 고른 데는 몇 가지 이유가 있다. 메밀은 백제 유적지에서 탄화된 채로 출토되어 삼국시대부터 재배를 확인할 수 있으며, 『세종실록지리지』에서 묘사한 바로는 흔한 곡물이었다. 재배 기간이 짧고 다른 곡식에 비해 파종이 늦어 옥가이가 실종된 가을 이후로 구하기 쉬운 구황작물이기도 했다. '고려에서는 밀이 귀한 탓에 밀가루로 만든 국수는 자주 먹지 못한다'는 『고려도경』의 기록과 '조선에서는 밀가루보다는 메밀가루로 국수를 만든다'는 『고사십이집』의 기록도 참고하였다. 작중에서 사인을 명확히 밝히고 싶었으나, 시간적 배경이 조선시대라 부득이하게 작가노트에서 풀어쓴다. 등장인물의 이름이 비슷해 고민했지만 가급적 『중종실록』에 나온 그대로 차용했다. '막개'의 이름은 중종 재위 기간에 천민 출신으로 관직을 받은 실존 인물에서 따왔다.

심
사
평

강연서의 「탈태」는 부랴트인 아내의 죽음을 지고 열차에 오른 주인공이 갇힌 공간에서 자신이 처한 상황을 해소해야 하는 밀실 미스터리입니다. 부랴트의 언어와 풍습이 사건의 실마리가 된다는 점에서 소재와 이야기가 잘 달라붙는 소설입니다. 주인공이 일인칭시점으로 이야기를 끌고 나가는데, 주인공이 모르는 만큼 독자도 모르는 채 열차와 함께 나가가야 한다는 점과, 주인공이 내면의 얼룩을 감춰둘 자리가 없다는 것도 장점으로 읽혔습니다. 괴기스러운 이미지 등은 좋았는데, 이 신비성을 중심으로 밀고 나가는 이야기라, 갑작스럽게 나타난 인물이 사라지는 등 과정의 개연성을 다소 뭉뚱그린다는 느낌을 받았습니다.

교묘의 「승은만은 원치 않소」는 두 주인공 '오아이'와 '이격'

의 선명한 캐릭터와, '천일야화' 풍으로 사건을 해결해나가는 흐름이 장점입니다. 하나로 완결되는 이야기처럼 보이지는 않고, 일종의 전채 요리로 보이는 단편인데, 뒤에 이어질 본격적인 사건이 궁금해지게 만듭니다. 드므의 이끼, 거미줄 등 미스터리를 풀어가는 소재의 배치 역시 좋습니다. 다만 이야기가 전개되는 과정에서 오악이의 '뛰어난 미색', 새 임금님의 '너무 잘생긴' 얼굴 등의 묘사를 마음으로 이해하지 않고서는 인물들이 왜 이런 행동을 하는지 받아들이기 어렵다는 점이 아쉬웠습니다. 문장 외의 요소로 소설을 납득해야 한다는 점에서 다른 매체에 더 어울릴 이야기라는 생각이 들기도 했습니다.

김지윤의 「설원해담」은 배회령의 한을 푸는 호러 이야기가 액자 안에, 이 이야기를 쓴 호러 소설 작가 독고유진의 설계를 미스터리 소설 작가 서도진이 푸는 이야기가 액자 밖에 있습니다. 꽉 닫힌 세계를 추구하는 미스터리 소설의 방향성과, 이치를 따르지 않는 세계 그 자체로 의미 있는 호러 소설의 차이를, 두 인물이 이야기를 받아들이는 방식으로 보여주는 점이 재미있었습니다. 다만 미스터리와 호러 중 이 이야기가 가고자 했던 방향은 어디일지, 독자도 갈피를 잡기 어려웠다는 점이 아쉬웠습니다.

송수예의 「조선 영아 발목 절단 사건」은 중종의 명을 받은 의녀 장금이 발목이 잘린 어린아이 '옥가이'의 억울함을 풀어주기 위해 사건 해결에 나서는 이야기입니다. 대중적으로 잘 알려진 역사적 인물인 '중종'이 반정 이후 '심열증'을 앓았을 것이라는 소설적 상상이 있기에, 가장 높은 곳에 있는 임금이 가장 낮은 곳에 있는 어린아이의 억울함에 공감한다는 소설의 방향에 독자도 납득할 수 있었습니다. 아울러 의녀, 무당, 백정 등 당시 주류가 아니었던 인물의 이야기에 주목한 소설이기도 했습니다. 다만 개춘이 옥가이로 받아들여진다는 이야기 전개에 대한 설명이 다소 부족해, 이 부분의 논리가 헐거운 것이 아쉽게 읽혔습니다.

고수고수의 「거짓말쟁이의 고리」는 첫 장면에서부터 일인칭 주인공이 스스로를 살인자라고 선언하며 이야기를 시작합니다. 이 선언을 계속 염두에 둔 채 독자는 '진실의 고리'라는 특수설정을 의식하며 이야기를 쫓아가게 됩니다. (들키지 않을까? 어떻게 들킬까?) 독자의 쫓기는 마음을 알고 있는 소설은 트릭으로 독자를 넘어뜨립니다. 주식 유튜버의 이벤트에 참여했다가 오직 진실만 말하게 되는 고리가 있는 시골집에 갇히게 된 인물들이 밀실에서 살인 사건의 범인을 찾아내야 한다는 설정은 정통적이면서도 시대에 잘 달라붙습니다. 첫 장의 선언에서 마지막 장에서 도달할 때까지, 압력이 일정하게 유지되는 이야기에 즐겁게 걸려 넘어지며 읽었습니다.

김효선(알라딘 한국소설 담당 MD)

(일부 작품의 스포일러가 있습니다.)

강연서의 「탈태」는 도입부에 나오는 남자의 죽음부터 결말에 이르기까지 발생하는 사건을 모두 '저주에 의한' 초자연적인 현상으로 묘사하며 합리적 설명을 하지 않는 만큼, 미스터리보다는 공포물로 분류해야 할 작품입니다. 주인공은 돈 때문에 아내를 살해한 냉혹한 인물인데, 죽은 아내의 소원을 들어주기 위해 러시아의 외곽까지 유골을 가져가는(돈이 아까워서라는 설명이 있지만) 행동은 이율배반처럼 여겨집니다. 아울러 비슷한 의료사고로 배우자가 연달아 셋이나 죽었는데(사실혼 관계였다면), 아무리 외국인이라도 의료보험 등의 문제는 어찌 처리했는지도 의문이 듭니다.

교묘의 「승은만은 원치 않소」는 왕이 궁금하게 여기던 몇 가지 수수께끼 풀이를 통해 암살 의도처럼 보였던 사건이 실제로는 호기심에서 벌어진 단순한 해프닝임을 알아내는 소설입니다. 사건에 심각한 악의라고는 없는 일상 미스터리 계열에 가까운데, 구성상으로는 커다란 허점이 없습니다. 다만 내용상 주인공의 출생부터 그의 운명에 대한 비중이 훨씬 큰 탓에, 작품 속에 주어진 수수께끼가 그다지 중요하게 느껴지지 않는다는 점이 아쉽습니다. 마치 장편소설의 일부분을 잘라낸 것처럼 보이기도 하는데, 만약 훗날의 운명이 모두에게 잘 알려진 실존 인물이 주인공이었다면 다른 느낌을 받았을지도 모르겠네요.

김지윤의 「설원해담」은 전체적인 내용 전개, 즉 추리 과정이 충분히 설득력 있게 전개되었음에도 궁금한 점이 남습니다. 배회령을 고양이의 영혼으로 추정하는 순간 빙의가 끝나며 마무리되는데, 결말에서 드러났듯 여학생의 영혼이었다면 빙의는 거기서 끝나지 않았어야 합니다. 물론 빙의 자체가 초자연적인 현상이라 이에 대한 답은 물음표일 수밖에 없겠지만, 이렇게 전개되면 이 수수께끼를 만들게 된 근본적 원인이 애매모호해지고 맙니다. 아울러 백골이 발견되었는데도 '그냥 묻어버리려 한다'(일반적 상식으로는 경찰에 신고해야겠죠)로 끝내는 대신 뺑소니 사건을 해결하는 데까지 나아갔으면 더 좋았을 겁니다.

송수예의 「조선 영아 발목 절단 사건」은 단편소설이면서도 장대한 분위기가 느껴지는 작품으로, 발목 잘린 소녀의 사건을 왕이 직접 맡아 해결하는 데에 이르기까지 탐정 역할을 한다는 점이 독특합니다. 아무래도 과학수사라곤 없던 시절의 사건 수사라 주먹구구처럼 보이기도 합니다만, 가느다란 실마리를 통해 소녀를 기구한 운명으로 몰아넣은 사연이 밝혀지는 과정이 매우 흥미롭게 전개됩니다. 다만 옥가이는 '대여섯 살짜리 아이'로 묘사되는데, 그 나이(요즘이라면 초등학교 1학년)의 소녀가 사람을 죽이고 자기의 신분을 위장하는 이야기를 꾸며냈다는 점은 불가능하진 않을지라도 현실성이 다소 떨어져 보입니다.

단편부문 수상을 거머쥔 고수고수의 「거짓말쟁이의 고리」는 말 그대로 논리에 충실한 미스터리로, 무심히 넘길 수 있는 대화를 눈여겨봐야 하는 작품입니다. 트릭에 집중하는 작품이 대개 그렇듯 트릭 구사를 위한 서사 위주로 진행되어 다소 가볍게 느껴지기도 하지만, 짧은 분량 속에서도 독자의 예상을 몇 차례 뒤집을 만한 솜씨가 발휘되고 있습니다.

범죄자가 자신은 빠져나갈 수 있을 것이라고 확신하며 일부러 위험에 처할 수 있는 상황에 뛰어들고, 또 그곳에서 때맞춰 살인 사건이 발생한다는 전개가 다소 작위적이긴 해도, 이는 '외계인이 다녀간 자취에 들어서면 진실만을 말하게 된다'는 특수 설정을 최대한으로 이용하기 위해 필요한 구성이라고 생각합니다. 논리 문제를 다룬 작품은 경우의 수가 많이 발생하기 때문에 실수하기 쉬운데, 특별한 허점이 눈에 띄지 않을 정도로 치밀하게 짜여 있는 점도 돋보였습니다.

박광규(평론가)

최종심에 오른 작품들 모두 이야기의 재미는 가지고 있습니다. 다만 그것이 독자들에게 더 명확하게 전달되기 위해서는 조금 더 고민할 지점들이 있어 보입니다.

강연서의 「탈태」는 하고자 하는 이야기가 무엇인지가 명확히 드러나지 않습니다. 단편이라고 해도 분명한 이야기의 줄기가 있어야 합니다. 이국적인 분위기에 집중하느라 정작 중요한 이야기는 제대로 시작하지 못한 느낌입니다. 아내를 죽인 주인공이 몽골까지 가는 것부터 설득력이 떨어집니다.

교묘의 「승은만은 원치 않소」는 드라마 기획안처럼 느껴지는 소설입니다. 단편소설이라기에는 이야기가 장황하고 인물도, 설정도 많은 편이라는 생각이 듭니다.

김지윤의 「설원해담」은 결말이 제대로 매듭지어지지 못한 듯해 아쉽습니다. 아울러 빙의 사건을 과거의 일로 끝내지 않고 소설로 다시 쓴 이유가 제대로 드러나지 않아 의문이 남습니다. 아울러 규진이 독고유진이라는 이름으로 다시 등장한 것도, 집필한 소설을 들고 다시 양 교수를 찾아간 것도 이유가 있을 것 같은데 중간에 급하게 마무리된 느낌입니다.

송수예의 「조선 영아 발목 절단 사건」은 광대 놀이패 등의 곁가지를 덜어내고 왕의 처지에 대한 불필요한 서술을 줄이면 좀 더 집중력 있는 이야기가 될 듯합니다. 사건을 풀고자 하는 왕의 의지나, 장금과 이창무의 이야기에 집중하지 못한 전개가 아쉬움으로 남습니다.

고수고수의 「거짓말쟁이의 고리」는 『소년탐정 김전일』 같은 전개가 돋보이는 작품입니다. 다만 클로즈드 서클의 활용과 진술의 진위를 가리는 것에 굳이 판타지스러운 설정이 필요했는지에는 아쉬움이 남습니다. 절대적으로 거짓을 말할 수 없도록 증거와 논리로 범인을 밝혀내는 것이 탐정의 역할입니다. '진실의 고리'라는 특수설정이 시차 트릭을 위한 장치 역할밖에 하지 못한 점이 못내 아쉽습니다.

서미애(소설가)

제8회 엘릭시르 미스터리 대상 수상작품집

초판 발행 2025년 6월 18일

지은이 고수고수 강연서 교묘 김지윤 송수예

책임편집 한나래 | **편집** 김유진 박을진
표지디자인 최윤미 | **본문디자인** 이원경
저작권 박지영 형소진 오서영 조경은
마케팅 정민호 서지화 한민아 이민경 왕지경 정유진 정경주 김수인 김혜원 김예진
나현후 이서진
브랜딩 함유지 박민재 이송이 김희숙 박다솔 조다현 김하연 이준희
제작 강신은 김동욱 이순호 | **제작처** 한영문화사

펴낸곳 (주)문학동네 | **펴낸이** 김소영
출판등록 1993년 10월 22일 제2003-000045호

주소 10881 경기도 파주시 회동길 210
대표전화 031-955-8888 | **팩스** 031-955-8855 | **전자우편** elixir@munhak.com
인스타그램 @elixir_mystery | **트위터** @elixir_mystery

ISBN 979-11-416-1058-6 03810

엘릭시르는 출판그룹 문학동네의 장르문학 브랜드입니다.
이 책의 판권은 지은이와 엘릭시르에 있습니다.
이 책 내용의 전부 또는 일부를 재사용하시려면 반드시 양측의 서면 동의를 받아야 합니다.

잘못된 책은 구입하신 서점에서 교환해드립니다.
기타 교환 문의 031) 955-2661, 3580